이상문학상 작품집

2025년 제48회 이상문학상 작품집

그 개와 혁명

일렉트릭 픽션

허리케인 나이트

리틀 프라이드

슬픈 마음 있는 사람

구아나

다산
책방

차례

2025년 제48회 이상문학상 작품집

1부

대상

2025년 제48회 이상문학상 작품집

그 개와 혁명

예소연

2021년 『현대문학』 신인 추천을 통해 작품 활동을 시작했다. 소설집 『사랑과 결함』, 장편소설 『고양이와 사막의 자매들』이 있다. 제13회 문지문학상, 제5회 황금드래곤문학상, 제25회 이효석문학상 우수작품상을 받았으며, 소설 「그 개와 혁명」으로 등단 4년 만에 2025년 제48회 이상문학상 대상을 받았다.

그 개와 혁명

태수 씨는 죽기 전까지 통 잠을 못 잤다. 수면제를 먹고 진정제를 먹어도 한두 시간 노루잠만 잤다. 늘 두 팔을 허우적거리며 서둘러 일어났다. 그러면 나는 부리나케 간이침대에서 몸을 일으킨 뒤 태수 씨의 손을 잡고 말했다. 나 여기 있어, 태수씨. 태수 씨는 잠깐 잠들었다 일어나면 꼭 여기가 어디냐고 물어봤다. 꿈속에서 황천길이라도 본 사람처럼 그랬다. 그즈음 스마트워치에 기록된 내 하루 수면 시간은 길어 봤자 세 시간이었다. 태수 씨는 병실 침대에 누워 있는 게 너무 힘들다고 했다. 가슴이 터질 것같이 답답하다고. 그러면 나는 태수 씨를 휠체어에 태워 병원 복도를 빙글빙글 돌았다. 병원은 꼭 두 손바닥을 반듯이 펼쳐놓은 것처럼 정확한 대칭 구조였다. 양 복도 끝 쪽에 샤워실과 화장실이 있고 그 중심에는 디귿 자 형태의 데스크가 두 개씩 있어 간호사들이 상주했다. 태수 씨와 나는 데칼코마니 같은 그 병원 복도를 밤새도록 돌았다. 종종 가래 뱉는 소리도 들리고 흐느끼는 소리도 들렸다. 병원에서는 사람들이 마음 놓고 울었다. 몇 바퀴를 돌고 나서야 태수 씨는 꾸벅꾸벅 졸았다.

그동안 나는 무슨 생각을 했던가.

고모는 나보고 나서지 말라고 했다. 사촌 동생인 희준에게 맡기라고. 나는 그런 고모의 눈을 똑바로 보고 말했다. 괜찮아요. 더한 것도 견뎠는걸요. 엄마까지 나를 말렸지만, 나는 이것만큼은 절대로 양보할 생각이 없었다. 내가 직접 상주 완장을 차고 장례식장을 지켜야 했다. 그게 태수 씨와 한 약속이었으니까. 태수 씨는 기억도 하지 못할 약속. 사경을 헤매며 해낸 약속. 태수 씨가 건강할 때, 나는 늘 돌아오는 제사 때마다 태수 씨와 싸웠다. 태수 씨는 할아버지가 기함을 한다며 반바지도 못 입게 했다. 제사상을 차리는 것도 늘 엄마 몫이었다. 나는 불필요한 인습이라고, 당신 아버지 제사면 하다못해 직접 과일이라도 놓으라고 태수 씨에게 소리를 쳤지만, 태수 씨는 듣는 척도 하지 않았다. 마치 우리에게는 각자의 역할이 있고 당신은 그걸 응당 받아들일 뿐이라는 듯이. 하지만 태수 씨는 분명 조금 다른 사람이 아니었나. 나는 당연한 걸 당연하지 않게 생각하는 태수 씨의 모습을 좋아했었는데.

나는 장례식이 시작되기 직전에도 소리를 질러 가며 싸웠다. 장례식장 직원 몇몇이 와서 말렸지만, 나는 아랑곳하지 않고 할머니에게 삿대질을 하고, 희준의 어깨를 밀며 쫓아냈다. 그러는 사이, 해서는 안 될 말들 혹은 아주 오래전에 이미 해야만 했던 말들이 오갔다. 특히 할머니에게. 그렇게 술을 될 때까지 드시고 여기까지 와서는 더 할 말이 있으세요? 있냐고. 네가 그러고도 태수 씨 엄마야? 엄마냐고. 그래, 나 엄마 딸이다. 그럼? 태수 씨 딸은 아니냐? 내가 닮기는 누굴 닮아. 우리 집에 그럼, 유자 말고는 계집밖에 더 있어? 그렇게 소리를 지르는 와중에 첫 조문객이 왔다. 엄마가 가까이 다가가 인사를 하며 이름을 불렀다. 성식이 형.

태수 씨와 엄마는 모 대학 사학과 85학번이었는데, 동기들 이야기를 할 때마다 그들을 민주85라고 불렀다. 내가 아주 어렸을 때부터 성식이 형, 민재 형, 의식이 형과 같은 형 이야기를 많이 했고 그들이 다 민주85라고 했다. 어느 형은 이제 곧 출소를 한다더라, 어느 형은 태국에서 재혼을 한다더라, 이런 이야기를 곧잘 했다. 나는 그런 이야기를 들을 적마다 태수 씨가 허풍을 떤다고 생각했는데 언젠가 정말로 청송교도소로부터 온 편지를 받은 적이 있었다. 나는 태수 씨에게 그걸 건넨 다음 태수 씨가 그 엽서를 펼쳐 보기까지 긴장되는 마음으로 지켜봤다. 마침내 태수 씨가 펼쳐 본 엽서에는 이해할 수 없는 말들만 적혀 있었다. 간간이 수령님, 동지, 북조선 같은 단어들이 섞여 있었다. 태수 씨는 편지를 대충 훑어보다 탁자 위에 던져놓았고 나는 그 편지를 몰래 내 방으로 가져왔다.

나는 무슨 뜻인지도 모르면서 편지에 적힌 내용을 한 자 한 자 비밀 일기장에 옮겨 적었다. 누가 뭐래도 우리는 투쟁을 해야 한다. 자본의 배를 불리는 식으로는 사회가 올바르게 굴러가지 않는다. 나는 태수 씨가 어떤 비밀 조직의 회동에 연루되었다고 생각했고 그것이 무척 멋있게 느껴졌다. 어린 나이에도 태수 씨의 일을 어떤 식으로든 지지해줄 마음을 가지고 있었다. 노동이라든지 투쟁이라든지 하는 것들이 무척 멋들어지게 느껴졌기 때문이었다. 어쨌든 나는 그 엽서를 다 옮겨 적은 뒤 맨 밑에 보낸 이의 이름도 꾹꾹 눌러 적었다. 성식이 형.

그때부터였다. 태수 씨에게 성식이 형 이야기를 해달라고 조른 것은. 태수 씨는 보통 귀찮아하는 기색이 역력했다. 다만 장거리 운전을 할 때만큼은 졸음을 쫓기 위해서인지 집중해서 성식이 형에 대한 이야기를 해주었다. 성식이 형 이야기를 듣다 보면 태수 씨와 엄마에 대한 이야기도 간혹 들을 수 있었는데, 화염병을 던지고 경찰과 대치하며 삐라를 뿌리던 그들의 모습이 머릿속에 선명하게 그려지는 것 같았다. 정말이지, 태수 씨와 엄마는 그때 당시 무서울 게 없었다고 했다. 우리는 투쟁하며 공부했어. 도서관만 다니던 뜨내기들하고는 급이 달랐지. 태수 씨는 일말의 후회도 없다는 듯 그렇게 말했다. 그런데 성식이 형 이야기만 하면 한숨을 푹푹 쉬고 목소리가 갈라졌다. 나로서는 알아들을 수 없는 이야기였다. 성식이 형이 NL이었고 태수 씨가 PD였는데 두 사람은 어떤 일을 계기로 가까워졌지만, 북조선의 지령을 받고 러시아로 떠난 성식이 형을 태수 씨는 말릴 수가 없었다. 그렇게 러시아 인터폴에게 붙잡힌 성식이 형은 국가보안법 위반으로 오랜 기간 동안 복역하게 되었다는 것이다.

어쨌든 나는 태수 씨에게서 틈만 나면 노동의 가치가 어떠니, 시장경제가 어떠니, 이런 소리를 듣고 자랐다. 나는 그 중심에 성식이 형이 있다고 생각했고, 머리가 더 크고 나서는 태수 씨가 아주 위험한 일에 휘말릴 수도 있었다는 생각이 들었다. 성식이 형의 엽서는 1년에 한 번은 꼭 왔고 우리가 이사를 간 후에도 어떻게 알았는지 어김없이 배달되었다. 태수 씨가 거기에 답장도 하지 않고 대충 아무 데나 놓아두면, 나는 그것들을 차곡차곡 모았다. 그런 성식이 형을 이제야 마주하게 된 것이었다.

나는 태수 씨의 영정 사진 아래 국화꽃을 놓는 성식이 형을 가만 바라보았다. 성식이 형의 행색은 아주 볼품없었다. 팔꿈치를 덧댄 감색 재킷을 걸쳤는데 나름 애써 구색을 맞춘 것 같았다. 한쪽 무릎이 아픈지 주저앉듯 절을 하는 성식이 형의 가지런한 발을 보면서, 나는 태수 씨가 병원에서 성식이 형에 대해 했던 말을 다시금 떠올렸다. 내 옆에는 엄마와 동생이 어설픈 모습으로 쪼르르 서 있었는데 특히 엄마는 오랜만에 만난 성식이 형에게 무슨 말을 해야 할지 몰라 당황스러워하는 기색이 역력했다. 처음 가까운 사람의 죽음을 맞이해본 사람의 자연스러운 모습이었다. 성식이 형이 눈물을 훔치며 자리에서 일어나 나와 맞절을 했다.

"네가 수민이구나."

"네."

"이런 애들을 두고 어떻게……."

"성식이 형."

"응?"

나는 바지 주머니에서 수첩을 꺼냈다. 그리고 성식이 형 이름 아래 있는 문장을 읽었다. 최대한 연습한 대로.

"울지 마쇼. 태수 씨의 지령이오."

"태수 씨?"

성식이 형의 눈이 동그래졌다. 길게 수염을 기른 턱이 파르르 떨리는 것 같더니 이내 웃음을 터뜨렸다. 나는 성식이 형에게 다가가 귓가에 속삭이는 것도 잊지 않았다. 300만 원은 꼭 우리 수민이한테 갚아주쇼. 당신 러시아 간다고 했을 때 내가 부쳤던 돈. 나는 최대한 태수 씨의 목소리를 따라 했고 그럴싸한 목소리가 나와 뿌듯했다.

*

    태수 씨의 이름은 원래 형주였다. 58년 평생 형주라는 이름을 썼는데 여자 이름 같다고 놀림도 많이 받고 오해도 많이 받았다고 했다. 태수라는 이름은 태수 씨가 암 진단을 받은 후 고모가 작명소에서 지어 온 것이었다. 태수가 오래 살 이름이라고 했다. 우리는 그 후로 태수 씨를 태수 씨라고 부르게 되었다. 사람이 믿는 대로 살아진다고, 피그말리온 효과라고 아니? 고모가 단체 카톡방에서 그렇게 말했고 아무도 대답하는 사람은 없었지만 자연스럽게 모두가 태수 씨를 태수 씨라고 불렀다. 간절했기 때문이었다. 나는 태수 씨의 병 앞에서 평소라면 콧방귀나 뀌었을 일들을 많이 했다. 친구들에게 화살기도를 부탁했고 지도교수님에게까지 전화해 태수 씨가 통 밥을 먹지 않는다며, 변을 보지 않는다며 엉엉 울었다. 고모가 잔뜩 사다놓은 활성비타민 주스, 아연, 면역 관리 영양제, 유산균, 정체 모를 미숫가루들을 죄다 물에 타서 한 모금씩 천천히 먹였다. 구역질을 해도 먹였다.

    엄마는 이런 게 무슨 소용이냐고, 죄 다단계 아니냐고 심지어 아연은 너무 많이 먹으면 위에 무리가 간다고 고모에게 몇 마디 했고, 엄마와 고모는 그 일로 머리채를 잡고 싸웠다. 다 살리자고 하는 일인데. 다 살리자고 하는 일인데도 엄마와 고모는 척을 졌다. 태수 씨를 지독하게 사랑해서 서로를 끔찍하게 미워하기 시작했다. 태수 씨가 뭐라고. 도대체 태수 씨가 뭐라고 우리는 그토록 태수 씨를 사랑한단 말인가?

    내가 대학에 입학하고 나서 나와 태수 씨의 정치적 견해는 극도로 갈렸다. 언젠가 태수 씨는 내게 정말 궁금하다는 듯 이렇게 물었다.

"결혼은 같이 하는 건데, 남자가 무조건 집을 해 와야 한다는 게 정말 요즘 여자들의 생각이니?"

언젠가 태수 씨가 보는 유튜브 쇼츠를 함께 본 적이 있는데 유독 그런 내용이 많이 나왔다. 메갈이 어쩌고 한국 여자들이 어쩌고……. 나는 태수 씨에게 이런 것들을 정말 믿느냐고 물었고 태수 씨는 실제로 여자들이 그렇지 않느냐며 농담 아닌 농담을 했다. 나는 태수 씨가 그런 말을 할 때마다 속에서 천불이 일었다. 왜냐하면 태수 씨는 자식이라곤 나를 포함해 딸만 둘이었기 때문이었다. 자꾸 요즘 여자들 이야기를 하면서도 내가 요즘 여자들 중 한 명이라는 생각은 하지 않았다. 그러니까, 태수 씨는 가까이 있는 나를 두고도 저 멀리 있는 요즘 여자들을 보는 식이었다. 그래서 유연한 노동 문제에 대해 비판하면서도 불가산인 가사 노동 시간에 대해서는 일언반구도 하지 않았다. 사회는 조리 있게 굴러가야 하지만, 가족이라는 제도 안의 조리는 다른 문제였던 것이다.

하지만 태수 씨 또한 견뎌야 했던 것들이 너무도 많았다는 걸 알고 있었다. 두 딸을 길러내기 위해 어울리지도 않는 양복을 입고 꾸역꾸역 출퇴근을 반복했다. 그러다 보니 스트레스가 쌓였고 술을 먹었고 게임을 했다. 그렇게 배가 부르고 불러 복수가 찬 줄도 몰랐다. 병은 소리도 없이 발 빠르게 태수 씨의 몸을 잠식했고 나는 잠식해가는 그 병이 어떤 병인지도 모르고 옆에서 태수 씨가 하는 휴대폰 게임이나 구경하고 불뚝 나온 배를 통통 치며 놀려댔다. 그러면서도 태수 씨는 자꾸 책임질 것들을 만들어나갔다. 특히 유자에게는 더 각별해서 나와 동생은 정신 차려보니 막내가 생겼다며 툴툴거리곤 했다.

다 알면서도 참고 사는 거야. 그런데 너네는 왜 그러니? 태수 씨는 내게 이렇게 물어 온 적이 있었다. 나는 태수 씨의 삶도 치열하면 치열했지 참고 견디는 방식으로 이어져온 것이 아니라고 생각했다. 그래도 나는 태수 씨를 사랑했다. 인셀은 사랑하지 못해도 그런 태수 씨 정도는 사랑할 수 있는 사람이었다. 어쩌면 한 사람의 역사를 알면 그 사람을 쉬이 미워하지 못하게 되지 않을까, 그런 생각이 들었다.

성식이 형은 조용히 육개장에 소주 한 병을 천천히 비웠다. 나는 성식이 형 앞에 가만히 앉아 있었다. 아직 이른 새벽이라 조문객이 별로 오지 않아 가능한 일이었다. 성식이 형은 내게 더 이상 가타부타 말도 붙이지 않았으며 오히려 내내 난감한 표정을 짓고 있었다. 그러다 문득 생각이 난 듯 내게 말을 걸었다.

"형주가……."

"태수 씨요."

"그래, 태수 씨가…… 나랑 팔당에 간 적이 있어."

팔당에 가서 그러더라, 네 엄마가 널 임신했다고. 그래서 우리는 그만해야 될 것 같다고. 성식이 형이 그렇게 말했다. 무엇을요? 내가 묻자 성식이 형은 조용히 대답했다. 혁명. 그래서 내가 러시아를 혼자 간 거야. 지령을 받고. 태수 씨도 지령을 받았어요? 아니지. 걔는 듣자마자 말렸지. 걔는 뼛속까지 PD였어. 아무래도 수령님을 모시는 건 자기 길이 아닌 것 같다고 말이야. 자기는 식구들 먹여 살려야겠대. 그래서 내가 펄쩍 뛴 거야. 그러니까 미안하다면서 준 게…….

"300만 원이라고요?"

"그래."

"그래도 줄 건 줘야죠."

"그래야겠지?"

성식이 형은 소주 한 병도 모자라 또 한 병을 비운 뒤 장례식장을 빠져나갔다. 나는 성식이 형을 따라갔다. 뒤따라오는 나를 의식했는지 걸음이 빨라졌다. 그러다 갑자기 뒤를 돌아보더니 알겠다, 담배나 한 대 피우자, 하고 담배를 피웠다. 나도 한 대 빌려 같이 피웠다. 그리고 성식이 형은 그 자리에서 내게 250만 원을 이체해주었다. 50만 원은 담뱃값이라고 했다. 그냥 평범한 마일드세븐인데. 내가 말했다. 하지만 성식이 형은 모른 척했고 나는 나름대로 성식이 형의 역사를 알아서인지 그냥저냥 넘어가게 되었다.

"대신 부탁이 있어요."

부탁? 성식이 형이 되물으며 불안한 모습으로 주변을 둘러봤다. 우리 집 개를 장례식장에 데려와주세요. 그러자 성식이 형이 나를 빤히 쳐다봤다. 그러더니 아직까지도 미행을 당해, 그렇게 말하며 어둠 속으로 사라졌다. 나는 멀어지는 성식이 형을 바라보면서 태수 씨도 겁이 났구나, 생각했다. 태수 씨는 나에게 그 당시 멋지게 화염병을 던지고 공장에 위장 취업을 하고 삐라를 뿌린 이야기밖에 해주지 않았기 때문이었다.

*

나는 인유두종바이러스를 가지고 있다. 자궁경부암에 걸

릴 확률이 꽤나 높은 고위험군 바이러스로 의사는 내게 분기별 검진을 권했다. 처음 바이러스가 있다는 걸 알고 자궁경부암 검사를 했을 때, 결과가 나오기까지 사흘의 시간이 걸렸다. 나는 그 시간 동안 자궁을 들어내는 것과 진단비 이천만 원을 받아내는 것을 동시에 상상했다. 월급은 형편없었고 대출이자는 천정부지로 치솟을 때였다. 결국 나는 가까운 친구에게 이렇게 말했다. 나 아무래도 (암에) 걸리더라도, 진단비를 받는 쪽인 것 같아. 그러자 친구가 기함을 했고 그 후로 다시는 그런 말을 함부로 내뱉지 않았다. 나는 태수 씨와 데칼코마니 같은 병원 복도를 빙빙 돌 때마다 그 친구 생각을 하곤 했다. 그때부터 내가 했던 모든 말들이 나를 찌르기 시작했다. 결국 암에 걸린 것은 태수 씨였다. 병은 내가 상상한 것보다 훨씬 고통스러웠고 삶은 지독히도 내 뜻대로 굴러가지 않았다. 아니, 내 삶을 단 한 번이라도 손에 쥔 적이 있던가. 삶은 언제나 나를 쥐고 흔들 뿐이었다.

태수 씨는 MRI 찍는 것을 포기했다. 커다란 통 속에 들어가는 것이 꼭 숨통을 조이는 것만 같다고 했다. 아티반을 주입했는데도 통 속에서 고함을 지르고 몸부림을 쳐서 간호사 세 명이 들러붙어 진정시켜야 했다. 나는 그때 대기실에서 전자책을 읽으며 태수 씨를 기다리고 있었는데, 두 시간이 지나도 태수 씨가 나오지 않았다. 검사실에 드나드는 사람들의 얼굴은 빨갛고 까무잡잡했다. 나는 하얀 천 아래의 맨발만 봐도 그들이 태수 씨가 아님을 알았다. 결국 데스크 간호사에게 태수 씨의 행방을 물은 끝에 검사를 시작한 지 15분도 안 되어 병실로 복귀했음을 알았다. 전화 한 통 하지 않는 태수 씨에게 머리끝까지 화가 난 채로 엘리베이터로 향했다. 그즈음 태수 씨는 휴대폰을 보지 않았다. 전화가 와도 받지 않고 좋아하는 유튜브도 보지 않았다. 병실에 도착하자 태수 씨가 엎드려 울고 있었다. 나는 태수 씨의 등을 쓸어내리며 말했다.

"태수 씨, 나 인유두종바이러스가 있대."

"그게 뭔데."

"자궁경부암을 일으키는 바이러스야."

"수민아. 그거 성관계 때문 아니니?"

"응, 맞아."

"누구 때문이니?"

"태수 씨, 그건 몰라."

태수 씨는 코를 훌쩍이며 몸을 일으켰다. 그리고 휴대폰을 들어 무언가를 검색하기 시작했다. 나는 태수 씨가 뭐라도 하는 게 좋아서 말을 하길 잘했다고 생각했다. 자기 걱정 안 하고 남 걱정하는 게 차라리 나으니까. 그렇게 또 병원 복도를 빙빙 돌면서 태수 씨는 자궁경부암에 대한 생각을 했고 자꾸 나에게 의미 없는 질문을 했다. 원래 그런 병에 많이들 걸리니? 몰라, 운 나쁜 섹스 하면 걸릴 거야. 나는 그런 태수 씨의 질문에 대충 대답하며 우리가 무슨 잘못을 했는지 오래도록 생각했다. 하지만 결국 우리가 잘못한 건 없다는 결론에 도달했다. 그냥 적당히 돈 없고 적당히 뭘 모른 채 살아왔을 뿐이었다.

*

건강했을 적, 태수 씨는 페이스북을 곧잘 했는데 남다른 글

솜씨로 페친이 꽤 많았다. 페친들은 태수 씨에게 감자며 옥수수 따위를 보내주었고 세탁소를 한다는 어떤 페친은 손님들이 찾으러 오지 않는 옷을 여러 벌 챙겨 보내주기도 했다. 태수 씨는 페친이 준 겨울 점퍼를 입고 가족 앞에서 으스대었다. 나도 들어본 적 있는 비싼 브랜드였다. 태수 씨는 세탁소 페친과 술도 먹고 노래방도 다녔다. 태수 씨는 운동을 잘 하지 않았다. 출퇴근길이 오래 걸리니 그게 바로 운동이라며 우리에게 떵떵거렸다. 노는 거라곤 술 먹고 고성방가를 하고 담배를 피우고 노래방에 가는 것, 그게 다였다.

반면 엄마는 대학 때부터 테니스 동아리에 들 정도로 테니스에 진심인 사람이었다. 그러다가 테니스 엘보가 와서 테니스를 그만두었다고 했다. 그 후로 엄마는 좀처럼 운동을 하지 않았고 점차 모든 것에 흥미를 잃어갔다. 아니, 정확히 말하면 나를 낳은 이후로 그렇게 되었다고 했다. 그렇다고 너를 미워하거나 그런 건 아니야. 엄마는 그렇게 말했지만, 내가 초등학생일 때 사소한 걸로 트집을 잡고 툭하면 혼을 냈는데, 나는 그게 일종의 괴롭힘이라고 생각한 적이 있었다.

어쨌든 엄마는 테니스를 그만둔 이후로 조금씩 술을 배우기 시작했고 급기야는 태수 씨와 함께 술을 마시러 다녔다. 그렇게 세탁소 페친과도 친해졌다. 그러다가 갑작스럽게 그 페친과 연을 끊게 된 사건이 있었다. 엄마가 주사를 부린 탓이었다. 매운탕을 먹다가 갑자기 숟가락으로 페친의 빈 정수리를 탕탕 때렸다고 했다. 처음에는 페친도 장난으로 받아들였는데, 점점 강도가 세져 페친의 정수리가 붉게 달아올랐다. 태수 씨는 엄마의 숟가락을 빼앗으려 애를 썼지만 엄마는 술만 마시면 힘도 세

졌기에 마지막으로 한 방, 테니스공을 치듯이 시원하게 페친의 정수리를 때렸다. 그 술자리는 엉망진창이 되었다.

고맙게도 태수 씨의 페친들이 더러 장례식장에 와주었다. 엄마가 숟가락으로 정수리를 때린 페친도 물론 있었다. 나는 그 페친이 절을 하고 국화꽃을 놓을 때 얼른 수첩을 확인한 뒤 마주 서서 인사하는 틈을 노려 귓속말을 했다. 그 옷들 말이야, 다 짝퉁이더만. 그러자 페친의 얼굴이 새빨갛게 달아올랐다. 그러고는 식사도 하지 않고 서둘러 장례식장을 나가버렸다. 엄마는 영문을 몰랐고 나는 속으로 많이 웃었다.

태수 씨는 네 엄마가 골 때리는 주사가 생겼다며 꼴도 보기 싫다고 화를 냈지만, 사실 엄마의 사정은 달랐다. 그 페친이 꼬라지를 부렸다는 것이다. 당신 남편이 속이 없다느니, 누가 내다 버린 옷을 줘도 넙죽 받더라느니, 좀 챙기라느니, 그런 소리를 했다고. 엄마는 어렸을 때 집이 꽤나 잘살았는데, 어느 정도냐 하면 애들이 도시락 반찬으로 계란프라이에 김치를 싸 올 때 혼자 흑빵 사이에 치즈와 햄을 끼운 샌드위치를 싸 다닐 정도였다. 그런 엄마가 가난하지만 낙관적인 태수 씨를 만나 있는 속 없는 속 다 버리고 살아왔다. 그러니 페친의 은근한 조롱을 모를 리 없었다. 우리 가족은 그렇게 속없이 살아왔어도, 기쁠 때 기뻐할 줄 알고 화낼 때 화낼 줄도 알고 살아왔다.

그래서 우리 가족은 태수 씨가 아픈 뒤로도 조금씩 기뻐했다. 물론 많이 슬펐지만, 슬픈 와중에도 틈틈이 기뻐했다. 우리는 태수 씨가 아프고 나서 태수 씨의 먹는 것과 싸는 것에 집중하고 다 함께 즐거워했다. 나는 태수 씨가 미음을 한 숟가락 뜨거나 통잠을 자면 온 가족에게 전화를 걸었고 대변을 보면 그것을 사진으로 찍어 기록해두었다. 내 생전 남의 대변을 사진으로 찍게 될 거라곤 상상도 못 했다. 그런데 병원 생활이라는 게 그랬다. 개인의 모든 식생에 집중하게 되었고 작은 변화 하나에도 심장이 내려앉거나 자그마한 희망을 품게 되었다.

오후가 되자 장례식장은 제법 붐비기 시작했다. 나는 몽롱한 정신으로 조문객을 맞이했고 수첩을 펼친 뒤 SNS나 사진 등을 통해 알아둔 얼굴을 매치시켜 태수 씨의 말을 전해줬다. 그러면 어떤 사람은 울었고 어떤 사람은 웃었다. 또 어떤 사람은 더러 화를 내기도 했다. 그럴 때마다 엄마는 영문을 모른 채 내가 들고 있는 수첩을 뺏으려 들었지만, 나는 결코 내어주지 않았다.

몇몇 노인은 완장을 찬 내게 태수 씨가 아들이 없어 안타깝다는 소리를 했다. 그러면 나는 그렇게 안타까울 일은 아니에요, 라고 맞받아쳤다. 그러면 엄마가 하지 말라고, 그러지 말라고 손을 내저었다. 나는 애도하러 와서 굳이 그런 말까지 하는 사람들이 더욱 이해되지 않았다. 사촌 동생이 남자라는 이유로 상주 노릇을 해야 한다는 것도 터무니없는 말이었다. 누구보다 태수 씨를 잘 알고 사랑했던 맏딸이 여기 있는데. 하지만 사랑을 증명할 길은 달리 없었다. 누구의 사랑이 더 크다고 말할 수 있을 것인가. 우리는 한 트럭의 미움 속에서 미미한 사랑을 발견하고도 그것이 전부라고 말하는데. 더군다나 나는 태수 씨를 사랑하고 있다는 걸 태수 씨가 아프고 난 다음에야 깨달았다.

휴대폰 알람이 울렸다. 모르는 번호로 문자가 와 있었다. 집 비번은? 성식이 형이었다.

*

생전 친구가 워낙 많았던 태수 씨의 장례식장은 이제 빈틈 없이 꽉 채워져 있었다. 하지만 나를 통해 온 조문객은 몇 명 없었다. 친한 친구 몇 명만 종일 빈소를 지켜주었다. 소중한 이들에게나 잘하면 된다고 나름대로 담담히 받아들이려고 했지만, 서운한 마음은 어쩔 수 없었다. 하지만 누구에게 서운해한다는 말인가. 나는 대학 때부터 가까운 친구도 몇 명 없었고 회사도 퇴직금 받을 시기만 다가오면 그만두기 일쑤였다. 바로 직전까지 다니던 회사도 태수 씨를 간병하기 위해 그만뒀지만 겨우 겨우 1년을 채운 뒤 나가는 꼴이 좋지 않기는 마찬가지였다. 그곳은 작은 중고 거래 플랫폼 회사였는데 칸막이도 없는 널따란 공간에 사무실용 책상 서른 개가 다닥다닥 늘어서 있는 곳이었다. 휴게실도 없는 곳에서 나를 포함한 직원들은 점심때마다 온갖 음식 냄새를 풍기며 도시락을 먹었고 나머지 시간에는 일을 했다. 운영팀에 소속된 나는 주로 올라온 매물을 검수하는 일과 고객 관리 업무를 했다. 시간이 나면 몰래몰래 데스크톱에 다운받아둔 전자책 뷰어로 전자책을 읽었다.

일이 간단한 만큼 연봉도 매우 적었다. 나는 매일 여섯 시만 되면 자리에서 일어나 퇴근을 했지만, 개발팀은 그러지 못했다. 개발팀은 이십 대 중후반의 직원이 대다수였고 막 IT 업계로 발을 들인 사람들이 많았다. 이곳을 발판 삼아 더 나은 곳으로 가기 위해 노력하는 사람들. 개발팀의 어떤 직원 중 하나가 이 회사의 운영팀이 고삼녀들의 종착지라며 우스갯소리를 했다고 들었다. 그들이 말하는 고삼녀란 고학력자 삼십 대 여성의 줄임말이었다. 운영팀끼리 점심 회식을 하는 자리에서 그런 이야기가 나왔는데 나는 그 말이 어느 정도 일리가 있다고 생각한다며 넌지시 말을 보탰다. 그러자 분위기가 싸해졌다. 그러니까, 어딜 가도 나는 그런 식이었던 것이다.

사람들은 각양각색으로 태수 씨의 죽음을 애도했다. 통곡을 하는 사람도 있었고 훌쩍이는 사람도 있었고 삼삼오오 모여 술을 마시며 즐거워하는 사람들도 있었다. 나는 슬퍼하는 쪽보다는 즐거워하는 쪽이 편했는데, 우는 것에 너무 질려버렸기 때문이었다. 우리 가족은 태수 씨 없을 때 정말 많이도 울었지만, 태수 씨 앞에서는 함부로 울지 않았다. 그건 태수 씨도 마찬가지였다. 태수 씨는 항암 치료를 시작하면서 요양병원으로 거처를 옮겼다. 대학병원 병실은 자리가 없었기 때문이었다. 태수 씨는 우리 형편에 1인실이 어렵다는 걸 알아서 2인실을 써야 한다는 걸 알았지만 병원장을 구워삶아 2인실 값에 1인실을 얻어내고야 말았다. 태수 씨는 그런 사람이었다.

나도 태수 씨 같은 사람이 되고 싶었는데. 언젠가 내가 그런 말을 한 적이 있었다. 태수 씨는 요양병원 꼭대기 층에 있는, 정원이라고 불리는 정원 아닌 곳을 좋아했다. 그곳에는 비싼 안마 의자도 있었고 족욕을 하는 공간도 따로 있었다. 태수 씨를 휠체어에 태워 그곳으로 데려가면 태수 씨는 담요를 두른 채 휠체어에 앉아 꾸벅꾸벅 졸았다. 그러면 나는 거기서 족욕도 하고 안마 의자에 누워 낮잠을 자기도 했다. 태수 씨는 그게 좋다고 했다. 내가 그러는 거, 족욕도 하고 낮잠도 자는 거. 사실 족욕이라고 하기에는 애매하게 미지근한 물밖에 나오지 않았지만, 나는 미지근한 물에 오래도록 발을 담근 채 태수 씨에게 말을 걸었다. 나도 태수 씨 같은 사람이 되고 싶었는데. 태수 씨는 내 말을 듣자마자 그러냐, 했다. 그러더니 내가 어떤 사람인데, 되물었다.

"모든 일에 훼방을 놓고야 마는 사람."

그렇게 말하자 태수 씨가 웃었다. 웃다가 허리가 아픈지 눈살을 찌푸렸다. 나는 그때 태수 씨에게 고삼녀의 뜻을 알려주며 내가 그런 말을 들었다고 했다. 그러자 태수 씨는 잠자코 이야기를 듣더니 고개를 들었다. 그리고 눈을 동그랗게 뜬 채로 물었다. 네가 벌써 서른이니? 응, 태수 씨. 나 서른이야. 많이도 먹었다. 그러게. 근데 말이야, 나이라는 게 사람을 주저하게도 만들지만 뭘 하게도 만들어. 그 사람들이 뭘 모르고 하는 말이야. 아빠는 어이고, 내 나이가 사십이네, 하면서 조금 어른스러워졌고 어이고, 내 나이가 오십이네, 하면서 조금 의젓해졌어.

"그런데 그거 알아? 나는 태수 씨가 우는 걸 딱 한 번 본 적 있어."

"언제?"

"노무현 전 대통령 추모제 때. 그때 태수 씨가 국화꽃을 놓으면서 하염없이 울었어. 나 꽤 어렸을 땐데. 그래서 되게 무서웠어."

그러자 태수 씨가 희미하게 웃었다. 정말 열렬히 사랑했던 사람이었거든. 태수 씨는 그렇게 말하더니 잠자코 있다가 내게 거울을 보여달라고 했다. 나는 가지고 있는 거울이 없어 휴대폰 전면 카메라를 켜서 태수 씨에게 보여주었다. 태수 씨는 머리를 이리저리 비춰 보더니 인상을 잔뜩 찌푸린 채 눈물을 흘렸다.

"아빠, 왜 그래."

"무서워서 그래."

"뭐가?"

"있잖아, 수민아. 그냥 죽고 싶은 마음과 절대 죽고 싶지 않은 마음이 매일매일 속을 아프게 해. 그런데 더 무서운 게 뭔지 알아? 그런 내 마음을 어떻게 알고 온갖 것이 나를 다 살리는 방식으로 죽인다는 거야. 나는 너희들이 걱정돼. 사는 것보다 죽는 게 돈이 더 많이 들어서."

나와 태수 씨는 그때 처음으로 함께 울었다. 하도 오래 발을 담가서 발가락이 팅팅 불어 있었다. 나는 울먹거리며 태수 씨에게 물었다. 태수 씨는 왜 족욕을 안 하는 거야? 그러자 태수 씨도 훌쩍이며 대답했다. 아빠는 무좀이 있잖아.

*

그 후로 태수 씨와 나는 더 많은 대화를 나눴다. 알고 보니 태수 씨는 잔뜩 겁에 질려 있었다. 휴대폰을 보지 않는 것도, 내게 전화를 나가서 받으라고 하는 것도 겁에 질려 있어서 그런 것이었다. 자기 빼고 돌아가는 세상이 미치도록 무섭다고 했다. 나는 태수 씨 앞에서 휴대폰을 꺼내는 대신 만화책을 잔뜩 빌려와 태수 씨와 함께 읽었다. 태수 씨 젊었을 적 이야기도 많이 들었다. 이미 몇 번이나 들었지만 못 들은 척했다. 어김없이 성식이 형이 또 나왔다.

"성식이 형이 네 엄마를 좋아했어."

"엄마 인기 많았네."

"엄마도 NL이었거든."

"아빠는 PD였다며."

"응."

"그런데 어떻게 연애를 했어? 둘은 사이가 안 좋았다며."

"머리핀 공장에서 만나서."

나는 태수 씨가 머리핀 공장에서 일을 하는 모습이 좀처럼 상상되지 않았다. 똑딱 핀에 조그마한 큐빅이나 리본을 붙이고 있을 태수 씨. 나는 아직도 NL이 무엇이고 PD가 무엇인지 모르지만, 그것이 태수 씨와 엄마를 살아 있게 했다는 것은 알고 있다. 세상의 중심을 논하는 방식이었다는 것도 알고 있다. 나는 그런 것들이 부럽게 느껴지기도 했다. 똑딱 핀을 만들며 그들은 무슨 도모를 그렇게 열심히 했을까. 나는 여태까지 도모해온 일들을 떠올리려고 노력하다가 포기하고야 말았다. 그렇게 거창한 일은 생전 해본 적이 없었다.

새벽 세 시쯤 되자 조문객이 현저히 줄었다. 엄마와 동생은 작은 방에 들어가 잠시 쪽잠을 청하고 나는 자리에 앉아 꾸벅꾸벅 졸고 있었다. 옅은 꿈에서 태수 씨가 나에게 좀 일어나라, 잠충아, 소리를 질렀다. 그리고 자꾸 내게 했던 말을 또 했다. 태수 씨는 꿈에서도 했던 말을 또 하는구나, 잠결에 그런 생각을 했다. 그런데 누가 내 어깨에 지그시 손을 얹었다. 눈을 떠보니 이전 회사의 차장님이 와 있었다. 나는 놀라 서둘러 몸을 일으켜 인사를 했다. 그러자 차장님이 내 두 손을 잡고 헤벌쭉 웃어 보였다. 차장님은 늘 그렇게 웃었다.

차장님과 나는 종종 함께 외근을 나갔다. 외근이라지만 하는 일은 볼품없었다. 사장님의 아이들이 하원하는 시간에 맞춰 픽업한 뒤, 사모님이 오기 전까지 놀이터에서 놀아주는 일이었다. 두 아이는 곧 제주도에 있는 국제학교에 입학할 예정이라고 했다. 사장님은 내게 친절한 말투로 일렀다. 그러니까, 잠시 동안만. 수민 씨 인상이 제일 좋아서 그래. 그러나 나는 면허가 없어서 그 회사에 10년째 근무 중이던 차장님이 함께 가게 되었다.

나와 차장님은 아이들 그네를 밀어주면서, 미끄럼틀을 태우면서 많은 이야기를 했다. 요즘은 놀이터에 모래가 없네요, 그런 이야기도 하고, 제가 사실 주식으로 천만 원을 잃었는데요, 그런 이야기도 했다. 아니, 주로 이야기를 하는 쪽은 나였다. 이상하게 차장님의 헤벌쭉한 표정을 보고 있으면 그런 말이 잘도 나왔다. 차장님은 자주 말을 더듬었고 틈만 나면 헤벌쭉 웃었지만 말을 듣다 보면 명민한 사람이라는 인상을 주었다. 나는 그런 차장님이 정말 어른 같다고 생각했고 많이 의지했던 것 같다.

조문을 온 차장님은 자리에 앉더니 내게 잠시 앉으라고 손짓했다. 나는 고요한 주변을 둘러보다가 차장님 앞자리에 가서 앉았다. 그러자 차장님이 육개장에 밥도 말아주고 숟가락에 수육도 올려주었다. 그러면서 내게 말했다.

"수민 씨 없어서 요즘 회사 다니는 게 아주 고역이야."

"그전에도 잘만 다니셨잖아요."

"그래도 있다가 없는 거랑 같나?"

차장님이 육개장을 크게 한술 먹었다. 그리고 맥주도 한 병 까서 마셨다.

"어떻게 알고 오셨어요?"

"수민 씨가 문자 보냈잖아."

나는 할 말이 없어서 식탁을 덮은 여러 장의 전지만 바라보고 있었다. 그러자 차장님이 말했다. 나는 수민 씨가 조금 다른 사람인 거 대번에 알아봤어. 환경 운동이니 페미 운동이니 그런 배지들 가방에 주렁주렁 달고 다니잖아. 차장님이 진지하게 페미 운동이라고 말하는 걸 듣고 괜히 웃음이 터졌다. 그게 차장님이랑 무슨 상관이 있어요? 내가 묻자 그냥 그런 것들이 보기가 좋았다고 했다. 차장님도 어렸을 때 운동 같은 걸 한 적이 있는데, 그때가 기억이 났다고. 나는 도대체 무슨 운동을 했느냐고 물어보고 싶었는데 말이 잘 나오지 않았다. 그 대신 괜스레 눈물이 났다.

"차장님도 요즘 여자들이 그렇게 싫으세요?"

"요즘 여자들? 우리 회사 요즘 여자들은 다 괜찮아."

차장님은 10년 동안 같은 회사에 있어서 그런지 모든 사람들을 다 회사 사람들과 비교하게 됐는데, 어쨌든 다 괜찮은 사람들이라는 말로 끝을 맺었다. 나는 차장님이 그래서 좋았다. 요즘 애들, 옛날 애들 가리지 않고 맞춰가는 그 유도리가 진짜 멋으로 느껴졌다. 그러니까, 나 같은 요즘 애들은 똑딱 핀을 만들면서 무언가를 도모할 거리는 없었지만, 그래도 뜻이라는 게 있었다. 삶을 살아가고자 하는 뜻, 의지, 그런 것들. 비록 미적지근할지언정, 중요한 건 분명히 그런 게 존재한다는 것이었다. 나는 수첩을 꺼내지 않고 차장님에게 말했다. 차장님, 평생 차장님으로 남아주시면 안 돼요? 그러자 차장님이 헤벌쭉 웃으며 말했다. 아무래도 그럴 것 같지?

*

사실 태수 씨 장례식 프로젝트의 핵심 인물은 동생 수진이었다. 나와 수진은 일주일을 절반씩 갈라 태수 씨의 간병을 도맡았다. 엄마는 직장을 그만두면 안 되었기에 그렇게 했다. 수진은 처음에는 나보다도 많이 울었지만, 나중에는 누구보다도 먼저 태수 씨의 병에 적응을 하고 이런저런 규칙을 만들기 시작했다. 클리어 파일을 사서 A4 용지를 끼워 넣고, 그날그날 태수 씨가 먹은 것을 기록해놓았다. 그리고 그것들을 카톡으로 우리에게 공유하기 시작했다. 변이 나오지 않는다고 하면 유산균을 먹이고, 누룽지를 잘 먹는다 싶으면 바로 누룽지 한 박스를 배송시켰다. 누가 시키지도 않는데 그랬다. 나와 엄마는 수진의 지시대로 태수 씨를 간병했고 잠을 못 자면 머리를 쓰다듬어주라고 해서 시키는 대로 했다. 그러자 태수 씨는 정말 잠에 들었다.

옛날에 태수 씨가 그런 적이 있었다. 아빠는 죽으면, 장례식은 재미있게 하고 싶어. 그래서 처음에 수진은 나에게 그렇게 제안했다. 태수 씨의 영상을 만들자. 그러나 나는 마른 모습의 태수 씨를 다른 사람들에게 보여주고 싶지 않았다. 그건 태수 씨도 원하지 않을 거라고, 그건 우리 입장일 뿐이라고 딱 잘라 말했다. 그러자 수진이 태수 씨에게 직접 물어본 것이다. 나는 수진의 그 말을 듣고 처음엔 화를 냈지만, 막상 태수 씨를 직접 보니 묘한 활력에 들떠 있었다.

나와 수진은 교대하기 전 한 시간 정도 시간을 내어 태수 씨의 이야기를 함께 들었다. 돈을 갚지 않고 러시아로 떠나버린 성식이 형에 대해서, 자신이 수배당했을 때 재워준 민재 형에 대해서, 내 돌잔치 때 두 돈이나 되는 금반지를 해준 의식이 형에 대해서. 나와 수진은 그것을 음성 메모로 기록하고 수기로

적으면서 그들에게 해줄 한 마디 한 마디를 함께 고민했다. 그러다가 상주 이야기가 나왔고 태수 씨는 내가 상주를 할 수 없는 제도가 몹시 못마땅하다고 했다.

"내가 하면 되지, 상주."

"그게 그렇게 되나?"

"요즘 여자들은 다 해."

내가 태수 씨를 째려보듯 말하자 태수 씨가 와하하 웃으며 내게 속이 좁다고 했다. 나는 혹여 태수 씨가 상주에 관해 말한 것이 남들에게 농담처럼 들릴까 걱정되었다. 그래서 태수 씨가 고통에 몸부림칠 때도 녹음기를 켜두고 태수 씨의 손을 잡고 몇 번이나 물었다. 태수 씨, 내가 상주지? 응. 내가 상주야? 응. 누가? 수민이가, 우리 수민이가…….

우리는 그렇게 태수 씨의 죽음에 관해 우스갯소리를 하고 이것저것 계획하며 삶을 영위해나갔다. 그것은 죽음을 도모하며 삶을 버티는 행위였다. 태수 씨는 자신이 죽는 것을 무엇보다 두려워했지만, 자신의 죽음을 계획하는 일에는 두려움이 없었다. 두 가지는 태수 씨에게 전혀 다른 것이었다. 그렇게 태수 씨가 나와 수진에게 자신의 장례식에 관한 또 다른 계획 하나를 털어놓게 된 것이었다. 사실은 말이야, 아빠도 좀 이상한 건 아는데, 유자가 내 장례식에 와줬으면 좋겠다.

*

장례식 마지막 날이 됐다. 발인을 하기 두 시간 전이었다. 조문객 몇몇이 여전히 장례식장을 방문했고 나는 거의 먹지도 자지도 못해 정신이 혼미할 지경에 이르렀다. 그때 성식이 형에게 문자가 왔다. 도착. 나는 수진에게 그 문자를 보여주었다. 유자는 15킬로그램이 넘는 진돗개였다. 태수 씨는 퇴직을 한 후에는 귀촌을 하겠다며 철저히 준비를 하고 있었는데, 옛날부터 개를 키우는 것이 꿈이었다며 유기견 입양 사이트를 뒤져 직접 유자를 입양해 왔다. 태수 씨는 평소에는 기웃거리지도 않던 부엌에서 고구마를 삶고 고기를 구워 유자에게 주었다. 유자는 갈수록 포동포동해졌고 나와 수진은 제발 그러지 말라고 태수 씨를 타박했다. 엄마도 마찬가지였다. 사람 먹는 걸 먹이면 똥 냄새가 더 심하다고. 엄마는 유자를 조금 못마땅해했다.

어쨌든 유자는 태수 씨를 졸졸 쫓아다녔다. 태수 씨가 올 때면 어떻게 아는지 엘리베이터 소리만 들려도 꼬리를 흔들고 낑낑거렸다. 태수 씨는 유자의 두 앞발을 들어 함께 춤을 추기도 했다. 노래도 없이 추는 그 춤은 신기하게도 경쾌하게 느껴졌다. 그런데도 나는 유자를 태수 씨의 장례식장에 데려오는 게 이상하다고 생각했다. 내가 태수 씨에게 꼭 그래야 하느냐고 묻자 태수 씨는 꼭 그래야 한다고 대답했다. 그러면서 내게 말했다.

"나는 꼭 훼방 놓고야 마는 사람이잖아."

성식이 형은 평소 태수 씨가 타고 다니던 휠체어에 유자를 태워 왔다. 그러니까, 정확히 말하면 유자가 들어간 케이지를 휠체어에 태워 왔다. 담요를 덮은 채로. 장례식장에 개를 데려오면 안 된다는 말은 없었지만, 성식이 형은 안 된다고 생각하면서도 그렇게 한 것 같았다. 수진은 성식이 형이 휠체어를 끌고 오자 한달음에 달려 나갔다. 엄마는 성식이 형이 또 장례식장에 오는 것이 이상했는지 나가보려고 했다. 나는 엄마의 어깨를 잡으며 나와 수진 그리고 성식이 형이 함께 도모한 것이 있다고 했다. 엄마는 고개를 갸웃거렸다. 그리고 수진이 담요를 걷고 케이지를 열었을 때, 소리를 질렀다.

장례식장은 말 그대로 난장판이 되었다. 유자는 장례식장 곳곳의 냄새를 맡고 음식을 먹느라 바빴고 벽에다가는 오줌을 누었다. 직원들이 유자를 잡기 위해 이리저리 뛰어다녔지만 쉬이 잡히지 않았다. 유자는 내가 있는 곳으로 한달음에 달려와 꼬리를 흔들었고 나는 유자의 머리를 쓰다듬었다. 그러자 엄마가 울며 소리를 질렀다.

"니들 진짜 미쳤니?"

나는 수첩을 펼쳐 엄마에게 해야 할 말을 찾았다. 그리고 해오던 것과 같이 최대한 태수 씨의 말투를 흉내 내며 말했다.

"공 여사, 자중하시오. 우리의 적은 제도잖아."

그러자 엄마, 공 여사가 허탈한 표정으로 자리에 주저앉았다. 유자는 태수 씨의 바람대로 길길이 날뛰었다. 화환과 국화 꽃을 물어뜯고 이곳저곳 냄새를 맡고 사람들을 향해 짖어댔다. 나와 수진은 서로 은근한 눈짓을 주고받았다. 장례식장 직원들이 성식이 형을 끌고 나갔다. 성식이 형은 끌려 나가면서도 유자의 만행을 끝까지 지켜보려고 했다. 나는 비록 눈물이 차올랐지만, 활짝 웃고 있는 태수 씨의 영정 사진을 보면서 같이 웃어 보였다. 수진도 그랬다. 그것이 태수 씨의 마지막 지령이었기에.

---

* 본 작품은 『사랑과 결함』(문학동네, 2024)에 수록되었음.

수상 소감

일어난 일 헤아리기

수상 소식을 받았을 때는 공교롭게도 할머니의 장례식을 치른 후였습니다. 진이 다 빠진 상태에서 전화를 받았고 함께 있던 가족과 다 같이 기뻐했습니다. 그리고 지금까지도 얼떨떨할 따름입니다. 사실 1년이 채 지나지 않은 시간 동안 두 번의 장례식을 치르고 제가 좀 이상해진 것 같은 기분이 들었습니다. 기억이 이상하게 뒤엉키고 시간을 잘 헤아리지 못했습니다. 잠을 많이 자고 혼잣말을 중얼거렸습니다. 그럼에도 괜찮다고 생각했습니다. 일어날 모든 일들이 일어났다고 믿었거든요. 하지만 또 다른 일도 얼마든지 일어날 수 있다는 것을 수상 소식을 들은 후에 깨달았습니다. 앞으로도 제게 일어날 일은 얼마든지 일어날 것입니다. 그러므로 닥쳐올 미래를 두려워하지 않기로 했습니다.

그렇게 지금은 살아가는 데 있어 얼마간의 힘을 얻었고 미미한 두려움과 함께 긴장된 하루하루를 보내고 있습니다. 수상 소식을 아버지에게 전하고 싶은데 그럴 수 없네요. 그게 저를 참 쓸쓸하게 만듭니다. 하지만 기뻐할 모습을 상상하면 또 그것이 선명하게 떠올라 위안이 됩니다.

어렸을 때부터 『이상문학상 작품집』을 꾸준히 읽어왔습니다. 제 소설이 이렇게 큰 상을 수상하게 되는 영광을 누려 아주 기쁜 마음이 큽니다. 제 소설을 읽어주신 이상문학상 심사위원 분들에게 감사를 전합니다.

2025년 제48회 이상문학상 작품집

문학적 자서전

돌풍을 견디며 나아간 그곳에

저는 늘 제 삶에 드리워진 작은 우울의 근원에 대해 깊게 고심하며 살아왔습니다. 제 삶에는 물론 기쁨도 있었고 행복도 있었지만, 이상하게 천착하게 되는 것은 미궁으로 빠져드는 마음과 영원히 도달하지 못할 것만 같은 슬픔의 기원에 대해서였습니다. 속수무책이라는 말을 참 많이 쓰는 편입니다. 삶은 정말이지 속수무책으로 흘러가기 때문입니다. 어느 순간 돌아보면 내가 왜 여기 있는지 어떻게 여기까지 왔는지 이해가 되지 않습니다. 하지만 그 이해할 수 없음을 또 들여다보면, 무언가 보이기도 합니다. 그 이해할 수 없음 속에 존재했던 분명한 선택과 의지, 체념, 미약한 사랑 같은 것들이요.

저는 줄곧 제가 모나고 구린 사람이라고 생각해왔습니다. 오래전부터 제가 왜 이런 사람이 되었는지에 대해 천착했습니다. 이러한 습관은 제 자신을 갉아먹는 행위에 불과했고 저를 더 깊은 수렁으로 빠트릴 뿐이었습니다. 낮에 뱉은 말과 했던 일을 돌이키며 지새우는 밤은 아주 길었고 좀 더 나은 사람이 되자던 다짐들은 아침이 되면 피로와 함께 날 선 감정으로 뒤바

꿰었습니다.

모나고 구린 사람도 행복할 수 있나? 언제나 저는 이 질문 앞에 서 있습니다. 이 질문 앞에서만큼은 나아가지도 물러서지도 못한 채 그 자리에 그렇게 있습니다. 그럼에도 나를 포함한 타인의 모난 마음, 구린 마음을 톺아보려는 이유는 나와 나 아닌 이들이 조금이라도 행복하길 바라기 때문입니다. 사람이 사정이라는 게 다 있어서, 저마다의 삶이라는 게 마음대로 굴러가지가 않아서 저는 그것들에 대해 일일이 설명하고 변명해주고 싶은 마음입니다. 그런 제 곁에 소설이 있어 얼마나 다행인지 모릅니다.

소설을 쓰겠다고 처음 생각한 건 열두 살 무렵이었지만 사실 그때 저는 각종 온라인 게임과 채팅에 빠져 있었습니다. 당시 제 현실은 창문 밖 풍경이 아닌 모니터 속 풍경이었습니다. 각종 할리퀸 소설과 무협 소설을 다운받아 밤새 읽던 그 나날들이 아니었다면 평생 소설을 쓸 일이 없었을지도 모릅니다. 저는 학교에 가는 게 죽도록 싫었습니다. 따돌림을 당했거든요. 그래서 교실에서는 늘 도서관에서 빌린 소설을 읽었습니다.

그렇게 시간이 흐르고, 청소년기를 거치면서 저는 언제부턴가 소설가가 되겠다고 마음을 먹었습니다. 소설을 읽으면 읽을수록 질문이 많아졌습니다. 하지만 좀처럼 해소할 수 없는 질문들이었죠. 왜 이렇게 삶은 기괴한 모양을 하고 있나? 고통받기 위해 세계는 존재하나? 물음들은 끝도 없이 이어졌고 그런 물음을 잘 던져보기 위해서 소설을 직접 써봐야겠다고 다짐했습니다. 하지만 소설을 쓰기 시작한 이래로 그러한 물음을 던지는 데 무사히 성공한 적은 한 번도 없다고 생각합니다.

어떻게 보면 제게 소설 쓰기는 끝없는 실패의 영역인 것 같습니다. 하고 싶은 말을 기어코 할 수 없게 되고야 마는 영역. 그래서 제가 쓴 소설이 어디에 도달하게 될지는 저 또한 전혀 모릅니다. 하지만 누군가 읽는다면 기어코 그것은 어딘가에 도달하는 것이겠지요. 그런 점에 있어서는 소설 쓰기란 게 참 신기한 작업입니다. 저는 제가 쓴 소설이 누군가에게 읽히기를 간절히 바랐고 그런 마음으로 늘 소설을 썼습니다. 좋든 싫든, 같은 마음이든 다른 마음이든, 나와 전혀 다른 타인과 하나의 소설로써 어떤 지점에서 공명한다면…… 그것 자체로 마음이 충만해지는 것만 같았습니다.

소설가가 된 이후로도 여러 직장을 전전하며 소설을 썼습니다. 코로나 시기가 겹쳐 어려웠지만 제 삶에서 가장 즐거운 때였습니다. 소설을 쓰는 것이 진정으로 일이 될 수도 있음에 감사했습니다. 물론 원고를 보낼 곳은 없었지만요. 함께 사는 친구와 영천시장에서 제철 해산물을 사다가 칼국수를 끓여 먹고 틈만 나면 단골 술집에 가서 맥주를 퍼마셨습니다. 사는 일이 고되다는 얘기를 하면서도 어떻게든 되겠지 싶었습니다. 혼자가 아니라는 기분이 들어서 그랬던 것 같아요. 우리는 틈틈이 서로의 소설을 읽고 정말 좋다, 근데 제목은 별로다, 이런 이야기를 나누었습니다.

저는 나름대로 사랑받고 자란 사람이지만, 아주 온전하고 넉넉한 사랑을 받지는 못했던 터라(모두가 그렇겠죠?) 넉넉하지 못한 사랑의 사정에 대해 쓰고 싶었습니다. 또 삶을 사는 데 준비가 덜 된 이들에 대한 이야기를 쓰고 싶었습니다. 모든 이가 착착 원하는 것을 이루고 살지는 않으니까요. 그러니까 끝까지 가서 결국은 실패하고 돌아오고야 마는 이야기 같은 것들. 생각하는 방향으로는 절대 가지 않는 이야기들이 아주 나의 삶과 같다고 여겼습니다.

그건 정말이지 맞는 이야기입니다. 오랜만에 가족이 서울로 놀러 와서 외식을 하는데 이상하게 아버지가 식사를 꾸역꾸역 삼키는 것 같은 기분이 들더라고요. 정말, 이상했습니다. 식사가 끝난 후에 아버지가 주차장에서 담배를 피웠습니다. 그런데 잠깐 우리 가족을 만나러 온, 함께 사는 친구가 아버지와 인사를 나누더니 나중에 그러더군요. 아버지 배가 너무 불러 있다고.

우리가 그냥 살아지듯이, 소설이 그냥 써지는 건 아닙니다만, 어느 순간 내 마음 가는 대로 쓰다 보면 소설이 되는 때가 있습니다. 저는 그 순간을 몹시 사랑하고 어쩌면 그 순간을 위해 소설을 쓰는지도 모릅니다. 그런데 그 순간은 생각지도 못한 시점에 찾아오기도 하더군요. 제가 「그 개와 혁명」을 쓰던 순간처럼요.

제가 너무도 사랑해 마지않던 아버지는 2024년 6월에 돌아가셨습니다. 발견했을 때는 위암 말기였고 이미 손을 쓸 수 없는 상황이었습니다. 아버지는 끝까지 죽음을 받아들이지 않았고 유언 한 장 남기지 않았습니다. 아버지가 병원에 있는 동안 우리는 죽음을 코앞에 두고 죽음에 대해 묵언했고 아버지는 유튜브로 귀여운 동물 영상만 줄곧 보셨습니다. 아래는 제가 아버지의 정신과 협진을 위해 적어둔 아버지 증상 목록입니다.

사이드 바를 당기는 것, 병원 침대 식탁을 올리는 것같이 작은 일도 힘겹

다. 자기 자신을 궁극적으로 완전히 다 덮어버릴 것 같은 느낌. 근데 아주 짧게 지나간다. 숨 막히고 갑자기 이가 떨릴 정도로 추운데, 사실 실내 온도는 낮지 않음. 숨이 막혀서 CT 못 찍음. 한 시간씩 토막잠을 자고 일어날 때 소리를 지르며 벌떡 일어남. 보호자를 찾음. 보호자가 필요한 것보다 확인하는 느낌에 가깝다. 진통제나 정신과 처방 약을 먹고 헛소리를 하는 경우. 맥락 없는 말. 병원을 외국인 것처럼 느끼거나, 갑자기 혼잣말을 함(섬망?). 감정 기복이 심하다. 하루는 기분이 아주 좋아서 말이 빨라지고 농담도 하다가 갑자기 어느 순간 기분이 하락해버림. 그러면 말을 거의 안 하고 짜증을 많이 냄.

저는 정말이지 너무도 간절했고…… 그 상황에서 소설을 쓸 수밖에 없었던 이유는 소설을 쓰지 않으면 외부를 향한 어떤 통로도 존재하지 않았기 때문입니다. 저는 제 나름대로의 희망에 대해 이야기하고 싶었고 그게 조금은 코믹한 장례식장 풍경에 지나지 않았다는 건 슬픈 일입니다. 사실 저는 아버지를 위해 장례식장에 개를 풀지도 유언을 읊어주지도 못했습니다.

저는 사실 제가 그럭저럭 유쾌한 사람이라고 생각합니다. 아버지를 닮았거든요. 저는 제 삶이 유쾌하지 않은 것은 상관없는데 남이 보기에 제가 유쾌한 사람으로 비치는 것에는 조금 신경을 씁니다. 제가 그런 사람이고 싶어서요. 농담은 어떤 격식을 갖추고 있는 것 같습니다. 저는 그런 농담을 사랑합니다.

대단한 것을 쓰겠다는 생각은 애초에 하지 않았습니다. 저는 삶에 대해 이야기하고 싶고 비인간 존재를 포함한 모든 삶을 능동적으로 상상하는 사람이 되고 싶습니다. 함부로 낙인을 찍지 않고 쉽게 애정하는 사람이 되고 싶습니다. 하지만 갈 길이

멀다는 걸 알고 있습니다. 제가 조금 덜 게으르고 공부를 많이 하는 사람이 되었으면 좋겠습니다. 그리고 늘 주변 사람에게 잘 대하는 사람이 되고 싶습니다. 아끼는 사람에게 주저하지 않고 애정을 주는 사람이 되는 것이 제 평생의 목표 중 하나입니다.

삶은 참 돌연합니다. 우리는 그 돌연함 속에서 속수무책 생을 이어갑니다. 더군다나 우리가 해야 할 일들은 산적해 있죠. 누군가는 그것이 그저 삶일 뿐이라고 이야기할 것입니다. 하지만 저는 그들이 말하는 그 삶을 짚어보고 싶습니다. 왜, 어째서, 이렇게, 우리는 되어야만 했는가. 저는 그런 데 있어 집요한 구석이 있습니다. 그 집요함으로 계속해서 소설을 쓰고 싶습니다. 지금과 늘 같은 마음으로, 이게 아니면 안 된다고 생각하면서.

자선 대표작

마음 깊은 숨

　살아오면서 나는 많은 것들을 쉽게 유예해왔는데, 그 이유랄 건 딱히 없었고 사소하고도 중대한 일을 잠깐 미뤄두는, 그래서 잠시 한숨 돌리게 되는 그 감각을 좋아했기 때문이다. 누군가 들으면 손가락질할 테지만 나는 정말 진심으로 그렇게 잠시 미뤄두는 일을 좋아했고 그래서 그런지 내 삶은 알게 모르게 조금씩 뒤로 밀려나갔다. 나는 그것이 종내 내 삶의 모양을 구성할 것임을 온전히 알지 못한 채로 늘 그렇듯 모든 일을 습관적으로 유예했고 결국 그것은 크고 작은 시련으로 다가오곤 했지만,

　분명히 하고 싶은 건, 내가 이런 일이 일어날 것이란 걸 완벽하게 모르지는 않았다는 것이다. 어렴풋이 알고는 있었다. 미루는 사람의 마음은 다 그런 것 아닌가. 알면서도 모른 척하는 것. 모른 척하여 숨 돌릴 수 있는 마음의 여유를 조금이나마 확보하는 것. 하지만 밀레니엄 메모리 센터에서 24개월 치 체납금을 납부하지 않으면 법적 추징 단계를 거쳐야 한다는 고지서가 날아왔을 때 나에게는 역시나 어떤 마음의 여유도 남아 있지 않

았다. 물론 경제적 여유도.

"현진은 잠을 참 많이 잤어요. 과수면은 정신 건강에 좋지 않다고 그렇게나 말을 했는데도 통 듣지를 않았죠."

안락의자에 앉아 있던 요시는 그렇게 말하면서 자기 손바닥에 삽입된 작은 모니터로 다람쥐에 관한 유튜브 영상을 틀어 한참을 봤다. 겉으로 봐서는 정정한 칠십 대 할머니처럼 보였는데, 안심 케어형 안드로이드라 일부러 그렇게 외형을 구현한 것 같았다. 나는 이미 깨끗하게 정돈되어 있는 요시의 이부자리를 부러 정리하면서 요시의 가장 큰 결함이 무엇인지를 되새겼다. 과보호. 그래, 43년 동안 돌봄 노동을 해온 요시의 치명적 결함은 과보호였다. 나는 무선 청소기를 내려놓은 뒤 침대에 걸터앉아 요시에게 말했다.

"메모리 센터에서 연락이 왔어요. 체납금을 납부하지 않으면, 기억을 몽땅 되찾아 가라네요."

"폐기할 순 없겠죠?"

"그렇게 간단한 문제가 아니에요, 요시. 공공기관에서는 함부로 개인의 기억을 폐기할 수 없어요. 제일 간단한 방법은 다시 돌려받는 시술을 하는 거예요. 그게 체납금을 한 번에 납부하는 금액보다 훨씬 저렴해요."

"무슨 기억인데요, 치영 씨?"

"모르죠."

내가 퉁명스럽게 말했다. 메모리 센터에서는 내가 일정 부분에 대한 기억을 없앤 채 10년 정도 살고 나면 어느 정도 건강한 삶을 되찾을 수 있을 거라고 했다. 그러면서 여러 개의 레퍼런스가 담긴 파일을 보여주었는데 그 내용이 인위적이기 짝이 없어 몇 번 펼쳐보다가 말았던 기억이 난다.

　사실 그때 당시 나에게는 되찾고 말고 할 건강한 삶이라는 게 없었다. 그런데 나는 왜 군이 그 시술을 받았는가. 그런 생각을 하다 보면, 도대체 내가 어쩌자고 기억을 보관해두었는지, 그때 나의 상태가 몹시 궁금해질 때도 있었다. 드문드문 나는 기억도 있다. 메모리 센터에 처음 찾아가 상담을 받을 때 그 서늘한 분위기와 의사의 단조로운 말투 같은 것들. 그러나 그 이후의 기억은 나지 않는다.

　지금 이 직장을 갖게 된 것은 어쩌면 메모리 센터에 기억을 보관한 후 내 정신이 그나마 건강한 덕분일지도 몰랐다. 면접을 볼 때 소장은 내가 센터에 기억을 저장해놓았다는 걸 알고 무척이나 마음에 들어 했으니까. 그는 내가 면접장 문을 나서기 전 마지막 질문을 했는데 그 질문이 꽤나 아파 아직까지도 마음에 남는다. 그는 나에게 담담한 표정으로 이렇게 물었다.

　"사람씩이나 돼서 로봇 돌보는 거 부끄럽지 않아요?"

　안드로이드 대여비보다 인건비가 더 저렴해진 시대라는 뉴스 기사가 한창 나오던 때였고 아마 그것이 신경 쓰였을 테지. 하지만 나는 한 치의 고민도 없이 이미 준비해 온 대답을 했다.

　"인간에 대한 오랜 돌봄 노동을 거친 안드로이드는 비로소 인간에게 돌봄을 받아야 마땅하다고 생각합니다."

　그때 나는 진심이었고 그 말을 소장에게 함으로써 내가 정말 이곳에서 일하게 된다면 이들에게 절대로 감정적인 스트레스를 주지 않겠노라 다짐했다. 지금까지도 나는 그때 내가 했던 말을 되새기며 나름대로 그 다짐을 잘 지키고 있다고 생각한다.

이 일을 시작한 이래로 아직 어떤 컴플레인도 받아본 적이 없었으니까.

요시는 유독 질문이 많았다. 민감한 질문도 서슴지 않고 했다. 왜 안드로이드 윤리 지침에는 처분 전 요양 기간이 3년이라고 명시되어 있을까요? 1년도 아니고, 5년도 아니고요. 나는 그런 요시에게 폐기를 확정하기 위해 거쳐야만 하는 검증 기간이 3년이라는 말을 차마 할 수가 없었다. 그래서 결국 다른 할 말을 찾아 헤매다 이상한 소리나 하고 말았다. 짧고도 긴 시간이 3년이라는 시간인 것 같아요. 뭔가를 해낼 수 있을 것 같은데, 막상 해내기에는 짧은 시간이랄까. 내 그런 엉뚱한 대답에도 요시는 찬찬히 고개를 끄덕여주었다.

"그렇군요. 그럼 왜 요양 보호사들은 1년마다 바뀌죠?"

"보편적인 돌봄을 위해서요."

"그렇군요."

아쉬움이 묻어나는 요시의 목소리를 들으며 나는 다시 한번 요시의 결함을 되새겼다. 과보호. 하지만 그것이 결함인가. 요시의 결함을 생각하면 나의 갖은 우울과 관련된 병명이 떠올랐다. 수많은 검사지 문항에 해당되는 성격적 특성을 체크하고 나온 결과를 바탕으로 구성된 나의 특이점, 그에 준거한 또 다른 결함들. 나는 그것에 대해 자꾸만 항변하고 싶어졌다. 요시에 대해서도, 나에 대해서도.

*

안드로이드 주간 보호사 자격증을 취득하게 된 건 하루 종일 집에 혼자 있을 엄마 때문이었다. 최저생계비를 지급받는 동시에 할 수 있는 적은 임금의 일 중 가장 마음에 드는 일이기도 했고 출퇴근이 비교적 유동적인 일거리였다. 엄마는 왜인지 밖에 나가기를 극도로 꺼려 하면서도 혼자 있는 시간을 무서워했다. 나는 외출할 때마다 그런 엄마가 걱정되어 전전긍긍하면서도 늘 집 밖을 나서지 못해 안달 나 있었다. 그래서 요양 센터에 있는 이 시간이 내게는 나름 소중했다. 창문으로 비치는 따뜻한 햇살을 맞으며 병실의 청결을 유지하고 안드로이드의 작동 상태를 확인하며 건강한 대화를 나누는 시간들.

집에 돌아오니 오후가 다 되었는데도 불이 전부 꺼져 있었다. 거실 불을 켠 뒤, 여전히 침대에 누워 있을 엄마를 위해 찌개를 끓이기 시작했다. 마늘을 다지고 김치와 두부를 자른 뒤 한꺼번에 넣고 끓이기만 했다. 그냥 다 넣고 팔팔 끓이면 돼. 엄마가 하던 말이었다. 엄마는 늘 그런 식으로 나를 가르쳤다. 이것쯤은 정말 아무것도 아니라는 듯이. 너무 아무것도 아니라서 깜짝 놀랄 거라는 듯이.

"나와서 밥이라도 먹자."

간신히 한 말인데, 엄마는 여전히 아무 대답도 없었다. 나는 결국 여느 때와 같이 엄마와 대화하기를 포기하고 밥상을 엄마 방 문 앞에 둔 채 내 방으로 와 문을 닫았다. 얼마 지나지 않아 문 열리는 소리가 들렸다. 이윽고 문이 닫히는 소리. 나는 엄마에게 묻고 싶었다. 왜 나처럼 하지 않았어? 나처럼 메모리 센터에 기억을 보관하지 않았어? 하지만 결코 물을 수 없는 말. 누가 뭐래도 지금 엄마는 자신이 선택한 삶을 살고 있었다.

내가 처음 이 요양 센터에 취직을 했을 때 선임이 한 말이 있다. 데이터가 축적될수록 오류가 많아지기 마련이야. 오류는 잘못된 선택을 초래하고, 잘못된 선택을 하는 안드로이드는 있어선 안 돼. 특히 안심 케어형 안드로이드는 말이야. 나는 그 선임에게 물었다. 여기 있는 모든 안드로이드가 잘못된 선택을 해서 오게 되었나요? 그러자 선임이 가당치도 않은 질문이라는 듯 고개를 저으며 대답했다. 유통기한 몰라?

그래서 더 그랬다. 처음엔 요시를 어떻게 대해야 할지 난감했다. 요시는 전혀 유통기한이 지난 것처럼 보이지 않았다. 오히려 오래 묵은 농담을 때에 맞게 던져 예기치 못한 웃음을 터트리게 할 때가 있었으며 무엇보다 내게 잘 대해주려 애쓰는 것처럼 보였다. 내가 오기 전에 먼저 베갯잇을 갈아놓기도 했고 정해진 요일에 맞춰 옷을 갈아입은 뒤 넌지시 칭찬해달라고 먼저 운을 띄우기도 했다. 요시는 돌본다고 하기에도 민망할 정도로 혼자서 뭐든지 척척 해내었고 무엇보다 외부적 결함이 전혀 존재하지 않았다.

작년에는 3개월 동안 물리적 움직임이 거의 불가능한 안드로이드를 돌본 적이 있었다. 소프트웨어는 정상 가동이 되어 끊임없이 말을 했지만 스스로 움직일 수 없어 내가 매번 안드로이드의 움직임을 도와줘야 했는데, 보통 체력이 소모되는 일이 아니었다. 안드로이드도 내게 부탁을 하는 것이 불편했는지 최대한 침대에 누워 움직이지 않으려 들었고 그렇게 대부분의 시간을 누워서 보냈다. 하지만 나는 누가 시키지 않았는데도 두 시간에 한 번씩은 꼭 그 안드로이드의 몸을 가로뉘어 창밖을 보게 했다. 그게 맞는 일 같아서.

인간은 똑같은 자세로 계속 누워 있으면 욕창이 생기지만 우린 그렇지 않아요. 저는 창밖을 볼 필요도 없는걸요. 언젠가 그가 그렇게 말하기에 내가 대답했다. 그럼 내가 당신에게 무엇을 해줄 수 있죠? 그러자 안드로이드는 아무 말도 하지 않았다. 사실 내가 이 일을 선택한 건 안드로이드를 돌보는 게 인간을 돌보는 일보다 훨씬 편할 것 같아서였다. 그런데 막상 일을 해보니 몸은 편한데 속은 그렇지 않았다. 특히 외부적으로나 내부적으로나 심하게 훼손되어 입소한 안드로이드를 보고 있으면 저 깊은 곳에서 누구에게도 도달할 수 없는 화가 솟구쳤다.

"이것 봐요."

이번에는 요시가 비둘기 영상을 보여주었다. 새끼 비둘기들이 조르르 도로를 건너는 영상이었다. 나는 이상하게 그런 요시를 보면서도 요시를 보는 게 아니라 요시를 구성하고 있는 무엇을 보게 되었다. 요시는 어떻게 구성된 존재일까. 어떤 데이터로 말미암아 어떤 성격적 특성을 구현하게 된 것일까. 나는 참지 못하고 요시에게 말했다.

"요시는 안심 케어형 안드로이드잖아요."

"네."

"그러면 화가 날 땐 어떻게 해요?"

"화가 나지 않죠."

"아이가 아무리 떼를 써도요?"

"그럴걸요? 근데 저는 주로 노인을 돌봤어요. 노인도 떼를 써요."

"어쨌든. 그럼 누가 너무 미워서 죽겠던 적 없어요?"

"없어요."

"그렇군요."

"치영 씨는요?"

"저는 거의 화가 나 있는 상태로 누군가를 미워하죠."

"그러면 치영 씨는 분노 맥스형 인간이네요."

내가 어이없다는 식으로 웃자 요시도 한참 웃다가 조용히 말했다.

"그런데 설명을 못 할 뿐이지, 어떤 상태가 될 때는 있어요. 저는 '아차 상태'라고 하는데요. 순식간에 아주 깊은 미궁에 빠져버린 상태가 되는 거예요. 저로서는 판단할 수 없는 감정 기능이죠."

나는 그것이 비단 요시의 문제만이 아닐 것이라고 생각했다. 나 또한 그 '아차 상태'가 무엇인지 알 것 같았으니까. 요시의 기능 상태를 간단히 점검하려는데 문자가 왔다. 밀레니엄 메모리 센터로부터 온 문자였다. 이번 주 내로 가까운 센터에 방문하라는 문자였다. 언젠가 내 일부였던 기억, 나를 망치고 지독하게 만들었을 그 기억을 다시 복원하게 된다니. 참 마음이란 게 이상했다. 메모리 센터에서 삭제를 권고받을 정도의 기억이면 보통의 기억이 아닐 텐데. 어쩔 수 없이 돌려받게 된 기억이었지만, 그럼에도 나는 나를 구성하고 있던 무엇, 내가 잃어버린 무엇을 되돌려받는 기분이 들었다. 참 이상하게도.

*

시술을 받기 전, 의사를 만나 잠깐 상담을 했다. 의사는 정말 체납금을 지불하지 않고 기억을 되돌려받겠냐고 재차 물었다. 그런 선택을 하는 사람은 거의 없다면서. 나는 의사의 땋아

내린 머리카락을 가만히 바라보다가 고개를 끄덕였다. 내게는 돈도 뭣도 없다고. 되돌려받는 것만큼 간단한 결정이 없다고. 그러자 의사는 고개를 숙이더니 한숨을 푹 쉬었다.

"고통스러울 거예요."

"많이요?"

"사람에 따라 다르죠. 환자분의 경우는 단 한 사람의 기억이 통째로 삭제된 경우인데요. 제가 봤을 때 이런 경우에는 아주 천천히 오래도록 기억들이 체내에서 화학작용을 일으킬 거예요."

"화학작용이요?"

"복원된 기억과 현재의 기억이 뒤섞여 새로운 기억을 이전의 기억이라고 믿게 되는 경우가 있고요. 신경전달물질의 분비가 증감하면서 신경학적 문제를 유발할 수 있어요."

그래도요? 그래도 하시겠어요? 그는 그렇게 묻는 것 같았다. 나는 의사의 눈치를 보다 데스크 앞에 놓인 펜을 들어 서류에 또박또박 내 이름을 적어 넣었다. 의사는 더 이상 아무 말도 하지 않고 시술을 준비해야 한다며 잠깐 밖에 나가 기다리라고 했다. 차분한 음악이 흘러나오는 대기실에서 기다리면서 나는 창밖에 우뚝 솟은 높다란 나무들을 구경했다. 그리고 바구니에 담긴 소금 사탕 하나를 집어 먹었다. 우리 집 창문 밖에는 나무가 없으니까, 엄마는 나무를 본 지도 참 오래되었겠지. 나는 그런 생각을 하면서 형편없는 위치에 있는 우리 집을 탓했고 나의 돈 없음에 조금 슬퍼했다.

기억 복원 시술을 받는 데는 15분도 채 걸리지 않았다. 시술을 받고 나서 나는 센터 앞 정원에 앉아 한참이나 멍하니 하늘을 바라보았다. 작은 분수에는 형형색색의 잉어들이 헤엄치고 있었고 나는 물이 뿜어져 나오는 정원의 여름을 오래도록 만끽했다. 아름답다. 하지만 이윽고 이렇게 아름다운 풍경이 단한 명의 존재가 이 세상에 없다는 이유로 무의미하게 느껴졌다. 나는 내가 왜 기억을 보관해두기로 마음을 먹었는지 알 것 같았다. 유예. 그것은 슬픔을 유예하는 행위였다. 지독한 슬픔으로부터 달아나려 했겠지. 그게 나를 좀먹는 것인 줄도 모르고.

여느 때처럼 집에 도착하자마자 거실 불을 켰다. 기억을 되찾고 보니 그곳에는 언니가 살던 흔적이 그대로 남아 있었다. 푹 꺼진 소파와 늘 양말을 벗어놓던 자리, 늘 피우던 인센스……. 나는 엄마의 방문을 두드리며 말했다. 엄마, 엄마, 나 기억을 되돌려받았어. 아직 전부 기억이 나지는 않는데, 드문드문 뭔가가 떠올라. 근데 그게 뭔지는 잘 모르겠어. 엄마는 아무 대답이 없었다.

"나 조금 괴로운데."

내가 그렇게 말하자 방문 너머에서 기척이 들렸다. 하지만 엄마는 나오지 않았다. 그런 엄마가 너무 미워서 저녁도 차리지 않은 채로 방으로 들어가버렸다. 나는 침대에 누워 많은 생각을 했다. 그러니까, 언니에 대한 생각. 그건 분명 좋은 일이었다. 보관해둔 기억은 끔찍한 기억도 있었지만 좋은 기억도 있었다. 나는 언니와 함께 계곡에 갔던 기억을 오래도록 떠올렸다. 함께 민물고기를 잡는다고 투망이며 떡밥이며 이것저것 챙겨 갔는데 단 한 마리도 잡지 못했던 날. 나는 계곡물에 발을 담근 채 뙤약볕 아래 오래도록 언니가 민물고기 한 마리라도 건지기를 기다렸고 언니는 그러지 못했다. 결국 나는 참지 못하고 눈물을 터트렸고 언니는 내가 참을성이 없다며 화를 냈다. 그러다 지나가던 어른의 도움을 받아 작은 버너에 불을 켠 뒤 냄비에 물을 올려 라면을 끓여 먹고 같이 헤프게 웃던 기억.

조금 울었다. 많이는 아니고, 조금. 나는 어쩐지 시원했고, 기억을 돌려받아 다행이라고 생각했다. 요시를 만나면 말해주어야지. 기억을 돌려받아 아주 다행이라고. 시원해졌다고. 그렇게 생각하면서 다시 엄마에게 저녁을 차려주러 거실로 나갔다. 나는 엄마에게 단 한 가지 반찬만을 해주었는데 엄마는 그래도 잘 먹어주었다. 퇴근하고 집에 돌아오면 늘 설거지까지 깔끔하게 되어 있었다. 음식물 쓰레기 하나 없이. 나는 그래주어 다행이라고 생각했다.

그런데, 그게 다행인가? 너무한 거 아닌가? 갑자기 그런 생각이 불쑥 들었다. 간장을 희석한 물에 꽈리고추를 넣어 숭덩 썬 무를 팔팔 끓이고 있을 때였다. 가스불을 끄고 엄마 방문을 두드렸다. 엄마, 좀 나와봐. 대답이 없었다. 그래서 문을 부술 듯이 더 세차게 두드렸다. 엄마, 엄마, 왜 그랬어. 말 좀 해봐. 왜 언니만 그렇게 되었냐고. 왜 엄마는 이렇게 어떻게든 먹고 어떻게든 살고 있는 건데? 단 한 번도 돌리려고 하지 않았던 그 문고리를 힘차게 돌렸다. 그러자 문고리가 힘없이 돌아가며 방문이 열렸다. 너무도 쉽고 부드럽게. 언제부터 열려 있었던 걸까? 나는 그 문을 다시 닫고 싶은 충동에 사로잡혔다. 하지만 그러지 못했다. 그 안에 엄마가 있으니까.

문 열린 방 안은 캄캄했다. 슬그머니 방 안으로 발을 집어넣었다. 서늘한 기운이 훅 끼쳐왔다. 엄마는 이불에 둘둘 말린 채로 누워 있었다. 나는 엄마에게 가까이 다가가 조심스레 이불

안으로 손을 집어넣었다. 그러자 엄마가 슬그머니 손을 잡아주었다. 손은 아주 따뜻했다. 나는 그 손을 가만히 꼭 쥐어보았는데, 주름이 무척 많다는 생각이 들었다. 엄마는 생전 일도 하지 않았는데, 왜? 나는 속으로 엄마 대신 예전의 엄마처럼 대답을 해보았다. 주름이 지는 원리는 사는 원리와 같단다. 원리가 뭔지는 묻지 말고.

"엄마, 이제 좀 나와."

그러자 엄마가 아주 작은 목소리로 말했다.

"나가."

"그러지 말고."

"아직은 안 돼. 무서워."

"실수할까 봐?"

"돌이킬 수 없을까 봐."

"살고 싶지 않을까 봐?"

"생각날까 봐."

"그때가?"

"그냥 네 언니의 모든 게. 그런데 지금도 매일 생각나긴 해."

"우리 그냥 살면 안 되냐?"

내가 엄마에게 그렇게 묻자 엄마는 내 손을 한번 꼭 쥐어주더니 이불 안으로 더 파고들어 가버렸다. 엄마는 운전 따위 다신 하지 않겠지. 엄마가 미운 와중에도 엄마를 위해 면허라도 따놓아야겠다는 생각을 했다. 엄마를 태우고 병원도 다니고 마트도 가고 해야지. 이불 속에 파묻힌 엄마를 그대로 두고 나왔다. 방문은 조금 열어둔 채로. 부엌에서 무조림을 다시 끓이기 시작하면서 엄마와 방금 했던 대화를 돌이켜보았다. 엄마의 마음을 명중한 게 기어코 단 한 마디도 없었다. 나는 내가 참 이상했다. 단단히 비틀리고 메말랐을 엄마의 마음에 대해서 끊임없이 생각해왔으면서도 전혀 이해한 바가 없다는 것은 참 이상한 일이었다.

*

요시는 자꾸 현진 이야기를 했다. 현진은 잠을 많이 자는 사람이고 간만에 깨어났을 때는 늘 총명하고 멋진 말을 하는 사람이라 자꾸 메모를 하게 만들었다고. 안드로이드도 메모를 해요? 내가 또 바보 같은 질문을 던져도 요시는 다 대답해줬다. 그럼요. 마음으로 메모하죠. 나는 자꾸 요시가 마음 이야기를 하는 게 마음에 걸렸다. 요시의 마음이 무엇인지 모르겠어서. 나는 100년 동안 돌봄 노동을 해온 이 안드로이드의 마음이 도대체 어떻게 구성되는지 알지 못했다. 나는 그런 요시에게 현진 이야기는 그만하자는 의미로 산책을 나가자고 했다. 나무도 좀 보고 인공 호수도 보고 그러고 오자고. 그러자 요시가 물었다.

"그게 다 무슨 의미죠?"

"요시, 산책은 좋은 거예요."

"아는데, 좋은 거. 우리한테는 별 의미 없어요."

"그럼 뭐가 의미 있는데요?"

"어르고 달래는 거요. 간신히 재우는 거요. 진득하게 견디는 거요. 치우는 거요. 돌아 눕혀주는 거요. 통증을 알아차리는 거요. 죽어가는 걸 보는 거요."

"오랫동안 해온 일이잖아요."

"그래서 지금도 할 수 있는 일이에요."

"요시."

"사실 전 인정할 수 없어요. 내가 여기 와 있는 것조차도."

요시는 그렇게 말하면서 다시 손바닥에 있는 모니터로 귀여운 동물들이 나오는 영상을 봤다. 쿼카가 이파리를 뜯어 먹고 미어캣이 몸을 꼿꼿이 세운 채로 망을 보고 거북이가 목을 빼며 헤엄치는 영상들. 나는 그런 요시의 손을 잡았다. 그러자 요시가 내 손을 빼고 다시 모니터를 보았다. 나는 다시 그런 요시의 손을 붙잡았다. 그러기를 몇 번, 요시가 한숨을 쉬고 침대에 누웠다. 나는 요시의 등을 보며 말했다.

"요시에게서 현진이라는 사람의 기억을 지우면 어떨까요?"

요시는 대답하지 않았다.

"그게 요시에게 도움이 될까요?"

"도움이 되지 않겠죠. 기억을 지우는 건 아무래도 바보 같은 결정이니까요."

맞아요. 저는 언니의 기억을 돌려받아서 오히려 좋은 것 같아요. 나는 그렇게 말하고 요시의 몸을 부드럽게 돌렸다. 그리고 기능 상태를 천천히 체크하기 시작했다. 센서 작동 여부, 전원 시스템 점검부터 시작해서 기본적인 안전 점검 같은 것들. 전부 지침서에 적힌 대로 하는 일이라 간단한 일들이었다. 요시는 내가 그렇게 자신의 몸을 만지작거리는 게 달갑지 않을 텐데도 가만히 있었다. 오늘은 일주일에 한 번 연구원이 검사를 하러 오는 날이라 더 신경이 쓰여 꼼꼼하게 체크하려 노력했다.

"그런데 왜 그랬대요?"

"네?"

"왜 바보 같은 결정을 내렸대요?"

나는 어떻게 대답해야 할지 고민하다가, 요시에게는 솔직하게 말해주고 싶어서 그렇게 했다.

"실수를 인정하고 받아들이는 거, 그게 사람은 잘 안 돼요."

그 말을 뱉는 순간 나는 내가 가진 모든 기억이 통째로 나를 뒤덮어버리는 충격에 빠졌는데, 그건 기이할 정도로 고통스럽고 이상한 경험이었다. 내가 그 말을 내 입으로 내뱉음과 동시에 잊고 있던 사실을 모조리 깨닫게 되었고 그 당시의 사건은 선명하게 나를 덮쳐왔다. 내가 내뱉은 말은 모조리 거짓이라는 듯이, 그게 정말 네가 할 말이냐는 듯이. 그날의 사고와 엄마가 잡은 운전대, 조수석에 탄 채 의식을 잃은 언니와 속수무책 거꾸로 뒤집힌 모닝 속에서 그들을 바라보는 나……. 나는 방금 그 말을 함으로써 분명히 무언가를 훼손했고 훼손한 무언가는 영영 돌이킬 수 없는 것이 되어버렸다. 그리고 이 모든 것이 몹시 순식간에 벌어진 일이었다. 나는 아주 멀쩡한 상태로 그 모든 걸 감각해버려 조금 의아한 상태가 되어버렸고 이내 그것이 요시가 말한 아차 상태라는 것을 깨달았다.

"괜찮아요?"

요시가 내 어깨에 손을 올리며 물었다. 나는 더 이상 어떠한 말도 하지 않는 것이 좋겠다는 생각이 들었다. 얼른 점검을 끝내고 퇴근하려는데 요시가 나를 불렀다. 내가 돌아보자 자신의 손바닥에서 끊임없이 재생되고 있는 동물 영상을 보여주며 말했다.

"저는 이거요, 귀여워서 보는 거예요."

"알아요."

"다른 의미 없어요."

"알아요."

"정말요?"

재차 묻는 요시에게 나는 쉽사리 그렇다고 대답할 수 없었다. 나는 언젠가부터 요시의 모든 행동적 패턴을 그의 치명적 결함과 결합시켜 보고 있었던 것 같다. 그러니까 과보호라는 진단 아래 요시의 모든 말과 행동은 뭉개지고 쪼개져 나에게 다른 방식으로 다가왔고 그렇게 나는 나름의 방식으로 요시를 이해하려 들었다.

"내일은 산책 가요, 우리."

아무런 대답도 주지 못한 내게, 요시는 그렇게 말해주었다. 나는 차분한 요시의 말에 묘한 안도감을 느꼈고 다시 한번 그가 안심 케어형 안드로이드라는 것을 깨닫고 말았다. 나는 그런 요시가 못마땅했고 요시도 그걸 알아차린 것 같았다.

"우리 서로 한번 맛을 볼래요?"

"맛?"

"현진과 자주 하던 놀이예요."

요시는 그러면서 제 팔을 내 얼굴 앞에 불쑥 내밀었다. 내가 얼굴을 조금 뒤로 빼자 더 가까이 다가왔다. 뭐 하는 거예요? 내가 묻자 요시가 아무 일도 아니라는 듯 나를 보며 혀로 자기 팔을 핥았다.

"무슨 맛이 나는지 봐요."

나는 사람과 별반 다를 바 없어 보이는 요시의 매끄러운 팔을 물끄러미 바라보았다. 그러자 요시가 재촉했다. 맛이라……. 나는 조심스레 혀를 내밀고 요시의 팔에 갖다 대었다. 으레 내

가 느껴왔던 타인의 살냄새 대신 어딘지 화학적인 실리콘 냄새
가 났고 몸시도 차가웠다. 그리고 맛은, 맛은, 조금 달콤하고 어
딘지 모르게 시큼한 요시의 맛.

"요시도 맛을 볼 수 있어요?"

내가 묻자 요시는 황당하다는 듯 나를 보았다. 그럼요. 요
리하려면 간도 맞춰야 하는데요. 사람을 돌보려면 필수죠. 물론
저희는 수치화해내는 편에 가깝지만. 나는 그런 요시에게 내 팔
을 내밀었다. 요시가 가만히 나의 흰 팔을 바라보았다. 나는 그
런 요시에게 내 팔을 더 가까이 들이밀었다. 그러자 요시가 말
했다.

"사람의 피부는 짭조름하죠. 사실 저는 그런 걸 알고 싶은
게 아니에요. 정말 기어코 당신의 맛일 수밖에 없는 맛. 그걸 알
수 있을까요?"

그러면서 요시는 꼭 준비해왔던 사람처럼 서랍 위쪽에 붙
여놓은 반짇고리 하나를 열었다. 색색의 실타래와 함께 가지런
히 놓인 몇 개의 바늘들. 그중에서 요시는 가장 얇고 날카로운
바늘을 꺼냈다. 그리고 내 팔을 부드럽게 쓴 다음 손가락으로
피를 모았다. 그 제스처가 너무 자연스럽고 당연하게 느껴져서
마치 우리가 주술적인 행위를 하고 있다는 착각마저 들었다. 바
늘이 내 손가락 가까이로 다가왔다. 나는 떨림을 감출 수 없었
다. 잠깐 사이 내 손가락 피부 사이로 들어왔다 나가는 바늘, 동
그랗게 맺히는 검은 피……. 요시는 그것을 정말 신중하게 맛
봤다. 정말이지, 신중하게. 그리고 아주 오랫동안 그 맛을 음미
했다.

"무슨 맛이 나요?"

"현진과는 다른 맛이요. 더 시큼하고 달달한 맛."

나는 그 말로 말미암아 오래도록 묵은 체증이 내려가는 기분이 들었다. 이상한 일이었다. 내 삶이 명백히 존재하고 있다는 느낌. 이 지난한 일상의 고통 속에서도 피는 어딘가로 흐르고 맺히고 터져 나올 수 있는 것처럼. 나는 요시를 있는 힘껏 끌어안았다. 요시는 순순히 내게 안겨주었다. 나는 요시의 귓가에 부드럽게 속삭였다. 동물 영상, 마음껏 봐도 돼요. 그러자 요시가 흐느끼듯 웃었다.

*

오랜만에 엄마에게 미역국을 해주고 싶었다. 오래도록 푹 끓여서 미역이 다 흐물흐물해진, 그런 미역국을. 이것저것 장을 많이 봐서 짐이 양손 한가득이었는데 집도 언덕에 있어서 오르는 게 쉬운 일이 아니었다. 두피부터 땀이 솟았고 점점 숨이 가빠 호흡이 거칠어졌다. 그렇게 한참을 집으로 향하는데 해가 너무 뜨거운 게 얄궂어서 해를 노려보다가 해와 오래도록 눈싸움을 한 뒤 주변을 둘러보면 지하세계를 볼 수 있다던 언니의 거짓말이 떠올랐다. 나는 그게 거짓말인 줄도 모르고 대로변에 우뚝 서서 아주 오랫동안 진득하게 해를 뚫어져라 쳐다보았고 이제 그만 되었다 싶을 때 주변을 돌아보았는데 세상이 어둡게 반짝반짝해서 그게 정말 지하세계인 줄로만 알았다. 그래서 언니에게 언니야, 나 지하세계가 보여, 아주 무시무시한 세계야! 소리쳤는데 언니는 홀랑 집에 들어가버린 뒤였다. 등에 땀이 푹 젖을 정도로 아주 무더운 날씨였는데. 그런 생각을 하다가 불현

듯 죽기 직전의 언니가 생각났다. 언니는 놀라울 정도로 죽는 것을 무서워했고 그래서 나는 차라리 내가 죽기를 바랐다. 그것은 진심이었다. 하지만 그것을 어떻게 진심이라고 말할 수 있겠는가. 애초에 그건 불가능한 일인데. 불가능하다는 걸 다 알고 하는 말인데. 나의 진심은 그렇게 조악하다.

나는 참 언니에게 해주고 싶은 것이 많았다. 목숨을 나눠주고 싶었고 사랑을 더 주고 싶었고 좋은 대화를 해보고 싶었으며 건강한 희망 따위를 전하고 싶었다. 우리는 다른 방식으로 아파했고 다른 방식으로 미안해했다. 그리고 몰래몰래 속으로 엄마를 원망했다. 그러면 안 되는 거잖아. 누구라도 그럴 수 있는 일이잖아. 세상에는 수많은 일이 일어나고 일어난 일에 인과는 있어도 이렇다 할 숙명이란 없는 것인데. 탓하는 건 옳지 않아. 나는 그렇게 속으로 되새기면서 다시 언덕을 올랐다.

기억을 되돌려받은 후로 줄곧, 나는 엄마가 기억을 보관하지 않기로 한 것이 옳은 결정이라고 생각하고 있었다. 왜냐하면…… 엄마는 응당 그래야 하니까. 그건, 엄마의 과실이었으니까. 요시라면 어떻게 할까? 문득 그런 생각이 들었다. 요시라면, 엄마를 잘 어르고 달래주었겠지. 부드러운 손으로 엄마의 주름진 손을 만져주며 살살 방 밖으로 끌어내주었겠지. 갑자기 입맛이 돌았다. 이상하게 달콤했던 요시의 맛이 생각났기 때문이었다.

집에 들어가니 거실이 환했다. 무언가 끓는 소리도 났다. 고개를 쭉 빼고 부엌을 들여다보니 엄마가 한창 바쁘게 부엌에서 야채를 손질하고 있었다. 나는 지금 이 상황이 믿기지 않아 한참 그런 엄마를 쳐다보았다. 엄마도 민망했는지 나를 제대로 알은체도 하지 않은 채로 양파를 손질했다. 그런 엄마를 보니 갑자기 눈물이 터져 나왔다. 내가 훌쩍이자 엄마도 코를 좀 훌쩍이더니 휴지를 돌돌 말아 흥 하고 코를 풀었다.

"무슨 바람이 불었어?"

내가 그렇게 묻자 엄마는 역시 대답을 하지 않았다.

"탓해서 미안해."

또다시 정적.

"일방적이어서 미안해."

엄마는 무슨 말을 하고 싶어 하는 것처럼 보였는데, 안타깝게도 아무 말도 하지 않았다. 그러니까, 엄마에게는 아직까지 그것이 더 어울리는 것처럼 보였다. 아무 말도 할 수 없음의 상태가. 나는 그런 엄마의 무거운 마음을 헤아릴 수 없어 더욱 마음이 아팠고 돌이킬 수 없는 일을 돌이키고 싶어 죽겠는 심정이 되었다. 엄마가 그렇게 몇 년 만에 해준 첫 음식은 바로 김치찌개. 숭덩숭덩 넣어 끓이면 짠 하고 완성된다는 그 음식. 엄마는 참 낙관적인 사람이었는데.

나는 정말 오랜만에 냉장고 옆 틈에서 작은 식탁을 꺼내 네 다리를 폈다. 엄마는 상 위에 팔팔 끓는 김치찌개를 받침대와 함께 올려두었고 밑반찬을 꺼냈다. 그사이 나는 갓 지은 밥을 펐고 그렇게 나와 엄마는 아주 오랜만에 서로를 보고 마주 앉았다. 우리는 아무 말도 하지 않고 식사를 시작했다. 밥을 먹고 김치찌개를 후루룩 마시며 얇게 썬 오이지를 집어 먹었다. 한참 밥을 먹는데 엄마가 아주 작게, 속삭이듯 내게 말했다.

"시영이가 말이야."

"응."

"살려달라고 했어."

얼마나 살고 싶었을까. 처음에는 그 생각뿐이었어. 그런데 있지, 가만 생각을 해보니까, 그건 열망 따위에 비할 바가 아니더라고. 그건, 절규에 가까운 거더라고. 그래서 말이야. 나는 내가 죽고 싶었어. 내가 죽으면 그 절규를 듣지 않아도 되니까. 나 사실 그런 생각도 했다? 치영이 네가, 그 주스 있잖아. 자몽 주스. 그거 먹고 싶다고 안 했음 나가지도 않았을 텐데, 그런 생각. 엄마가 우습지? 나도 내가 우스워. 사람이 자꾸 우스워지기만 한다.

엄마는 내 눈도 못 마주친 채 계속 중얼거리기만 했다. 나는 숟가락을 내려놓고 엄마 팔뚝을 붙잡았다. 우리는 서로의 눈을 쳐다보지 못한 채로 한참 서로를 붙들고 있었다. 나는 엄마가 많이 아파서, 나처럼 아파서, 나만큼 아파서 다행이라고 생각했다.

＊

요시와 나는 종종 서로의 맛을 봤고(우리는 그 일을 시음이라고 표현했다) 함께 침대에 누워 있었다. 업무를 소홀히 하는 건 당연한 수순이었다. 요시와 함께 있으면 아무 생각도 나지 않았기 때문이었다. 우리는 사슴이 나무에 뿔을 비비거나 수달이 조개를 깨 먹는다거나 너구리가 위협적으로 몸을 부풀리는 영상을 함께 보았고 낄낄거렸다. 나는 의사가 요시의 결함을 과보호라고 진단한 것이 이해가 가지 않았다. 요시는 여전히 현진의 이야기를 자주 했고 그것은 정말이지, 과보호의 문제가 아니었다.

기억 복원 시술을 받은 뒤 시시때때로 두통이 찾아왔다. 밀려드는 언니에 대한 기억 속에서 당장 어제의 일조차 깜빡하기 일쑤였고 망치로 얻어맞은 것처럼 머리가 묵직했으며 적확한 단어를 골라내기가 쉽지 않았다. 연구원이 내게 몇 번이나 주의를 줬다. 요시와 적당한 거리감을 유지하라고. 유대감을 갖는 것도 좋지만, 멀리하는 것도 중요하다고. 그러면서 요시가 사실은 무척이나 과중한 일을 저질렀기 때문에 이곳으로 왔다고 말해주었다. 나는 멍한 얼굴로 연구원을 쳐다보며 고개를 끄덕였다. 알겠습니다. 그가 되물었다. 정말 알겠어요? 나는 고개를 끄덕이며 속으로 대답했다. 전혀요.

"잠이 인간에게 크나큰 유혹이란 거, 알고 있어요."

요시가 내 얼굴을 쓰다듬으며 말했다.

"그런데 요시는 시음한 뒤 늘 나를 재우잖아요."

"저는 이상하게 잠을 자는 사람을 보면 마음이 약해져요."

"사람 같은 말이네요."

"저는 언제나 비밀을 갖고 있었어요."

"현진처럼요?"

"현진 같은 비밀을요."

"비밀을 가지면 뭐가 달라지나요?"

"비밀은 사람을 안달 나게 하잖아요."

"그래서요?"

"그럼 안드로이드에게 비밀이 있다는 건 무엇을 의미할까요?"

"글쎄요……."

"내 비밀의 일부를 말해줄게요. 저는 당신이 아주 질 좋은 잠을 잤으면 좋겠어요. 그리고 일어나서 손을 뻗어 나를 찾았으면 좋겠어요. 그리고 이내 내가 없다는 걸 깨닫고 지독한 슬픔에 사로잡히는 거죠. 저는 그런 상상을 하곤 해요. 내가 사라지고 나서야 사람들이 기어코 슬퍼하게 되는 그런 상상. 이런 식의 상상을 하고 나면 기분이 조금 나아지죠. 현진의 죽음에 대해서 조금 이해할 수 있게 된 것 같거든요."

요시는 나를 재우듯 말했고 나는 아주 먼 곳에서 요시가 말하고 있는 것 같은 느낌에 사로잡혔다. 오랜만에 깊은 잠에 들수 있을 것 같았다. 과중한 일……. 나는 요시가 도대체 어떤 과중한 일을 벌였을지 궁금했다. 하지만 이제 와서 그런 일에 대해 물어보고 싶지는 않았다. 나는 사실 오래전부터 요시의 문제가 나의 문제와 맞닿아 있음을 직감했던 것 같다. 나는 요시의 품을 내심 바랐고, 그건 분명한 나의 결함이지, 요시의 결함은 아닐 것이다.

상상해보았다. 누워 있는 엄마에게 다가가 슬그머니 껴안아보는 상상을. 그런데 그 상상은 어찌할 수 없을 정도로 무참하게만 느껴졌다. 그러니까, 어떤 사랑은 그렇게도 된다. 케케묵은 시절과 악화된 상황에 뒤엉킨 사랑은. 우리는 딱 이만큼만, 함께 귀여운 동물 영상을 보고 서로를 시음하고 품을 내어주는 정도로만 애정을 나눌 수 있는 존재라서 다행인 건가. 연구원은 요시의 트라우마가 심각하다며 기억장치를 빠른 시일내 업데이트할 예정이라고 했다. 나는 내가 요시를 보호하고 있는 동안에는 절대로 그렇게 두진 않을 거라고 다짐했다. 그건나를 위한 것이기도 했고 요시를 위한 것이기도 했다.

"요시, 우리 산책 가요."

여느 때처럼 가기 싫어하는 요시를 데리고 요양 센터 1층으로 내려갔다. 분수대를 뱅뱅 돌고 높게 솟은 빌딩을 바라보고 하늘과 구름의 흐린 경계 따위를 가늠해보다가 주변을 조심스럽게 살펴보았다. 그리고 요시에게 말했다. 이제 때가 되었어요. 내가 비장한 목소리로 그렇게 말하자 요시는 이상하게도 다 안다는 듯 끄덕거렸다.

대로변에서 택시를 잡았다. 택시 기사가 환자복을 입은 요시를 힐긋 바라보았다. 나와 요시는 조금 긴장했다.

"어머니가 참 정정하시네요."

택시 기사는 그렇게 말했다. 나는 너스레를 떨었다. 정말이지, 너무 정정해서 문제라니까요. 그러자 요시가 웃었다. 택시 기사도 웃었다. 우리는 웃으면서 기억력이 너무 좋은 노인에 관해 이야기했다. 택시 기사는 인감을 자기 목숨의 일부처럼 여기던 자신의 아버지에 대해서 이야기해주었다. 혹시라도 자기 땅 명의를 자식들이 가로챌까 평생을 전전긍긍하셨다고. 그 인감은 어떻게 되었어요? 내가 묻자 그 기사는 너털웃음을 지으며 말했다. 지금은 제 목숨의 일부죠.

*

내가 평소보다 이른 시각에 집에 도착하자 엄마는 당황한 것 같았다. 그래도 엄마는 요시에게 정중히 인사했고 요시는 엄마에게 담백하게 인사했다. 나는 엄마에게 요시를 센터에서 함께 일하는 동료라고 소개했다. 그러자 요시는 살짝 머뭇거리다 고개를 끄덕였다. 엄마는 나와 요시에게 밥을 차려주려고 했고 나는 그럴 필요는 없다며 한사코 엄마를 말렸다.

"저는 밥을 먹지 않아도 돼요."

"왜요?"

"의미 없는 일이거든요."

요시가 그렇게 말하자 엄마는 잠시 싱크대 앞에 가만히 서 있다가 주방에서 나와 거실 바닥에 털썩 앉았다. 밥을 먹지 않는 대신 나와 엄마는 소주를 조금씩 나눠 마셨다. 안주는 칼몬드. 우리는 원래 술을 잘하진 못했지만 자주 마시곤 했다. 잠이 안 올 때나 마음이 냉할 때. 우리는 구태여 요시에게 술을 권하지 않았다. 요시는 우리가 술을 마시는 걸 가만히 바라보더니 말했다.

"현진은 언제나 술을 빨리 마시고 빨리 취하는 사람이었어요. 남이 보기에는 조금 우스웠죠."

"현진이 누구야?"

엄마가 물었다. 그러자 요시가 속삭였다.

"제 피보호자요."

"피보호자……."

피보호자. 그 말은 어쩐지 딱딱하게 들리기도 했지만 요시의 입장에서는 그렇게밖에 설명할 수 없을 것 같기도 했다. 그렇다면 엄마와 나의 관계는 어떨까. 아무리 생각해도 우리는 그렇게 설명할 수 있는 관계가 아니었다.

우리는 조금 불콰해진 상태로 반듯하게 누웠다. 술을 마시고 조금 알딸딸해지면 우리는 꼭 누워야 했다. 이상할지는 몰라도 우린 그랬다. 요시가 슬그머니 우리 옆에 함께 누웠다. 엄마는 눈을 감고 노래를 흥얼거렸다. 나도 엄마를 따라 알 수 없는 노래를 흥얼거리다가 언니가 자주 부르던 노래가 생각이 나고야 말았다.

"그 노래 기억나?"

"무슨 노래?"

"이 세상이 온전히 사라진다면."

"나는 어쩐지 숨을 쉴 수 있을 것 같아."

"맞아. 기억하네."

"어떻게 안 해. 시영이가 맨날 입에 달고 살던 노래잖아."

"나는 그 노래가 너무 지겨웠어."

"엄마도."

요시가 나와 엄마의 대화를 가만히 듣고 있더니 주머니에 손을 넣어 반짓고리를 꺼냈다. 그리고 엄마에게 물었다. 손을 따드릴까요?

"저는 체하지 않았는데요?"

"마음이 깊게 체한 것 같아요."

"엄마, 요시는 피의 맛을 보고 마음의 상태를 알아차려."

엄마는 누운 채로 가만히 있다가 벌떡 몸을 일으켰다. 그리고 요시에게 손을 내밀었다. 한번 해봐요. 요시는 능숙하게 실로 엄지를 묶어 피를 그러모은 뒤 아프지 않게 똑, 손가락을 땄다. 그러자 검은 핏방울이 맺히고 기어이 그것은 흐르고 말았다. 요시는 그것을 신중하게 핥아 먹었다.

"단시간에 깊게 고인 것 같은 짠맛이 나요."

"그건 무슨 맛이죠?"

"지독한 맛이요."

그러자 엄마가 아주 깊은 숨을 내쉬었다. 가슴 저 깊숙이에서 터져 나오는 것 같은 커다란 숨을. 엄마는 몇 번 그렇게 숨을 쉰 뒤 다시 바닥에 누웠다. 그리고 잠에 들었다. 그런 엄마를 보며 요시를 데려오길 참 잘했다는 생각을 했다. 나는 누운 채로 있는 힘껏 요시를 끌어안았다. 요시는 그런 내게 속삭였다. 붙잡으려고 애쓸수록 그 기억을 사랑하게 돼요. 저는 현진을 마지막으로 잠에 들게 했던 그 순간에 대해 아주 오래도록 생각할 수 있어요. 나는 요시의 주문 같은 말을 어쩐지 반만 이해한 것 같았다. 잠이 쏟아지는 순간이었다. 요시는 사람을 참 무력하게도 만들었다. 그것은 정말이지 치명적인 일이었다. 사람들은 그것을 요시가 가진 문제라고 부를 테지. 나는 그런 생각을 하다가 문득 알아차리고야 말았다. 요시가 센터에 오게 될 정도로 벌인 큰일이 무엇에 관한 건지.

"당신, 사람 행세를 했어요."

"맞아요."

"아주 오랫동안."

"정말 오랫동안."

"그 사람이 감쪽같이 속을 정도로."

"현진은 인지 장애 증상을 꽤 오랫동안 겪다 죽었거든요. 하지만 우리가 연인이 된 건 그보다 훨씬 전이었어요. 누구도 믿어주지 않았지만요."

요시는 그렇게 말하며 내 손을 잡았다. 그런 다음 나지막이 휘파람을 불었는데 언젠가 나도 들어본 적 있는 노래인 것 같았다. 따라 부르고 싶었지만 음정이 정확하게 기억이 나지 않아 애를 먹었다. 그러자 요시가 조금 웃더니 말했다.

"저는 현진과 18년간 함께 생활해왔어요. 현진은 제 앞으로 유산을 전부 남기고 죽었죠. 가족들은 저를 어떻게든 센터에 보내기 위해 부단히 애를 썼어요. 제가 폐기되고 나면 그들이 자연스럽게 유산을 돌려받을 거예요."

"자연스럽게?"

"자연스럽게."

생활과 유산, 폐기와 같은 단어들이 유독 가슴에 박혔다. 나는 사실 요시의 삶을 멋대로 오해하고 있었다. 요시가 현진이란 사람을 죽게 했을지도 모른다고 생각했던 것이다. 하지만 그런 생각 저변에는 요시에 대한 분명한 믿음 또한 깔려 있었는데 그것이 어떻게 양립할 수 있었는지는 나도 모른다. 또다시 눈이 감겨왔다. 이미 요시는 눈을 감고 있었다. 엄마는 코까지 작게 골고 있었다. 나는 양쪽에 누운 이들을 번갈아 바라보다가 결코 이들이 망가지도록 혹은 폐기되도록 내버려두지는 않겠다고 생각했다.

그러다가 작은 기억 하나가 또 불쑥 떠올랐다. 아주 어릴 적 엄마가 언니를 처음 데려온 그날. 엄마는 우리가 서로에게 좋은 가족이 되어줄 수 있을 것이라고 했다. 그러면서 앞으로 우리는 서로를 오래도록 지키고 그 지킬 것이 있다는 마음에 기대어 삶을 살아가게 될 거라고 했지. 나는 이제야 나의 마음을 지키는 일이 지금으로선 언니를 지키는 일과 다름없다는 사실을 알았다.

대담

「그 개와 혁명」 예소연 작가와의 대담

박혜진 ┃ 문학평론가, 제48회 이상문학상 예심위원

박혜진(이하 '박') 수상을 축하드립니다. 소식 들었을 때 무슨 생각 하셨어요?

예소연(이하 '예') 얼떨떨했어요. 과분하게 느껴지는 면도 없지 않았거든요. 그래도 너무 기뻤어요. 연락받았을 때 옆에 가족이 있었는데요, 가족들과 축하하며 하루를 보냈던 게 너무 행복했어요.

박 다른 작품도 아니고 이 소설로 상을 받아서 남다른 것도 있었을까요?

예 사실 「그 개와 혁명」은 저한테 굉장히 아픈 소설이에요. 발표하고 나서 한 번도 다시 읽어보지 못했어요. 수상 소식을 듣고 나서야 처음으로 펼쳐봤어요. 그만큼 저한테는 애정이 가는 동시에 힘든 소설이고, 기쁘면서도 무거운 마음을 갖게 하는 소설이에요.

박   소설에 자전적 경험이 담겨서일까요?

예   네. 작년 6월에 아버지가 돌아가셨어요. 2023년 10월 위암 말기 진단을 받으셨는데, 그 후 제가 아버지를 간병했던 경험으로부터 시작된 소설이에요. 당연히 허구가 많지만 아버지와의 사이에서 겪었던 느낌과 기분, 서로가 서로에게 간절하게 생각했던 바람들은 다 저의 진정한 마음에서 비롯된 것들인 만큼 남다른 데가 있어요.

박   2024년 1월 〈문장웹진〉에 발표된 소설입니다. 다른 작품들과 비교하면 조회수가 압도적으로 높더라고요. 이런 작품을 두고 흔히 평단과 대중의 호평을 모두 받는다고 하죠. 정말 그런 작품이기도 하고요. 이유가 뭐라고 생각하세요?

예   민망함을 무릅쓰고 이야기해 보자면, 구조가 분명해서 읽기에 편했을 것 같아요. 중심에 장례식이라는 강렬한 세리머니가 있기 때문에 과거와 현재, 죽음 이전과 이후가 혼재된 시점도 부담 없이 가름해 가며 읽을 수 있었을 테고요. 물론 저는 죽음 이전과 이후를 구분하지 않고, 오히려 경계를 흐리려고 노력했지만요.

박   「그 개와 혁명」은 병든 아버지의 장례를 주관하는 딸의 시선으로 그린 어느 가정사이자, 자식 세대가 바라본 부모 세대의 사회문화사이면서, 1990년대생 페미니스트 딸이 1960년대생 민주화 운동권 세대 아버지를 '배웅하는' 이야기입니다.

48년간 한국문학의 정통성을
이어온 국내 대표 문학상

이상문학상

李箱文學賞

—

2025
새로운 역사의 시작

—

1977년 제1회 수상자 김승옥 작가를 시작으로
이청준, 박완서, 양귀자, 은희경, 한강, 김연수, 김영하, 김애란 등
한국 현대문학사를 수놓은 작가들과 함께해온 이상문학상이
2025년 제48회를 맞아 새롭게 도약합니다.

제48회 이상문학상 심사를 맡은 새로운 얼굴들

동시대적 감각으로 현재 가장 활발히 활동하는 소설가 및 문학평론가 11인으로 구성된 심사위원회

예심 ───────────────────────────

2024년 한 해 동안 웹진을 포함한 주요 문예지에 발표된 300여 편의 중·단편소설을 심사하였습니다.

예심위원

박혜진	선우은실	소유정	심완선	오은교	전기화
문학평론가	문학평론가	문학평론가	문학평론가	문학평론가	문학평론가

본심 ───────────────────────────

본심에 진출한 30편의 작품 가운데 대상 및 우수상 수상작을 선정하였습니다.

본심위원

김경욱	김형중	신수정	은희경	최진영
소설가	문학평론가	문학평론가	소설가	소설가

2025년 이상문학상 대상을 선정한 단 하나의 질문

"그해 최고의 작품인가?"

오직 '작품성'만을 유일한 심사 기준으로 삼는다는 원칙하에,
제48회부터는 기존의 대상 수상 여부에 상관없이
한 해 동안 발표된 '모든' 작품을 대등한 심사 대상으로 삼습니다.

"

올해 이상문학상 수상작 선정의 기준은 오로지 그 '작품성'뿐이었다.
적어도 다섯 명의 심사위원이 가장 높은 수준이라
합의할 수 있을 정도의 작품성 말이다.
그래서 이례적으로 이상문학상 기수상자의 작품들도
심사 대상에 포함되었고,
2024년에 이미 다른 문학상을 수상한 작품들도 굳이 제외하지 않았다.
이미 다른 앤솔러지에 실렸거나
단행본으로 묶인 작품 또한 예외는 아니었다.

"

_ 김형중 | 문학평론가, 제48회 이상문학상 본심위원

이상문학상 최초! 수상자와 심사위원의 심층 대담 첫 수록

오직 "2025 이상문학상 작품집"에서만 만나볼 수 있는 6편의 인터뷰 전문

2025년 제48회부터는
6인의 수상 작가와 6인의 예심위원이 각각 대담을 진행하고,
그 인터뷰 전문을 『이상문학상 작품집』에 수록합니다.
심사위원과 수상 작가가 마주 앉아 작품에 관해 주고받은 대화를 수록함으로써
『이상문학상 작품집』은 한층 새롭고 풍성한 구성이 되었습니다.

소설의 핵심에는 "민주85"로 대표되는 특정 세대의 '종료'가 있습니다. 그들은 이제 추억과 기억의 대상인 것 같아요. 아버지의 죽음을 상징적 사건으로 해석할 때, 이들의 무엇이 끝났다고 보세요?

예 민주화 운동 세대에 대한 관심을 지속적으로 갖고 있었어요. 그중에서도 핵심적인 키워드는 진정성이었던 것 같아요. 그들의 진정성은 굉장히 강렬하게 다가오는 반면, 지금 우리에게 있어서 진정성은 상당히 희미해진 가치잖아요. 그렇다면 우리는 그들로부터 무엇을 계승했는가라는 생각을 항상 해왔어요. 그런 점에서 보자면, 종료라기보다는 희미하게나마 그들로부터 계승된 게 무얼까 찾아보고 싶었던 것 같아요. 진정성은 다소 희미해지고 삶의 양식도 달라졌지만 우리 삶에 분명히 스며든 것이 있을 것 같아요. 작금의 상황에 비추어 보면 더더욱 그렇다고도 생각합니다. 광장에 '요즘 여자들'이 많이 나가고 있잖아요. 그들의 경험은 우리에게 상속되었고, 그렇기에 본능적으로 저희는 위험을 감지할 수 있는 거라고 생각해요. 두려운 것은 그 위험을 감지하는 기능을 상실해나갈 수 있지 않나 하는 거예요. 그들로부터 계승한 것들을 잊지 않고 기억하는 방식의 이야기를 해보고 싶었어요.

박 작품의 '톤' 혹은 '분위기'가 갖는 매력과 특징도 이야기하지 않을 수 없습니다. 소설 속 여러 에피소드에는 심각한 사연이 유머와 위트로 갈무리되는 패턴이 있는 듯합니다. 가령 PD였던 아버지와 NL이었던 성식이 형의 비장한 스토리가 '못

받은 돈 300만 원'이라는 미수금 삽화로 마무리된다거나 하는 식으로요. 모종의 가벼움으로 '암묵적 금기'가 갖는 무거움을 경쾌하게 들어 올린다는 느낌이 있어요. 유머러스함이 이 작품에서 갖는 중요성을 어떻게 보시는지요?

예 슬픈 와중에도 틈틈이 웃겨야 한다고 생각해요. 삶과 죽음 사이에 놓인 이야기들이 되게 비장하기는 한데, 자세히 들여다보면 좀 어설픈 구석이 있어요. 죽음을 맞이하는 것과 사회적으로 죽음을 선고받는 데에는 간극이 있기 때문에 그 절차며 시스템을 전부 이행하기 위해서는 우리가 겪어야 될 것들이 있거든요. 그런데 그런 과정에서 종종 웃지 못할 해프닝이 일어나기도 해요. 유머는 진심을 격식 있게 표현하고 전달하는 방식이라고 생각해요. 한 존재가 감당해야 하는 죽음의 무게를 또 다른 방식으로 묵직하게 표현하려고 노력했던 것 같아요.

박 진심을 전하면서도 상대방의 폐부는 찌르지 않는 것이 유머가 가지고 있는 힘이기도 하죠. 이 작품은 장례식이라는 프로젝트가 중심에 있는, 세대에 관한 이야기이지만 근본적으로는 "한 사람의 역사"에 대한 이야기입니다. 한 사람의 여러 면모를 다 보기는 정말 힘들죠. 그런데 소설에서 아버지의 이름이 두 개예요. 암 발병으로 인해 아버지가 형주에서 태수 씨로 변하죠. 태수 씨는 고모, 즉 아버지의 동생이 '받아 온' 이름인데요, 살고 죽는 문제 앞에서 지푸라기라도 잡고 싶은 심정으로 온 가족이 태수 씨라는 이름을 부릅니다. 애석하게도 그 이름이 아버지의 생명을 더 연장해주진 못한 것 같지만 그 이름이 '한 사람의 역사'를 두 겹으로 만들어주는 데에는 확실히 성공한 것 같아요. 형주의 삶이 공적 영역의 상징이고 태수의 삶이 사적 영역의 상징이라면, 암 이후 두 삶이 서로 조화를 이루는 것 같았거든요. 태수라는 이름으로 형주가 얻은 자유가 있을 것 같아요.

예 형주라는 이름을 사용하게 되면, 그 형주라는 이름에 너무 많은 무게가 실릴 것 같았어요. 아버지로서, 아들로서, 지켜야 할 것들이 너무 많고 책임의 무게도 너무 무겁기 때문에 스스로도 힘들 테니까요. 형주라는 이름 안에 담긴 그 역사 속에서 형주 스스로 자신의 죽음에 대해 두려워하는 과정은 어울리지 않는다고 생각했거든요. 그래서 태수라는 이름을 지어주게 됐어요. 태수라는 이름을 지어줌으로써 수민이는 아버지가 좀 허물어져도 된다는 생각을 가질 수 있을 거라고 생각했어요. 수민이는 태수 씨를 태수 씨라 부르면서 마음껏 고통을 호소하라고 독려하고 죽음 앞에서 마음껏 울고 무서워하라고 이야기해주죠.

박 감동적이네요. 김애란 작가의 「달려라 아비」를 읽었을 때 '이렇게 무능하고 짐만 되는 아빠라니' 하면서 마음이 좀 가벼워졌는데, 이 소설을 읽으면서 '이렇게 칭얼거리고 영(young)한 아빠라니' 하면서 다시 한번 마음이 가벼워졌어요. 서로에게 좀 '쉬운 상대'가 돼서 이 말도 하고 저 말도 하며 서로의 '아픈 곳'을 알게 되는 것이 새삼 산뜻한 연대의 모습으로 다가오더라고요. 부녀지간이라는 관계를 보다 보편적인 관계로 확장해서 바라보게 하는 부분이기도 했고요. 소설을 읽다 보면 딸이

아버지 세대가 살아갔던 세상과 그 세상을 바라보는 틀에 대해
어떤 시선과 태도를 갖고 있는지 궁금해집니다. 수민에게 NL과
PD는 객관화된 역사를 인식하는 틀이라기보다는 한때 아버지
세대에 있던 열정의 틀로 인식되는 것 같았고, 그런 수민에게는
장례식 프로젝트가 바로 열정, 삶을 살아가고자 하는 뜻을 보여
주는 방식인 것 같았어요. 이 프로젝트야말로 인습화된 질서를
거부함으로써 '나'를 살아 있게 하니까요. '장례식 프로젝트'는
NL과 PD가 그랬던 것과 같이 '세상을 논하는 방식'이 될 수 있
을까요?

예 요즘에는 양상이나 주제 같은 것들이 너무 다양하고 파편화돼 있어서 그런 것이 딱히 있다고는 말을 못 하겠어요. 그래서 더 NL이나 PD처럼 노선에 대한 정리를 할 수 있었던 운동권 세대의 이야기가 꿈처럼 들렸던 것 같아요. 뭔가 결정할 수 있고, 그게 눈에 보이고, 그걸 선택할 수 있고, 그게 어떤 행동으로 이어질 수 있다니, 라는 생각이 들었어요. 지금 세대의 중요한 문제에 대해 이야기하라면 일단은 제 위주로 생각할 수밖에 없겠는데요, 비인간 존재가 가장 중요한 것 같다는 생각이 드네요.

장례식에 유자(개)를 데려올 수 없는 이유는 오줌을 갈기고 재단을 헤집는, 그러니까 어떤 훼손의 문제 때문이잖아요. 그런데 막상 훼손의 대상이라는 게 기물, 혹은 그저 인간이 만들어낸 절차와 규범에 불과해요. 태수 씨에 대한 훼손은 아닌 거죠. 그래서 저는 그 비인간 존재인 유자가 태수 씨의 장례식장에 기필코 들어와야 한다고 생각했고 그게 수민이 만들어낸 혁명이라고 생각했어요. 저를 포함한 지금의 세대에게 중요한 문제가 있다면 그런 것이 아니겠냐고 얘기하고 싶어요.

박 이 소설을 아버지의 변화와 그 변화를 돕는 딸의 이야기라고 할 때, 아버지는 애초에 '훼방 놓는 사람'이었다 부침을 겪으며 '피곤하고 순응하고 때로는 방해되는 사람'이 되지만 결국엔 다시 '훼방 놓는 사람'으로서의 정체성을 되찾습니다. 그렇다면 딸인 수민은 어떤 사람일까요? 어떤 사람으로 세상에 참여할 수 있을까요? 장례식이 이윽고 개판 되기에 성공했을 때, 아, 훼방 놓는 사람이 가고 이제 판을 엎는 사람이 왔구나 싶었어요.

예 맞아요. 지금은 그러지 않고서는 그 이후를 생각할 수 가 없는 상황에 도달한 것 같아요. 그다음을 쉽게 상상할 수 없 는 세대가 돼버린 지금은 와해하고 균열을 내는 방식으로 우리 의 이야기를 할 수밖에 없고 그것이 가장 핵심이라고 생각을 해 요. 판을 엎는 것, 이 불균형한 사회를 그렇게 뒤엎는 것이 가장 중요한 문제라고 생각합니다.

박 소설 쓰면서 의외로 힘들었던 것과 의외로 재밌었던 게 있는지요?

예 태수 씨의 마음을 샅샅이 훑는 게 좀 힘들었어요. 저희 아버지가 아픈 상황이었고 저는 아버지의 삶에 기대서 이야기 를 진행할 수밖에 없었으니까요. 사실 그 이야기를 하지 않고서 는 소설을 쓸 수 없었어요. 그래서 그런 이야기를 하는 과정이 너 무 고통스러웠던 것 같아요. 성식이 형의 발자취를 쫓는 일은 즐 거웠어요. 왜냐하면, 너무 흥미로운 이야기잖아요. 청송교도소 에서 계속 엽서가 배달되는 이야기를 상상하면서는 시간 가는 줄 몰랐어요. 그리고 정말 끝까지 가버린 인물이잖아요. 살아 돌 아오기도 하고요. 그런 사람의 행적을 쫓는 일이 참 즐거웠어요.

박 대답하실 때, 그 즐거웠던 순간 속에 있는 것 같았어요. 소설을 쓰게 하는 가장 큰 동력이 뭔가요?

예　이야기가 어느 순간에 저를 떠나서 만들어지고 있다는 생각이 들 때가 있어요. 그럴 때 너무 즐거워요. 그런 이야기를 쓰는 게 참 재밌고 그 순간에 제가 제동을 거는 일도 재밌어요. 이야기를 쓰는 일은 그 이야기와 제가 계속 밀고 당기기를 해가는 과정이란 생각이 들어요. 그 과정에서 완급을 조절하는 일이 저한테는 그 자체로 행복한 일이에요.

박　소설은 유자가 장례식장을 훼방 놓는 순간을 향해 달려가고, 마침내 그 장면에서 절정을 맞습니다. 이 소설을 쓰기 전과 후, 작가님에게 어떤 변화가 있었나요?

예　저는 정말로, 이 소설을 쓰고 나서 마음이 참 단단해졌어요. 소설을 쓰고 나서 6개월 뒤에 아버지가 돌아가셨고 장례를 치렀어요. 그때 제가 좀 더 단단한 마음으로 장례를 치를 수 있었던 것 같아요. 이 소설을 쓰지 않았다면 내가 그렇게 상주가 되어서 장례식을 치를 수 있었을까라는 생각을 해요. 그런 생각을 하면 아빠한테 고마워요.

박　이 소설은 한 세대의 인물인 딸이 다른 세대의 인물인 아버지가 맞이한 죽음을 함께 '도모'함으로써 서로를 이해하는 동시에 각자의 '혁명'을 완수한다는 점에서 지금 가장 갈급하게 요구되는 시대정신을 담고 있습니다. 서로를 잘 알지는 못하지만 그 모르는 이들은 함께 살아가야 하고, 함께 살아간다는 말 속에는 서로의 '진정성'을 입체적으로 이해하고 독려하는 우정이 있다는 생각에 희망을 얻기도 했습니다. 소설을 읽고 해석하는 것은 물론 독자의 영역일 테지만, 그래도 작가로서 이 소설을 읽는 독자들에게 혹은 세상에 기대하는 바가 있을 것 같습니다.

예　이런 얘기는 좀 망설여지기는 하는데, 우리가 잘 못 알아차릴지언정 우리에겐 윗세대로부터 물려받은 것이 흔적처럼 분명히 존재한다는 얘기를 하고 싶어요. 그것을 최대한 우리의 삶에 맞게 이해하면 된다고 생각해요. 불필요한 인습이나 부조리는 당연히 지적하되 세대에 따른 진정성은 서로 존중했으면 좋겠어요. 저는 세상이 대단한 것들로 이루어져 있다고는 생각하지 않아요. 근데 딱 하나 믿는 게 있어요. 유연함을 믿어요. 우리의 삶에 좀 더 유연함이 깃들기를 바라는 마음으로 이 소설을 썼고 그렇게 이해해주시면 좋겠습니다.

작품론

사랑의 혁명성
—Rebellious Heart[1]

전승민 ┃ 문학평론가

1. 부러진 척추와 좌파 멜랑콜리

텍스트의 공간은 당위를 최대한으로 배격하는 극한의 자유를 추구하지만 그럼에도 불구하고 최소한의 마땅함을 찾자면, 문학은 젊어야 한다는 것이다. 그렇다. 문학은 젊어야 한다. 오해의 소지가 다분한 말이라는 것을 안다. 천천히 풀어보자. 이때의 젊음은 단지 작가나 작품의 생물학적 연령을 뜻하지 않는다. 젊음은 곧 살아 있음 그 자체이며 그것의 생명력은 텍스트 스스로가 그 에너지를 못 이겨 급기야 독자의 삶을 찢고 그 안으로 들어서는 국면을 야기한다. 세계의 현상 유지를 중지시키고 변혁의 사태를 일으키는 이 특이점을 문학적 사건이라고 부를 수 있다면, 소설의 특이점은 다름 아닌 동시대성과 그것이 맺는 관계의 자장 안에서 관측된다. 요컨대 문학의 젊음이란 한

---

1   가수 IVE(아이브)의 세 번째 EP 앨범 《IVE EMPATHY》에 수록된 곡 〈Rebel Heart〉에서 따왔다.

작품이 자신의 시대에 접근하는 자세와 그에 관한 해석의 내용으로 파악된다. 그렇기 때문에 문학의 정전들, 고전문학(classical literature)이라 불리는 것은 역사적 시간 속에서 내내 청춘을 누릴 수 있다.

동시대성은 무수한 비동시성으로 구성된 콜라주이며, 같은 맥락에서 동시대인은 자신의 시대와 "거리를 두면서도 들러붙음으로써"[2] 그것과 독특한 관계를 맺는 이다. 따라서 어떤 소설이 젊다는 것은 자신이 살아내는 현재적 시간성과 길항하며 만들어내는 자신만의 입체적인 공간을 지닌다는 뜻이다. 텍스트가 시대와 몸을 섞으며 생성하는 거리와 부피, 입체 공간은 동시대와의 어긋남을 전제한다. 그래서 동시대적 소설은 반드시 시대착오적인 가치를 내포한다. 이는 소설이 다루는 현재가 과거에 대해 취하는 모종의 입장들이다. 과거는 현재의 가까운 기원이지만 동시대성은 현재가 과거를 신화화하도록 내버려두지 않는다. 그것은 오히려 과거를 체험되지 못한 새로운 현재로 소생시킨다.[3] 이것이 젊음이 발휘하는 힘이다.

문학사가 시대의 적층, 역사적 고고학을 제 척추로 삼을 때

2 시대성을 논할 때 너무나 많이 인용되어 이제는 말하기도 머쓱한 아감벤의 논의는 그러나 시대성을 사유할 때 여전히 유효한 대전제다. 조르조 아감벤, 「동시대인이란 무엇인가?」, 『장치란 무엇인가? 장치학을 위한 서론』, 난장, 2010, 72쪽.

3 "기원은 현재에서 더 강하게 고동친다. (…) 고고학은 과거로 거슬러 올라가게 만드는 것이 아니라 현재 속에서 체험할 수 없는 것으로 거슬러 올라가게 만든다. 체험되지 않은 채 남아 있는 그것은 결코 도달하지 못하면서도 바로 그 기원에 쉬지 않고 들러붙어 있다. 현재 속에서 체험하는 데 성공하지 못한 많은 것이 현재에 접근하는 것을 막는다. 체험되지 않은 것에 주의를 기울이는 것이 동시대인의 삶이다. 동시대인이 된다는 것은 우리가 결코 있어보지 못한 현재로 되돌아가는 것을 뜻한다." 조르조 아감벤, 위의 책, 84쪽.

동시대적 소설은 그 척추를 부러뜨린다.[4] 어긋나고 분리된 마디마디 사이에 우리의 젊은 문학이 기거한다. 살아보지 못한 또 다른 현재로서 과거를 받아들이는 이의 시대착오적 감각은 서로 다른 세대들의 충돌과 공존, 그리고 교차 속에서 체감된다. 그러므로 문학이 동시대성을 고찰할 때 통시적인 차이를 종적으로 접근하는 시선은 필수적이다. 그러나 그간 '젊은' 문학이라고 불리던 작품들은 주로 (세대를 막론하고) 동일한 세대 내에서의 횡적 접근을 도모해왔다. 공시태적인 차이들은 이제 한국문학의 현장에서 다수적인 것, 주류적인 것이 되었다고 해도 과언이 아니다. 발끈하지 말자. 그렇다고 해서 이 차이들을 더는 논할 필요가 없다고 말하려는 것이 아니다. 오히려 동시대성의 가로축에 놓인 이 공시태적 차이들은 세로축의 통시태들, 서로 다른 세대가 이질적으로 경험하고 감각하는 (불)연속적인 특질 안에서 보다 입체적으로 조명된다. 유사 이래로 그 어느 때보다 개인의 정체성과 계급성, 문화·정치적인 차이들이 난무하는 시대가 아니던가. 그러나 언제나 지금 이 순간을 가장 먼저 감각하는 인식능력의 한계상, 현재적인 가로축, 다시 말해 물리적인 시간과 동기화된 자장 안에서 드러나는 공시적인 것들을 순차적으로 파악할 수밖에 없었는지도 모른다. 이제는 화면을 90도로 돌려 지평선을 가를 차례다.

예소연의 「그 개와 혁명」은 지금의 청년 세대가 도모하는 혁명이 직전의 세대와의 관계, 경험하지 못한 또 다른 현재와의

---

4 "동시대인이 그의 시대의 척추를 부쉈다면(균열이나 금 간 지점을 지각했다면), 바로 그가 이 골절을 시간들 사이의, 세대들 사이의 약속과 만남의 장소로 만든다." 조르조 아감벤, 앞의 책, 86쪽.

연접 속에서 비로소 맥락적인 이해에 도달할 수 있음을 보여준다. 혹자는 이제 더는 혁명이나 운동(movement)은 없으며 좌파의 길은 끝났다고 냉소할 것이다. 그러나 몰락이나 후퇴는 있을지언정 멸종이라는 말만큼은 섣부르다. 시대 곳곳에 산재하는 진보의 멜랑콜리가 그 방증이다. 현실과 이상의 괴리, 체제 변혁을 위해 투여했던 에너지의 상실에서 비롯되는 멜랑콜리는 좌파 정체성의 나르시시즘을 강화하며 좌파의 실존을 유지시킨다. 한 세기를 넘어서도 발견되는 "좌파 멜랑콜리"[5]는 프로이트가 말하듯 사랑의 대상이 실제로 죽은 것이 아니라 그 대상이 더는 사랑할 수 없는 대상이 되는 상황임을 고려할 때, 좌파의 소멸이라기보다 좌파가 더는 애착을 발휘할 수 없을 만큼 현실이 보수화되었음을 뜻할 테다. 닫혀가는 세계의 공중으로 흩어지는 좌파의 사랑은 공동체의 상실로 이어진다. 이때의 상실이야말로 동시대에 관한 종적인 고찰 속에서만 파악된다. 한 세대는 특정한 시대적 산물을 유사한 방식으로 경험하는 공동체로 묶이므로 횡적인 탐구 안에서 좌파는 내부의 자기동일성으로 인해 나르시시즘의 고통 속으로 끌려갈 따름이다.

브라운은 무력해진 좌파들이 불가능해진 사랑의 빈자리에 모종의 대리 보충물을 채워 넣고는 그것들을 진실로 사랑하지 못하고 되레 분노하고 처벌한다고 분석하면서, 대리 보충물

---

5 웬디 브라운이 말한 바대로 좌파 멜랑콜리는 벤야민이 "좌파의 가슴속에서 사물처럼 되어버렸고 얼어붙어버린 느낌, 분석, 혹은 관계에 대한 애도적이고 보수적이고 회고적인 애착"에 이름 붙인 것이다. 웬디 브라운, 「좌파 멜랑콜리에 저항하기」, 『문화과학』 101호, 강길모 옮김, 2020, 259쪽. 벤야민의 논의는 이하. Walter Benjamin, 「Left-Wing Melancholy」, 『The Weimar Republic Sourcebook』, UC Press, 1994.

의 자리를 점유하는 것들 중에서 다양성을 근간으로 하는 문화 정치와 정체성 정치를 우선으로 꼽는다.[6] 거의 무한에 가깝게 쪼개지는 다양성들이 좌파 공동체의 힘을 약화시키고 분열시키는 데에 크게 작용했다는 분석은 정체성 정치의 한계와 더불어 시대의 정설로 자리매김한 듯하다. 가령, 퀴어와 페미니즘 진영의 불화, 트랜스젠더의 존재론을 둘러싸고 페미니즘 내부에서 발생한 분열 등은 우리에게 익숙한 현상이다. 「그 개와 혁명」은 이러한 문제의식을 텍스트 표면으로 전경화하지 않지만 동시대적 '혁명'이 처한 위기의 형국을 십분 고려해야 하는 소설이다. 소설은 인간의 죽음과 그 애도의 형식을 통해 구좌파(old left)와 신좌파(new left)의 얽힘을 그려내며, 한 사람으로부터 파생되는 n개의 차이들이 타인의 n개와 얽혀 무한에 가까운 다양성을 빚어내는 문화·정치적 자연 속에서 우리 시대의 과제란 차이 그 자체에 천착하는 일이라기보다 바로 그 차이들로 무엇을 할 것인가 하는 실천(praxis)의 양식을 찾아내는 일임을 제시한다.

그러므로 「그 개와 혁명」을 "요즘 애들"과 윗세대의 기계적인 대립으로 읽거나 "요즘 여자들"에 관해 태수 씨가 지닌 세대적 한계를 맥락 없이 비판하기만 한다면 그것은 완벽한 오독이며 태수 씨와 수민과 수진 자매에 대한 모독이기도 할 테다. 그 어느 때보다 분열과 대립, 불화의 시대를 건너고 있지만 그러한 분화의 결과를 발견한다는 것은 역으로 그 기저에 역사적 시간이 연속하고 있었음을 의미한다. 단속적이라 할지언정 역사는 인간이 생존하는 한 어떤 방식으로든 우리 곁에

---

6   웬디 브라운, 위의 글, 261쪽.

서, 함께 살아남아 변주된다. 가령, NL(National Liberation)인 엄마와 PD(People's Democracy Revolution)인 아빠가 만나 페미니스트 여성 청년인 수민을 낳고, 페미니스트 장녀는 PD 아버지의 장례식에서 상주가 된다. 예소연에 의하면 그 어떤 이데올로기의 대립과 분열도 사랑 앞에서는 손쓸 도리가 없다. 좌파 멜랑콜리가 예소연이 보여주는 이 시대의 새로운 사랑에 의해 다시, 그러나 최초로 무력해짐으로써 단속적으로 대립하던 가치들은 연접을 넘어 서로 교접한다. 이전 세대와 이후 세대의 불화를 무화하며 부러진 과거의 척추 마디마디를 잇는 이 사랑은 급진적으로 혁명적이다. 소설을 읽고 난 당신은 분명, 수민을 상주로 둔 태수 씨를 진심으로 부러워하게 될 테다.

2. 무대 위의 지령과 혁명적 사랑

전형적인 세속의 시선으로 보자면 「그 개와 혁명」은 수치와 비극의 평범한 서사일 수도 있겠으나[7] 수민, 완장 찬 페미니스트 여성 상주가 행하는 또 다른 재현적 행위 속에서 그 비극성은 희극성으로 재발명된다. 독자가 최초로 읽게 되는 표층 서

---

7   태수 씨는 그의 젊은 날을 민주화 운동에 쏟아붓지만 삶은 그에게 이렇다 할 특별한 보상을 돌려주지 않은 것처럼 보인다. 오히려 중년에 암에 걸려 힘들고 보잘것없는 마지막을 살다 간 그의 생을 두고 누군가는 부끄럽고 비극적인 결말로 여길 수도 있다. 겉으로 보이는 노력과 보상으로만 삶을 재단하는 세속의 기준은 인간에게 이러한 감정을 보편인 것으로 내면화시키려 하기도 한다. 그러나 태수 씨의 삶은 과연 그러한가? 시대의 것이든, 개인의 것이든 역사는 늘 이후의 세대에 의해 의미화된다. 그의 삶, 그의 시대가 보여준 혁명성은 수민의 시대와 세대가 보여주는 새로운 혁명의 모습을 통해 비극적인 실패의 자리에 머무를 수 없게 된다.

사—태수 씨가 살아온 전 생애를 첫 번째 무대라 명명한다면, 그것이 끌어안고 있는 두 번째 표층(첫 번째 표층에 대한 의미화가 이루어진다는 점에서는 심층이나 작품이 안은 또 하나의 서사로서 두 번째 표층이기도 한)이자 두 번째 무대—딸 수민이 살아내는 생의 무대는 장례식장으로 꾸려진다. 명시적으로 설치된 무대는 아니나 비가시적으로 형상화된, 그러니까 소설이라는 무대 위에 중첩된 투명한 무대는 수첩에 미리 적어둔 태수의 '지령'을 조문객 각각에게 알맞게 전달하는 미션을 위해서다. 죽은 '민주85'의 PD가 남긴 지령을 산 자들에게 전하는 '나'(수민)는 과거와 현실을 새롭게 기워 잇는 복화술사다. 이 두 번째 무대 위에서 펼쳐지는 웃음의 기호 작용이 기분 좋은 애도라는 역설의 불가능함을 비로소 가능케 한다. 삶이라는 무대가 상연하는 비극이 지극하면 죽음이 지휘하는 무대 위로는 희극이 오르기도 한다. 첫 번째 지령("300만 원은 꼭 우리 수민이한테 갚아주쇼.")이 성식이 형에게 전달되면서 두 번째 무대의 막이 시작되고, 장례식이 지닌 형식의 엄숙함과 경직성은 자매가 생전의 태수와 함께 모의한 퍼포먼스를 통과하며 즐겁게 해체된다.

무대를 의미의 이동이 발생하는 장소로 정의할 때, 그곳은 역설적으로 "형상의 장소이면서 비형상의 장소"다.[8] 모든 소설에서 무대가 발견되는 것은 아니다. 하지만 무대를 설치한 소설은 반드시 스펙터클을 발생시킨다. 페미니스트 여성 청년이 주관하는 새로운 장례식장은 죽음과 애도라는 기호가 지니던 기존의 도덕적 엄숙주의를 기분 좋게 타파하며 악의 없는 동물적

---

8   필립 라쿠-라바르트·장-뤽 낭시, 『무대』, 조만수 옮김, 문학과지성사, 2020, 46쪽.

본능의 활기로 텍스트를 가득 채운다. 80년대 운동권이 등장하는 소설이 만들어온 신화와의 유쾌한 단절이다. **척추의 골절**이다. 이것은 이전 세대의 "단순한 중단이 아니라 잘라내면서 또 다른 발화 행위의 자리를 그려주는 절단의 움직임"[9]과도 같다. 스펙터클은 무대 위에서 펼쳐지는 장면의 시각성에 주목하게 하고 장례식장에서 날뛰는 개의 천진함과 함께 폭죽처럼 터지는 웃음의 절정은 다분히 시각적이다. 이때의 시각성은 과거가 되어 역사 속으로 진입하는 주체의 탈형상화를 견인하고, 구세대 혁명의 장례를 치르는 페미니스트 상주의 새로운 형상화, 주체 됨을 선언한다. 첫 번째 무대에서 시대를 움직이는 정치적 주체로서 엄마(NL)와 아빠(PD), 그리고 성식을 비롯한 여러 '형'의 일화를 통해 구세대 좌파 운동권의 형상화가 마련되었다면 두 번째 무대에서 그 형상들은 부수어지고 새로운 정치적 주체인 여성 청년과 비인간 동물의 형상이 태어난다. 장례식장이라는 무대 위에서 시대와 세대, 혁명의 의미는 이렇듯 세로축으로 이동하고 정치적 주체라는 기호는 새로고침된다.

　　과거와 현재의 척추를 이어 역사적인 성찰을 도모할 때, 그리고 동시에 「그 개와 혁명」을 읽을 때 간과하기 쉬운 지점은 과거와 현재의 관계다. 앞서 말한 '젊은' 소설은 과거를 화석화된 신화의 영역으로 남겨두지 않고 새로이 현재화하여 살려낸다. 이를 역사의 소급 효과(rétroaction)[10]라 부를 수 있을 것이다. 과거

<hr>

9　　필립 라쿠-라바르트·장-뤽 낭시, 위의 책, 14쪽.

10　이는 "지나간 순간들에 대한 우리의 새로운 창조"이며 "묶여 있던 가능태들을 풀어" 주는 작업이다. 이는 또한 "단지 과거가 끊임없이 현재 속에 자리 잡고 있다는 사실이 아니라 새로운 생산과 함께 과거에 묻혀 있던 잠재력이 해방될 수 있다는 점"을 의미

에도 분명히 실재했고 유효했으나 언어로 명백히 공표되지 않았던 것들을 제도 안으로 불러오는 작업이다. 따라서 이 소설을 통해 파악하게 되는 역사의 구조는 통시적이며 공시적인 것들의 기원을 살피는 와중에 놓여 있다. 「그 개와 혁명」이 짚어내는 한국 운동사의 시간적 구조는 "굳어 있거나 포화 상태에 놓여 있"지 않으며 "아직 쓰이지 않은 의미"[11]를 담는다. 서사의 끝에서 기껍게 도착하는 "의미"는 바로 현재의 청년 주체들이 지향하는 정치성과 변혁의 욕망이다. 2020년대 한국의 페미니즘은 태수 씨로 형상화되는 1980년대 한국의 대학 내 운동을 부모로 둔다. 그들은 흔적 없이 사라지지 않았다. 그들은 퀴어와 페미니스트 자녀를 낳았다. 자녀는 부모의 신화를 탈신화화한다. 무엇을 신화적인 지위로부터 끌어내린다는 것은 그것의 의미를 무화하는 것이 아니라 그 무엇이 지닌 말하기(parole)의 가능성들을 화석화의 위험으로부터 구해내는 것이다.[12] 그 가능성들, 앞서 말한 "아직 쓰이지 않은 의미"의 형상들 중 하나인 예소연의 소설을 우리는 동시대인으로서 즐겁게 읽고 있는 셈이다.

물론, 그 시절의 대학 운동이 다분히 남성 중심적 가부장제의 형식을 토대로 하고 있었고 그것은 "성식이 형, 민재 형, 의식이 형과 같은 형"들의 이야기였으며, 운동권 내부의 여성 혐오와 성폭력이 체제 변혁이라는 대의명분하에 비가시화되었다는 사실은 뼈아프다. 소설 역시 태수의 시대적·세대적 한계를 감

한다. 요안 미셸, 「서문」, 『역사와 사회적 상상에 관한 대화』, 폴 리쾨르·코르넬리우스 카스토리아디스 지음, 김한식 옮김, 문학과지성사, 2024, 14쪽.

11   요안 미셸, 위의 책, 16쪽.

12   필립 라쿠-라바르트·장-뤽 낭시, 앞의 책, 30쪽.

싸지 않는다. 그는 공적인 현안과 사적인 현안을 깔끔하게 분리하며 가사 노동을 비롯한 '집' 안에서 일어나는 일들을 남성의 치외법권이 작동하는 소도쯤으로 간주한다. 그러나 수민이 말하듯 "하지만 태수 씨 또한 견뎌야 했던 것들이 너무도 많았"다는 맥락 역시도 역사의 부분집합으로 산출되어야 한다. 가부장제 내에서 패권을 쥔 남성 또한 지위가 부과하는 과중한 책임과 성 역할의 피해에 노출된 것임을 간과할 수 없다. (페미니즘은 그래서 남성과 여성 모두를 위한 운동이 된다.) 태수 씨의 한계는 일방적 지탄의 대상에 그칠 수만은 없으며 그러한 맹목적 비난은 세대들이 이루는 과거와 현재를 하나의 현재적 공시태로 간주하는 착오에 불과하다.

그렇다면, 대학 입학 이후로 정치적 견해가 극도로 갈렸다는 딸과 아버지는 어떻게 연대할 수 있었는가? 이 지점이 중요하다. 결렬된 척추의 위와 아래를 잇는 빈 공간을 채우는 힘은 과연 무엇인가? 예소연의 사랑은 바로 이곳에서 스펙터클하게 출현한다.

"형주가……."
"태수 씨요."
"그래, 태수 씨가…… 나랑 팔당에 간 적이 있어."
팔당에 가서 그러더라, 네 엄마가 널 임신했다고. 그래서 우리는 그만해야 될 것 같다고. 성식이 형이 그렇게 말했다. 무엇을요? 내가 묻자 성식이 형은 조용히 대답했다. 혁명. 그래서 내가 러시아를 혼자 간 거야. 지령을 받고. 태수 씨도 지령을 받았어요? 아니지. 걔는 듣자마자 말렸지. 걔는 뼛속까지 PD였어. 아무래도 수령님을 모시는 건 자기 길이 아닌 것 같다고 말이야. 자기는 식구들 먹여 살려야겠대. 그래서 내가 펄쩍 뛴 거야. 그러니까 미안하다면서 준 게…….”

“300만 원이라고요?”

“그래.”

위 대목에서 누군가는 태수를 맹렬히 비난할 것이다. 사회와 민족을 위한 대의를 저버리고 사사로운 이익을 위해 혁명을 포기했다고 말이다. 그러나 1980년대의 태수와 2020년대의 수민은 정확히 이 지점에서 손을 맞잡는다. 동시대 청년 세대의 페미니즘은 사적인 것이 곧 공적인 것이라는 문제의식하에 출발하기 때문이다. 그들은 역사를 국가와 민족이라는 ‘큰’ 주체의 거대 서사로 이해하지 않는다. 리오타르가 선언했듯 포스트모더니즘의 세계에서 거대 서사는 종언을 고한 지 오래이며[13] 팔당 댐에서 성식이 형에게 전한 임신 소식은 바로 그 마지막 선언이 일상의 미시 세계에 도래하는 구체적인 장면이자 21세기 페미니스트의 수태고지다. 그가 포기한 것은 “화염병을 던지고 공장에 위장 취업을 하고 삐라를 뿌”리는 행위이지 혁명 그 자체가 아니다. 그는 여태 보잘것없는 것으로 여기던 ‘집’을 돌보는 자기만의 혁명을 시작했던 것이다. 주체가 자신을 압도하던 패러다임의 구조 바깥으로 나오는 것은 가히 혁명적이며, 이는 혁명을 초과하는 새로운 메타 혁명이라 공표되어도 모자람이 없다. 그리하여 「그 개와 혁명」은 구세대 남성과 신세대 여성의 분열된 척추를 사랑과 그것의 창조적 재생산이라는 힘으로 연결

13 장프랑수아 리오타르, 『포스트모던의 조건』, 유정완 옮김, 민음사, 2018.

한다. 거시라는 거대 구조는 개별적인 구체가 동반될 때 설득력이 생기고, 구체적인 개별자들은 역으로 거시적인 구조 안에서 각각의 빛을 발한다. 거시와 미시, 구조와 개별이라는 이중나선을 너끈히 기워내는 이 소설의 저력은 바로 혁명적 사랑이다.

3. Feminist kills the joy? No! Feminist BOOMS UP the joy!

이제, 우리는 하나의 좌파적 공동체로서의 '집'을 상상할 수 있게 되었다. 장례식장 퍼포먼스의 기획 주체가 "요즘 여자들"이라고 해서 재현의 대상이자 (투명한) 관객인 태수 씨가 그들과 곧장 분리되는 것은 아니다. 왜냐하면 무대 위의 주인공이자 객석에 앉은 태수 씨는 재현의 시선 안에 놓임으로써 비로소 새로운 주체로 다시 인정되기 때문이다. 공동체라는 자연 속에서 살아가는 인간은 재현의 기계적인 주체가 아니라 "자기—밖의—존재에 의해 정의되는 존재자"다.[14] 부러진 척추들로 세워진 구조, 소설 내에 설치된 무대를 기준으로 생성되는 시선의 위치는 고정되지 않고 끊임없이 변하고 열린다. 공동체 내에서 연루되고 공유되는 주체의 현현들을 발견할 수 있다면 우리는 비로소 「그 개와 혁명」이 선사하는 웃음의 실체를 세부적으로 파악할 준비가 된 것이다. 경직된 분위기를 파괴하는 저항의 웃음은 사회적인 토대 위에서만 파악된다. 장례식장은 그 웃음이 선사하는 파괴적인 기쁨을 누리기에 최적인 무대다.

14   필립 라쿠-라바르트·장-뤽 낭시, 앞의 책, 36~37쪽.

「그 개와 혁명」이 비극이 아닌 이유는 간단하다. 초점 인물인 태수 씨의 인격적 결함이 악덕한 것으로 그려지지 않으며 그가 젊은 시절 운동에 투신한 열정, 그리고 여성과 '집'을 소홀히 대한 결함이 인물과 지나치게 합일하지 않기 때문이다.[15] 인물의 비극적 결함은 그가 행위한 내용들 자체가 아니라 오직 그의 인물됨만을 포르노그래피적으로 전시한다. 그러나 우리를 웃게 하는 희극적 결함은 오히려 인물성을 축소시켜 행위가 보여주는 결함 아래에 그 인물을 종속시킨다.[16] 태수의 서사적 결함은 바로 NL인 아내를 사랑했다는 것, 그리하여 완장을 찬 페미니스트 수민을 딸로 낳았다는 것, 다시 말해 그의 결함은 곧 사랑이다.[17] PD 진영의 남자가 NL 진영의 여성을 만나 화염병과

15 "비극은 어떤 열정이나 결함을 묘사할 때 인물과 완전히 합일되게 워낙 잘 묘사하여 열정이나 결함이 무엇인지, 그 일반적인 성격이 어떤지 다 잊어버리게 한다. 관객은 열정이나 결함 자체가 아니라 거기에 푹 빠져 있는 인물만 생각하게 되는 것이다." 앙리 베르그송, 『웃음』, 정연복 옮김, 문학과지성사, 2021, 23쪽.

16 "희극적 결함은 아무리 인물과 하나가 되려고 해도 여전히 독자적이면서 단순한 것으로 머물"고, "눈에 보이지 않지만 분명히 존재하면서 중심인물을 맡고 있어, 무대 위에 실제로 등장하는 인물들이 오히려 그 결함에 종속되어 있는 판국"을 보여준다. 앙리 베르그송, 위의 책, 24~25쪽.

17 예소연의 첫 소설집 제목이 '사랑과 결함'인 것은 우연이 아니다. 그녀의 인물들은 모두 누군가/무엇을 사랑하는 와중에 있으며 그 사랑하는 마음과 행위가 그들의 가장 치명적인 결함이 된다. 표제작 「사랑과 결함」은 이를 잘 보여준다. 성혜의 전 애인인 수는 아주 세심한 사람이지만 '나'(성혜)가 그 세심함을 사랑할 때 그것은 날 선 언어가 되어 도리어 그녀를 찌른다. 고모 역시 성혜를 각별히 사랑하고 아끼지만 사랑의 증여는 역으로 고모 자신의 사랑받고픈 마음을 더욱 키워내어 그녀의 정신 질환을 악화시킨다. 한편, 「그 개와 혁명」에서 죽은 아버지 태수 씨와 딸 수민이 그러한 결함을 상속하고 받는 세대론적 관계였던 것처럼 「사랑과 결함」에서도 죽은 고모 순정과 조카 성혜는 바로 그 결함, 사랑을 물려주고 받는 관계로 이어져 있다. 예소연에게 사랑은 확실히, 결함이다. 그러나 그 결함이야말로 우리 인격의 핵심적인 정체성이며 무엇보다도 이 사랑이자 결함은 난데없이 출현한 것이 아니라 우리 이전의 인간들로부터 상속받은 유산이라는 의식 안에서 공유된다는 점에서 세대 간 존재론적 연결의 에너지를

삐라를 버리게 만든 사랑의 크기를 상상해보라. 그 어떤 이분법적 이데올로기도 삶과 죽음, 그리고 그 둘을 잇는 사랑의 힘을 이길 수는 없다. 이것이 소설이 말하는 **사랑의 급진성이자 혁명성**이다. 장례식장에서 뛰노는 개와 함께 죽은 자의 지령을 귓가에 속삭이며 조문객들을 당황시키는 젊은 여자의 진풍경, 그 눈물 가득한 웃음의 장면을 어찌 희극이라 하지 않을 수 있겠는가. 웃음은 태수 씨가 우리에게 전하는 마지막 지령이다.

결국, 이토록 혁명적인 웃음을 선사하는 태수 씨는 자신의 장례식마저도 스스로 훼방 놓는 사람인데 "태수 씨 같은 사람이 되고 싶"다는 수민은 아직 그 혁명의 힘을 완벽하게 발휘하지는 못하는 듯하다. 가령, "고삼녀"(고학력자 삼십대 여성의 줄임말)에 관해 회사 사람들끼리 이야기하는 식사 자리에서 "그 말이 어느 정도 일리가 있다고 생각한다며 넌지시 말을 보"탤 때, 그녀는 분위기를 망치는 '전통적인' "페미니스트 킬조이(The Feminist Killjoy)"[18]다. 블랙코미디를 구사하며 언어를 전유하는 역공을 발휘하는 데는 아직 조금 역부족인 셈이다. 다시 말해, 태

십분 발휘한다. 우리는 서로의 과거이자 현재, 그리고 미래를 구성하는 이 결합을 더욱더 사랑하는 일 외에는 다른 도리가 없다.
"하지만 내가 아는 것은 고모나 엄마가 그저 나에게 끔찍한 사랑을 흠뻑 물려주었을 뿐이라는 사실이다. 나는 아직도 그 사랑의 정체가 무엇인지 모른다. 그리고 그 사랑과 결함이 나를 어떻게 구성했는지도." 예소연, 「사랑과 결함」, 『사랑과 결함』, 문학동네, 2024, 183쪽.

18   "다른 사람의 행복을 망치거나 저녁 식사의 즐거운 분위기를 깨면, 당신은 페미니스트 킬조이가 된다. 가만히 자리에 앉아 모든 걸 받아들이고 누군가와, 혹은 무엇과 잘 지낼 마음이 없으면 페미니스트 킬조이가 된다. 실제로 성차별적인 말을 들었더라도, 성차별 같은 단어를 써 가며 권위 있는 사람에게 반응하고 말대꾸하면 페미니스트 킬조이가 된다. 어떤 자리를 망치지 않기 위해 피해야 할 말이나 행동은 너무나 많다. 또 저녁 식사를 망쳤어, 그렇게나 많은 저녁 식사를 망치고도!" 사라 아메드, 『페미니스트 킬조이』, 김다봄 옮김, 아르테, 2023, 15쪽.

수의 장례식 이전에는 웃음을 죽이는 여자였던 수민은 장례식
을 치르면서 사랑의 혁명성에서 비롯하는 급진적인 웃음에 불
을 붙이는 이 시대의 페미니스트로 성장한다. 비장하고 엄숙하
기만 하던 여자는 아버지의 죽음을 딛고 유쾌한 공격을 감행할
수 있는 동시대 페미니스트로 거듭난다. 국지적인 분위기 파괴
범에 그치지 않고 구조와 공동체의 근엄함을 격파하는 여성 게
릴라로 변신한다.

　　페미니스트가 우리에게 주는 웃음은 매우 중요한데 "유연
한 몸과 정신으로 다양한 상황에 대처할 수 있"[19]게 해주기 때
문이다. 딱딱한 것은 부러진다. 하지만 부드러운 것은 휘어지
며 제 몸을 이어나간다. 웃음은 이러한 맥락에서 또 한 번 사회
적인 기능을 수행한다.[20] 동시대 페미니즘과 진보 진영의 운동
의 벽을 와해시켜 구성원들의 고립을 막아내기 때문이다. 차이
의 시대 속에서 연대는 서로 다른 집단이 동질화되는 합일이나
기계적인 합치의 과정이 아니다. 무수한 서로 다른 n개의 항들
이 각자의 위치에서 서로 꿰어지는 n의 n거듭제곱 그 이상의 값
을 이끌어내는 부드럽고 역동적인 확장이다. 관념의 차원에서
세대론적 단절이나 배제, 그리고 경험의 차원에서 폭력적 시위
는 웃음을 일으키는 페미니스트에 의해 무화된다.[21] 이때, 그녀

19　앙리 베르그송, 앞의 책, 27쪽.

20　"웃음은 경각심을 불러일으킴으로써 (…) 자칫 고립되고 둔화될 우려가 있는 주변부
　　의 대수롭지 않은 활동들을 부단히 깨어 있게 하고, 서로 관계를 유지하게 한다. 그리
　　하여 결국 사회 구성체의 표면에 드러나는 모든 기계적인 경직성을 부드럽게 만드는
　　것이다." 앙리 베르그송, 위의 책, 28쪽.

21　가령, 지난 12월부터 윤석열 대통령 탄핵소추안 가결을 위해 모인 시위 현장은 남녀노
　　소의 여러 세대가 함께했지만 그것의 자아는 완연한 '젊음'이었다. 시위의 전통적인

가 일으키는 웃음의 파동이 **옛날의 "요즘 애들"**로부터 전해져 온 것이라는 계보학적 세대 의식이 중요하다. 태수 씨만 특별했던 것이 아니다. 차장 역시 웃음을 아는 아재, 수민이 되고 싶어 하는 "옛날 애들" 중 하나다. 혁명의 계보를 짚어갈 때 발견되는 웃음의 핵심 코드는 '유도리', 상황적 맥락에 관한 유연한 이해, 그것의 힘이다.

> 차장님은 10년 동안 같은 회사에 있어서 그런지 모든 사람들을 다 회사 사람들과 비교하게 됐는데, 어쨌든 다 괜찮은 사람들이라는 말로 끝을 맺었다. 나는 차장님이 그래서 좋았다. 요즘 애들, 옛날 애들 가리지 않고 맞춰가는 그 유도리가 진짜 멋으로 느껴졌다. 그러니까, 나 같은 요즘 애들은 똑딱 핀을 만들면서 무언가를 도모할 거리는 없었지만, 그래도 뜻이라는 게 있었다. 삶을 살아가고자 하는 뜻, 의지, 그런 것들. 비록 미적지근할지언정, 중요한 건 분명히 그런 게 존재한다는 것이었다. 나는 수첩을 꺼내지 않고 차장님에게 말했다. 차장님, 평생 차장님으로 남아주시면 안 돼요? 그러자 차장님이 헤벌쭉 웃으며 말했다. 아무래도 그럴 것 같지?

10년 (아마도) 근속에도 불구하고 승진하지 못하고 만년 차장인 그는 후배가 의도하지는 않았으나 부끄러움을 느낄 법한

형상은 부수어지고 시민들은 로제와 브루노 마스가 부른 〈아파트〉와 소녀시대의 〈다시 만난 세계〉를 부르며 시위의 동력과 열기를 현장에서 즐겁게 주고받았다. ""윤석열 퇴진!"을 비장하게 외치다가도, 음악이 나오면 콘서트에 온 것처럼 방방 뛰며 '떼창'했다. 한 손엔 저마다 다른 색깔과 다른 모양을 한 아이돌 응원봉을, 다른 한 손에는 '내란죄 윤석열 탄핵'이란 손팻말을 들었다. 가지각색의 응원봉과 그 사이사이를 채운 촛불, 나만의 개성을 담은 깃발들은 다양성이란 가치를 담은 민주주의 그 자체를 형상화한 것 같은 모습이었다." 박고은 기자, 「응원봉·촛불 양손에 들고 '아파트' 떼창…힙해진 탄핵 시위」, 『한겨레』, 2024. 12. 9.

"평생 차장"이라는 말 앞에서 유도리 있게 웃어 보인다. 넉넉한 웃음의 여유는 상대의 발화가 딛고 있는 맥락에 대한 충분한 고려와 살핌이다. 평생 차장으로 남아달라는 말은 곧, 앞으로의 시간 속에서도 계속 '나'와 좋은 인연을 이어가달라는 호의적인 표현이며 그 또한 그 의미를 모르지 않았을 터이다. 그는 수민에게 심각한 답변을 내어두지 않고 호쾌하게 만년 차장인 자신의 처지를 웃음으로 승화하며 연대의 분위기를 만든다. 인용한 부분의 말미에서 발생하는 이중적인 의미가 일으키는 낙차의 운동에너지가 바로 「그 개와 혁명」이 예견하는, 이 시대의 새로운 운동(movement)이 발휘할 즐거운 에너지의 단초다.

　가족들이 함께 키우는 개 '유자'가 등장하는 대미는 차장이 보여주는 언어유희의 운동에너지가 극대화되는 부분이다. 소설을 구성하는 요소는 자못 진지하고 관념적이다. 삶과 죽음, 체제와 변혁, 혁명과 사랑, 그리고 애도……. 한국 소설의 전통에서라면 이러한 소재들은 특유의 진지함으로 더할 나위 없이 비장해졌을 테지만 신세대 좌파 페미니스트 상주가 기획한 퍼포먼스에 의해 우리에게 도래하는 것은 이 모든 것들 아래를 떠받드는 보이지 않는 동물적인 활력, 그것의 야생적인 생기다. "정신이 중요한 상황에서 육체로 관심이 쏠리는 상황은 무엇이나 다 희극적"[22]이라는 말대로, 누군가의 죽음도 인간이 지닌 본래의 동물적인 욕구와 운동, 움직임과 생명력을 앗아가진 못한다. 오히려, 남은 자들로서, 그리고 망자의 후속 세대로서의 우리는 그 죽음을 애도하며 바로 "그 개"가 보여주는 생명력을 더

22　앙리 베르그송, 앞의 책, 56쪽.

욱더 확실하게 감각해야 한다. 좌파건 우파건, 페미니스트건 인셀이건 실상 모든 인간에게 가장 중요한 것은 삶과 죽음이라는 실존적 사건이기 때문이다. 그리고 이 둘 사이를 잇는 사랑에 대해 몸으로 경험할 수 있을 때 우리는 불화에서 부드러운 연대로 나아갈 수 있을 것이다.

「그 개와 혁명」은 장례식장을 소설 속 또 하나의 무대로 만들면서 페미니스트가 발현하는 혁명의 웃음에는 정치적 변혁의 힘뿐만 아니라 문학적 미학성 또한 담뿍 배어 있음을 기쁘게 알려준다. 예소연은 소설을 이데올로기화하지 않으면서 놀라운 담백함으로 동시대 이데올로기들의 경합과 조우를 미학적으로 그려내는 데에 가뿐히 성공한다.

*

한편, 이 소설의 갈등은 언뜻 표면적으로 관찰되지 않는 것처럼 보인다. 그러나 그것은 갈등 자체가 부재해서가 아니라 소설이 단지 서사적 갈등(conflict)이 아닌 문화·정치적 대립에서 연유하는 보다 큰 갈등(agon)과 대립을 그리기 때문이다. 근현대 한국 좌파의 세대론적 변화에 따른 소멸과 생성, 그리고 미래적인 연대를 향한 욕망을, 이데올로기를 압도하는 혁명적 사랑을 통해 보여준다. 무대 위의 재현 대상이자 동시에 관객이며, 나아가 커튼 뒤의 연출자를 있게 한 배후의 생성자로서 태수 씨는 자기 장례식에 훼방을 놓으면서 아주 존엄한 방식으로 죽음을 자신의 소유로 만든다. 죽음과 슬픔, 애도, 눈물, 그리고 윤리로 이어지는 한국 소설사의 화석화된 도미노는 「그 개와 혁명」에 의해 드디어 끊어지고 대신 웃음과 혁명이라는 새로운 항과 기쁘게 손잡으며 즐겁게 운동해나간다.

사랑의 불가능성으로 인해 유구했던 좌파의 멜랑콜리는 이 소설이 재정의하는 새로운 혁명과 사랑법에 의해 치유의 빛을 발견한다. 사랑할 수 있는 대상으로서의 지위를 상실해버린 것이 병인이라면 치료는 다시 더 힘껏 사랑하는 일 외에 무엇이 있겠는가. 진보 진영의 분열과 정체성 정치의 한계에 대해 예소연이 웃으며 내어두는 답은 바로 사랑이다. 단, 우리가 연대하고 불화하는 정치적 주체들이 다름 아닌 우리의 과거와 현재를 함께하는 존재자들, 삶이라는 경험적 세계를 같이 통과하는 동료들이라는 유연한 관용과 더불어 사랑할 것, 바로 그것이 이 시대의 우리가 실천해야 하는 사랑의 양식이다. 그 사랑은 n에서 (n+1)로 분화하는 주체들의 정체성과 개성이 생동하는 맥락의 입체성을 충분히 이해하는 여유로부터 도래한다. 정치적 발화를 포함한 모든 언어는 그것을 사용하는 주체의 사적이고 공적인 역사적 맥락 위에서 정확하게 가늠할 수 있다. 그리하여, '젊은' 한국 소설의 새로운 혁명은 그 사랑의 실천과 함께 과거를 새로운 현재로 소생시켜 동시대인의 시선으로 역사를 되짚는 데에서 시작한다. 완장 찬 페미니스트는 이렇게 외친다. *그저 사랑하지 말라, **혁명적으로 사랑할지어다!***

"니들 진짜 미쳤니?"

나는 수첩을 펼쳐 엄마에게 해야 할 말을 찾았다. 그리고 해오던 것과 같이 최대한 태수 씨의 말투를 흉내 내며 말했다.

"공 여사, 자중하시오. 우리의 적은 제도잖아."

2025년 제48회 이상문학상 작품집

2부

우수상

일렉트릭 픽션

김기태

2022년부터 소설을 발표했다. 소설집 『두 사람의 인터내셔널』이 있다.

일렉트릭 픽션

러시아의 소설가 톨스토이는 물었다. 사람은 무엇으로 사는가. 목요일 저녁, 엘리베이터 안에서 나는 이렇게 답하고 싶어졌다.

사람은 전기로 산다.

에어컨이나 냉장고, 휴대전화를 말하려는 게 아니다. 읽고 쓰고 쥐고 달리고 혹은 어둠 속에서 가만히 누워 숨만 쉬어도 전기는 몸속에서 흐른다. 감각기관으로 받아들인 정보를 해석하고 근육을 움직이고 장기 활동을 지속시키기 위해 신경세포는 쉬지 않고 전기신호를 주고받는다. 나는 "인체는 120볼트 건전지보다 많은 전력을 생산하지."라는 대사가 나오는 영화를 본 적이 있다. 핵전쟁으로 대충 멸망한 미래, 인공지능 기계들이 인간을 건전지로 이용한다는 설정은 얼마간 과학적 사실에 바탕한다. 물론 사람이 전기로 산다는 말을 콘센트와 플러그로 결박된 현대적 관성을 뜻하는 것으로 받아들여도 무방하다. 그것 역시 생존을 위한 불가항력이기 때문이다.

"조용해서 좋네."

골목에서 골목으로 접어들던 사람들은 그렇게 말하곤 했다. 서둘러 독립한 딸의 자취방으로 첫걸음을 옮기던 어머니, 중개업자의 등 뒤에서 눈짓을 교환하던 예비부부, 칠순에 혼자가 된 아버지의 거처를 확인하러 내키지 않는 길을 나선 아들……. 그들은 모모하우스나 세종그린빌, 삼익맨션 같은 이름을 지나쳤고, 건물들 앞에 그럭저럭 분류된 재활용 쓰레기로부터 어떤 생활의 흔적을 가늠했다. 꽁무니를 빼는 경계심 많은 길고양이와 드물지만 그래서 눈에 띄는 고급 차에 시선을 빼앗기기도 했다. 오르막이네, 같은 말을 하려다 자신과 동행인을 북돋기 위해 더 긍정적인 말을 찾았고, 결국 "조용해서 좋네."라고 말할 수밖에 없었다. 그 조용함이 평일 오전의 수변 공원이나 전망대 옆 와인 바의 그것과 다르더라도 말이다. 그리고 땀이 조금 날 때쯤, 비슷비슷하게 생긴 건물 중 하나 앞에 멈춰 서서 물었다.

"여기야?"

한 번쯤 누군가가 '여기'라고 했던 건물. 1층의 필로티식 주차장을 빼고 2층부터 6층까지 스물다섯 가구쯤은 살지만 서로 마주치지 않기 위해 문밖의 기척에 귀를 기울이고 다음 엘리베이터를 타는 곳. 5층에 내리면 501호부터 506호까지 여섯 개의 닫힌 문이 있고, 누구에게도 '여기'라고 말한 적은 없지만 그중 한 문의 안쪽에 8년째 그가 살고 있었다.

그는 매일 정해진 시각에 문을 열고 출근했고 퇴근 후 귀가하여 문을 닫았다. 삶이란 이미 뭉쳐버린 반죽 같아서 이것과

저것으로 분해할 수는 없지만, 그는 진짜 삶이라 부를 만한 것은 문 안에 있다고 느꼈다. 문밖의 일은 문 안의 삶을 위하여 수행하는, 견디는 무엇이었다. 세상에는 반대로 사는 사람도 많았다. 문밖의 삶을 위하여 문 안에서는 몸뚱이를 씻기고 눕히는 일만 하는 사람들. 너무 많이 가졌거나 너무 적게 가졌기 때문이라 짐작하며, 그는 자신이 무엇을 얼마나 가졌는지 헤아려보기도 했다.

주방이 딸린 작은 거실과 두 개의 방, 하나의 욕실로 이루어진 지금의 거처는 전세 계약으로 빌린 곳이었다. 12년 동안 세 군데의 직장을 다니며 모은 돈을 고스란히 보증금으로 이체했다. 이사하던 날이 지금도 생생했다. 문을 닫고 빈 거실에 들어서서 처음 전등을 켰을 때의 기분. 나이를 먹을수록 좀처럼 발음하지 않게 된, '기쁨'이라는 단어를 붙일 만했다. 세간의 기준에서 그 15평 남짓한 공간이 대단치 않음은 그도 알고 있었으나, 건조대를 피해 화장실에 가거나 조립식 행거 옆에서 찌개를 끓이며 살던 그는 '거실과 방 두 개'라는 말만으로 흐뭇했다. 공간이란 호사스러운 것이었다. 눈앞의 집은 가구 하나 없이 텅 비어 있었지만 인간적 삶의 가능성으로 가득 차 있었다.

그는 8년 동안 저렴하지만 만듦새가 괜찮은 가구와 가전제품을 신중히 구매했다. 사용감은 쌓였으나 주기적으로 청소를 했으므로 바닥과 벽지, 창틀도 아직 깨끗했다. 서너 종의 용도별 세정제와 공구 들이 지정된 서랍에 보관되어 있었고, 가습기나 선풍기 같은 계절 가전이 적절한 시기에 적절한 위치로 이동했다. 지난주에는 짙은 남색 모직 코트를 옷장 깊숙이 넣었다. 사흘 전에는 먼지가 적고 세탁이 용이한 봄 이불을 수납장에서 꺼냈다. 어제는 스팀다리미로 베이지색 면바지의 주름을 폈고 오늘은 보냉 가방에 담겨 배달된 식재료들을 냉장고에 차곡차곡 정리했다. 그는 가정적인 사람이었다. 그 가정이 한 사람, 자기 자신으로 이루어져 있을 뿐이었다.

　한국에는 스무 개가 넘는 에너지 공기업이 있다. 대표적이라 할 만한 한국전력공사의 총자산은 200조에 달하며, 약 2만 4000명가량이 본사를 포함하여 250군데가 넘는 지역 본부 및 사업소 등지에서 근무한다. 통념과 달리 한국전력공사는 발전이 아니라 송배전이나 소매를 담당한다. 실제로 전력을 생산하는 건 한국수력원자력을 비롯한 전국 여섯 군데의 발전사이다. 연구와 유지 보수, 안전 관리 등을 위해 설립된 별개의 공기업과 그 자회사, 하청 업체 들에도 각각 수백에서 수천의 임직원이 있다. 석탄에서 출발했든 원자에서 출발했든, 눈앞의 벽에 박힌 220볼트 콘센트에 전기가 도달하기까지 얼마나 많은 인력과 기술과 자본이 필요한지는 가늠하기 어렵다. 따지자면 그도 길고 복잡한 과정의 일부였지만 전기에 대하여는 아는 바가 없었고 알 필요도 없었다. 한 번쯤 자신이 건전지라는 생각을 한 적은 있었고 그것으로 충분했다.
　그는 공채 정직원 30여 명이 일하는 사무실에서 유일한 계약직으로, 8년째 재계약을 거듭하며 일하고 있었다. 출입문과 가장 가까운 자리에 앉아 외판원이나 택배 기사를 상대했다. 각종 기록물을 편철하고 우편물을 전달하고 회의실을 예약했으며, 복합기에는 토너와 A4 용지를, 탕비실에는 커피와 녹차를 채워 넣었다. 그는 자신이 할 수 있는 일과 해야 하는 일을 잘 판단했다. 직원들 중 누구도 그가 몇 살인지 어디에 사는지 알지 못했으며 알았더라도 기억하지 못했다. 하지만 지위나 나이를 막론하고 그를 '실무사님'으로 부르며 존중했다. 가끔 자기들끼리의 회식 자리에서 할 말이 떨어졌을 때 그에 대해 "마흔 살은 넘었을걸."이라고 추정하며, "낙하산일지도 모른다."라는 우스개를 나눴지만 그렇더라도 험담할 거리는 없었다. 젊지 않은 나이에 사소한 일을 한다는, 그래서 속 편하게 직장에 다닌다는 점에 과장된 부러움과 은근한 동정심을 완곡한 언어로 표현했을 뿐이다. 그러다 화장실에 다녀온 직원이 "누구 얘기하는 거야?"라며 끼어들면 이렇게 대답했다.

"있잖아. 그 사무 보조."

두터운 인망으로 존경받는, 나이 지긋한 본부장이 탕비실에서 그에게 물은 적이 있다.

"자네는 집에 가면 뭐 해?"

그는 개수대 앞에서 손 세정제를 채워 넣으며 그냥 쉰다고 겸손한 미소와 함께 답했다. 본부장은 "결혼도 안 했다며, 심심하지 않아?"라고 물었지만 그건 모르는 소리였다. 먹고 씻고 입고, 그것들이 이루어지는 집이라는 환경을 적절한 수준으로 유지 관리하는 데에는 많은 품이 들었다. 그는 그 사실을 잘 알고 있었으므로 일상적인 과제를 모두 처리하고 남는 두세 시간의 여유를 소중하게 여겼다. 지난 8년 동안 문 안쪽의 삶에는 다음과 같은 일들이 포함되었다.

첫째, 홈 트레이닝. 그는 문틀에 턱걸이 봉을 설치해 상체 운동을 6개월쯤 했었다. 나이를 먹을수록 하체 운동이 중요하다는 조언을 건강 정보 토크쇼에서 접한 뒤 맨몸 스쾃을 하루에 열 개씩 다섯 번 하고 있다. 잠자리에서 나와서, 전자레인지에 아침밥을 데우며, 씻기 전, 귀가하자마자, 다시 씻기 전. 가끔 무릎에서 불길한 소리가 났다. 턱걸이 봉은 옷걸이로 쓰고 있다.

둘째, 식물 키우기. 그는 월마와 바질트리, 금전수를 키운 적이 있다. 화분은 신발 같은 개념이라 무턱대고 큰 것은 부적절하다는 사실을 뒤늦게 알았다. 월마와 바질트리는 분갈이 후에 시들시들해졌지만 금전수는 2년 넘게 살았다. 죽은 식물을 쓰레기봉투에 버리기가 내키지 않아 늦은 밤 가까운 천변에 나가 땅에 묻었다. 그 뒤로 살아 있는 것을 키운 적은 없었다.

셋째, 핀란드어 공부. 언젠가 핀란드에 가보고 싶었다. 눈 덮인 침엽수림의 적막, 외딴 오두막과 뜨거운 음료, 오로라……. '쉽게 따라 하는 휘바휘바 핀란드어' 교재를 온라인 배송으로 구매해 앞쪽 4분의 1을 공부했다. 혼자 웅얼거렸던 문장 중 이런 것들이 기억에 남았다. Hei kaikki, 모두들 안녕하세요. Kiitos, 감사합니다. Pidän sinusta, 저는 당신이 좋아요. 격(格) 변화나 동사 활용은 너무 어려웠다. 사실 핀란드에 갈 일은 없을 거라고 어느 밤에 생각했다.

그 외에 에어프라이어 요리, 무협 드라마 시청, 화엄경 필사 등에 한동안 재미를 붙였었다. 그의 직장 동료들, 이라기보다는 하루에 여덟 시간씩 주 5일을 같은 공간에서 보내는 이들은 그런 역사를 알지 못했다. 그가 "저는 가정적인 사람입니다. 그 가정이 저 하나로 이루어져 있을 뿐이지요."라고 말한 적은 없었다.

만 35년을 근무한 소장이 정년 퇴임하는 날이었다. 또는 본사로부터 우수 협력사로 선정되거나 사옥 리모델링을 기념하는 날이었다. 또는 중앙아시아 어느 나라와 대규모 에너지 인프라 개발 MOU를 체결한 날일 수도 있다. 기념 촬영이 있을 예정이니 넥타이를 포함하여 정장을 착용하라고 며칠 전부터 사내 메신저로 공지된 참이었다. 그는 방충 제습제와 함께 보관하고 있던 두 벌의 정장 중 덜 까만 정장을 꺼냈다. 세 개의 넥타이 중 덜 반짝거리는 것을 골랐다. 한 켤레뿐인 구두를 잘 닦았다. 오전 아홉 시 삼십 분, 사무실에서 조회가 끝나고 직원들은 삼삼오오 밖으로 이동했다. 사옥 현관 앞 계단에 3열 횡대로 모여 기념 촬영을 하는 동안 그는 정장을 입은 채 홀로 자기 책상에 앉아 있었다. 아무도 그에게 함께 나가자고 하지 않았고, 그를 찾아 사무실로 돌아오지 않았다. 그가 무리에 섞여 현관으로 나갔다면 본부장쯤은 "어, 자네도 거기 서."라고 말했을 것이다. 그러나 조회가 끝나고 현관으로 이동할 때의 어떤 느낌이 그를 자기 자리에 앉게 했다. 책임은 그의 성정에도 있다. 그는 자기가 할 수 있는 일과 해야 하는 일을 잘 판단했다. 바깥에서 직원들이 한바탕 웃는 소리가 들렸다. 사무실 어디선가 업무 전화가 울렸고, 그는 능숙하게 전화를 당겨 받아 박 부장님은 행사차 부재중이니 연락처를 남겨달라고 응대했다. 기념 촬영을 마치고 돌아온 직원들 중 아무도 그에게 왜 안 나왔냐고 묻지 않았다.

그날 저녁에도 평소처럼 버스를 타고 네 정거장을 이동하여 집으로 돌아와 문을 닫았다. 눕고 싶을 때를 대비해 산 2인용 소파의 한쪽에 앉았다. 눕기는커녕 넥타이도 풀지 않은 채로 오늘은 맛있는 저녁을 먹어야겠다고 생각하며 냉동실에 보관된 식재료들을 떠올렸다. 저녁을 먹은 뒤 깨끗이 씻고 실내복으로 갈아입어도 여덟 시 남짓이며, 텔레비전 뉴스를 틀어놓고 세탁물을 개고도 잠들기 전까지 두 시간은 남을 터였다. 그렇다면 소화가 잘되는 신선한 락토프리 우유를 한 잔 마시며 케이블 채널 영화를 보거나 핀란드어 교재를 다시 들춰볼 수도 있을 것이다. 그는 일과를 마치고 자신의 삶으로 돌아왔다는 기분에, 그 삶에 자유라고 할 만한 가능성이 남아 있음에 유쾌해졌다. 콧노래라도 부르고 싶었지만 마땅한 멜로디가 떠오르지 않았다. 전기신호가 그의 두 팔을 들어 올렸다. 품 안에 투명 기타가 있는 듯 두 손을 움직이며 흥얼거렸다.

"……딩가딩가딩."

그보다는 이런 소리가 좋을 듯했다.

"지기지기징……."

그러다 그는 자신이 투명 기타가 아니라 진짜 기타를 가질 수도 있음을 깨달았다.

기타를 구매하기까지는 5주가 걸렸다. '통기타를 먼저 배워야 전자 기타를 칠 수 있나요' 같은 질문을 검색해봤다. 현의 진동을 전기신호로 바꾸어 증폭시킨다는 점에서 '일렉트로닉 기타'가 아니라 '일렉트릭 기타'임을, 즉 '전자 기타'가 아니라 '전기 기타'가 정확한 명칭임을 배웠다. 그건 전자시계보다는 전기 충격기를 연상시켰으므로 기타를 치다가 감전될 위험이 있는지 찾아봤다. 젊은 시절 들었던 음악을 기억나는 대로 검색했고 그 곡들을 치기까지 얼마나 걸릴지 가늠해봤다. '입문자 추천' 기타를 장바구니에 넣었다가 삭제하고 일주일은 까맣게 기타를 잊고 살기도 했다. 유튜브 알고리즘이 추천한 '역대 최고의 기타 리프 TOP 10' 같은 영상을 보다가 다시 온라인 악기 쇼핑몰을 드나들었고 그 기타를 발견했다. 묘사하자면 그 기타는 빛깔과 모양으로 이미 화를 내고 있었다고만 해두자. 그는 그런 물건을 가진 적이 없었다. 49만 원이라는 가격은 사치스러웠고 구매자 리뷰는 부족했다. 나흘 동안 고민했으나 공기청정기라거나 다용도 핸드믹서기가 아니었으므로 직관을 따라보기로 했다. 연습용 앰프와 헤드폰, 거치대와 피크까지 포함된 패키지를 무이자 3개월 할부로 주문했다. 이틀 후 퇴근하고 나니 문 앞에 택배 상자가 놓여 있었다.

전원을 공급하자 앰프 안에서 무언가가, 말하자면 전기가, 밖으로 나가고 싶어서 새장을 맴도는 작은 새처럼 붕붕거렸다. 조심스럽게 기타를 품에 안고 소파에 앉았다. 낮고 굵은 소리를 내는 6번 현부터, 높고 가는 소리를 내는 1번 현까지 천천히 한 번씩 튕기는 동안, 기타를 괜히 산 게 아닐까 하는 의심이 사라졌다. 사람이 전기로 할 수 있는 가장 멋진 일은 전기 기타를 치는 것이었다.

'마이 리틀 기타'는 미국의 개발사가 제작한 스마트 기기용 애플리케이션이었다. 그 회사는 'Band In Your Hand'라는 슬로건 아래 피아노와 드럼을 비롯한 다수의 악기 교습 애플리케이션을 개발했고, '마이 리틀 기타'는 그중에서도 1000만 회 이상 다운로드된 성공작이었다. 세계적 수준의 음악 교사들이 만든 멀티 코스 커리큘럼으로 모든 연주 스킬을 배울 수 있으며,

샌프란시스코에서 열린 디지털 혁신 도구 어워드(DITA)에서 최우수상도 받았다……는 설명이 신뢰감을 줬다.

애플리케이션은 사용자의 연주를 인식하여 음정이나 박자가 정확한지 판정할 수도 있었다. 휴대전화 화면에서 악보가 움직이며 어떤 프렛에서 어떤 현을 연주해야 하는지 알려줬다. 특정한 기술 훈련을 위해 고안된 짧고 반복적인 악보를 제시해줬고, 그런 작은 과제를 완수할 때마다 실존하는 록이나 블루스, 팝 명곡 악보들이 해금되었다. 어린 시절 오락실에서 유행했던 리듬 게임과 비슷했다. 중간중간 삽입된 동영상 강의에서는 자신을 '조니'라고 소개한 긴 머리 백인 청년이 등장하여 조율하는 법부터 코드를 잡거나 솔로 연주를 하는 법까지 재미있는 농담과 함께 가르쳐주었다. 번역이 자연스럽지는 않았지만 한국어 더빙과 자막도 있었다.

"걱정 마세요. 저희와 함께니까요."

더빙은 실제 한국어 화자가 아니라 AI 성우가 한 듯했다. 어색한 억양 때문에 간혹 조니조차 AI 이미지로 보이기도 했다. 그렇다 하더라도 상관없었다. 월 4900원의 유료 구독에 동의하고 광고를 없앴으며 모든 기능에 접근권을 얻었다. 사람에게 줘야 할 레슨비보다 훨씬 저렴했다. 비용도 비용이지만 교습을 받으러 다니는 건 겸연쩍고 성가셨다. 자신보다 어릴 가능성이 다분한 강사와 좁은 공간에서 대화 비슷한 것을 나눠야 한다는 상상만으로 어색했다. 교습소에 다닌다면 집에서 보낼 수 있는 시간도 줄어들 게 분명했다. 애플리케이션을 사용하지 않을 이유가 없었다. A 마이너와 C 코드, 그리고 워킹 핑거 연주법을 가르쳐주는 기초 코스 세 개를 마치고 그는 '세상이 많이 좋아졌다.'

라고 느꼈다.

유일한 문제가 있다면, 애플리케이션에 연주를 인식시키려면 헤드폰이 아니라 앰프로 출력을 해야 한다는 점이었다. 이웃에게 폐를 끼치고 싶지 않았으므로 나름의 규칙을 지켰다. 퇴근을 하고 저녁을 먹은 뒤 여덟 시부터 아홉 시까지만 조니와 연습할 것. 앰프의 출력은 텔레비전 뉴스나 설거지 소리와 비슷한 정도로 낮출 것. 만약 아홉 시 이후에 기타를 치고 싶다면 애플리케이션 없이 헤드폰을 쓰고 기본 음계를 연습할 것. 그런 규칙에 따르면서도 어느 날 초인종이 울릴까 봐 노심초사했는데 그런 일은 일어나지 않았다. 그 초인종을 마지막으로 누른 이는 아마도 가스 검침원이었다. 애플리케이션을 이용해 자가 검침을 하도록 바뀌었으므로 검침원조차 찾아오지 않은 게 3, 4년은 지났다. 배달 음식은 시키는 일 자체도 드물었지만 '문 앞에 두고 문자'가 기본값이었다. 누군가 초인종을 누른다면 반가운 용건은 아닐 게 분명했다.

"F 메이저 세븐 코드에서는 특유의 몽롱한 소리가 납니다."
악기 연주란 즐거운 일이다.
"오늘은 펜타토닉 스케일에 대해 배워봅시다."
조니, 그러니까 애플리케이션이 지시하는 순서대로 왼손으로 프렛을 짚고 오른손으로 피킹을 하면 질서 있는 소리가, 멜로디라고 할 만한 무엇이 들렸다.
"이제 5번부터 8번 프렛도 활용해볼까요."
물론 서투른 그는 자신의 의지대로 손가락을 움직이지 못했다. 그러나 가장 멋진 순간 역시 의지와 상관없이 일어났다.

어디를 짚고 무엇을 튕겨야 한다는 의식이 들기도 전에, 프렛과 프렛 사이, 현과 현 사이에서 손가락이 자석에 이끌리듯 제자리를 찾아갈 때가 드물게 있었다. 머릿속부터 손끝까지 이어진 신경세포가 그의 의식보다도 빨리 전기신호를 주고받은 것이다. 그 신호는 손가락 근육을 움직여 기타의 여섯 현을 울렸고, 두 개의 마그네틱 픽업에 의해 다시 전기신호로 변환됐다. 니켈 도금 플러그로 연결된 3미터 길이의 케이블을 지나면, 앰프는 전기신호를 드라이브 톤으로 증폭하여 작은 거실에 쏟아냈다. 자신이 연주했다는 게 의심스러울 정도로 듣기 좋을 때도 있었다. 매력적인 성조와 강세를 가진 먼 외국의 언어로 말하는 기분이었다. 그 언어에는 그가 이름 붙일 수 없었기 때문에 존재하는지도 몰랐던 감정들이 포함되어 있었다.

길고 딱딱한 물체를 허리춤에서 휘두르고 싶다는 은밀한 욕망 때문에 기타를 쳤다고 속단할 수는 없다. 다만 그는 무기력한 삶을 살던 인물이 우연히 사교댄스나 프로레슬링 같은 엉뚱한 취미에 빠지면서 활력을 되찾고 자아를 실현한다는 줄거리의 영화 두세 편을 기억했다. 제목은 가물가물했지만 한바탕의 소란 끝에 도착한 결말에서 환희에 젖은 주인공의 표정은 기억에 남아 있었다. 그는 그런 영화들을 진부하다고 여길 만큼 많이 보진 않았으므로 오히려 어떤 이야기의 주인공이 된 기분에 다소 들떴다. 기타가 자신의 삶을 다른 방향은 아니어도 나은 방향으로 이끌 엉뚱한 취미가 될 듯했다. 사람들은 그런 이유로 커다란 망원렌즈나 캠핑용 티타늄 코펠이나 풀 카본 자전거를 사고 있지 않나. 때로 그것을 자랑스럽게 전시하면서 말이다.

그의 경우, 세상 누구도 그가 기타를 친다는 사실을 몰랐다. 그래서인지 그는 자동이체로 성실하게 전기 요금을 납부하고 있음에도 기타를 연주할 때 전기를 훔치고 있다는 기분이 들었다. 비밀이란 공짜로 가질 수 있는 것치고는 퍽 짜릿했다. 한낮의 사무실, 그는 규칙적인 박자로 복사물을 뱉어내는 복합기 앞에서 왼손 손가락 끝에 박인 굳은살을 만지작거렸다. 거실 한편에 거치되어 있는 기타를 상상하며 퇴근 시간을 기다렸다. 그건 그가 '기쁨'보다도 더 오랫동안 발음하지 않은 단어, '사랑'을 떠올리게 했을지도 모른다. 그러나 그에게 사랑이 자주 그러했듯, 제대로 소리 내어보기도 전에 포기하고 싶어졌다.

핀란드어 공부를 포기했기 때문에 핀란드에 갈 수 없었을까. 아니면 핀란드에 갈 수 없기 때문에 핀란드어 공부를 포기했을까. 이 문제는 그의 기타 연주에도 적용된다. 조금씩 의욕이 사그라든 데에는 몇 가지 이유가 있다. 새끼손가락으로 6번 현을 깔끔하게 잡지 못해서 늘 쇳소리가 났다. 핑거 스타일 연주는 검지와 중지가 제멋대로 꼬였다. 아무리 힘을 줘도 바레 코드는 제대로 잡히지 않았다. 이런 생각이 싹텄다.

'사실 기타를 잘 치게 될 순 없겠지.'

그가 기타리스트가 되려고 했던 건 아니다. 세상에는 바레 코드 없이 연주할 수 있는 곡도 많았다. 그가 완주에 도전하기로 마음먹은 첫 번째 곡도 그중 하나였다. 1990년대를 풍미하고 2000년대에 황망히 해체하였으며, 지금은 '마지막 록 스타' 정도로 여겨지는 한 영국 밴드의 곡으로, 네 개의 오픈 코드와 간단한 솔로 연주로만 구성되어 전기 기타 입문곡으로도 유명했

다. 애플리케이션에도 악보가 탑재되어 있어서, 여름이 완연해
질 무렵 엉망진창이나마 메인 리프를 연주하는 데에 성공했다.
브리지와 솔로까지 익힌 뒤, 평생 한 달에 한두 번씩 그 곡만 연
주하며 살아도 기타는 그의 삶의 일부로 안착했을 것이다.

  진짜 문제는 조심스럽게 둥당거리던 그가 전기 기타를 더
전기 기타다운 방식으로 연주하기 시작했다는 데에 있다. 빠른
차를 타면 더 밟아보고 싶듯 전기 기타를 쥐면 더 일렉트릭해지
고 싶은 법이다. 그는 소파에 앉아서가 아니라 거실 중앙에 서
서 연주하기 시작했다. 앰프 위에 발을 살짝 올려보기도 했다.
그 곡의 멜로디와 가사에 넘실거리는, 아무래도 인생은 좋은 것
이라는 낙관적 에너지가 그를 지나치게 자유롭게 만들었다. 두
손이 의지보다 무모하게 움직였다. 다음 날 엘리베이터에는 찢
어낸 노트 한 장이 붙어 있었다.

  기타 연주하는 분께.
  이웃끼리 배려 부탁드립니다. 집에 아기가 있어요.

  그는 출근길에 메모를 보고 종일 마음이 편치 않았다. 밤
아홉 시 이후에는 기타를 친 적이 없지만, 밤 아홉 시든 오후 세
시든 사람은 자기 집 안에서 원치 않는 소리를 들어서는 안 됐
다. 이웃에게 폐를 끼쳤다는 게 부끄러웠다. 게다가 아기라니,
그는 아기를 키워보기는커녕 조카조차 없었지만 고 작고 귀여
운 녀석들을 재우기가 까다롭다는 건 알았다. 아기를 먹이고 입
히고 씻기느라 앉을 틈도 없는 부부를 상상했다. 자신이 해보지
못했고 앞으로도 할 수 없을 일을 해내고 있는 젊은이들 말이

다. 모처럼 아기가 일찌감치 잠에 빠졌을 때라야 두 사람은 연애 때 즐겨 먹던 치즈떡볶이나 숯불구이 치킨을 배달시키고, 요청 사항에는 '아기가 자고 있으니 벨 누르지 말고 문자 남겨주세요.'라고 쓰겠지. 배달원은 따뜻한 음식을 문 앞에 가만히 두고 돌아서고, 부부는 살금살금 음식을 가져와 식탁에 풀어놓는다. 아니다. 서로 격려하는 초보 부모라는 건 너무 편리한 상상 아닐까. 우여곡절 끝에 혼자서 아기를 돌보는 이의 눈물과 웃음이란 무엇일까. 그 혹은 그녀는 도무지 내키지 않지만 아침에 아기를 어딘가에 맡긴 채 생계를 위해 출근한다. 한 공기업의 자회사의 협력사에서 유일한 계약직 직원으로 일하며, 규칙적인 박자로 복사물을 뱉어내는 복합기 앞에서 휴대전화 배경 화면으로 해둔 아기 사진을 남몰래 본다. 저녁이 되어 되찾은 삶. 아기가 꺄르륵 웃는 소리는 오직 자신만을 위해 존재하는 외국어처럼 들리고…….

중고 거래 애플리케이션에 기타를 매물로 올린 것은 한 달 뒤였다. 49만 원짜리 실내 장식물은 분수에 맞지 않았다. 기타를 처분해야 할 만큼 쪼들린 건 아니다. 그보다는 전 인생에서 여러 사람을 떠나보내고 떠났던 관성에 바탕한 결정이었다. 위태로운 사랑과 우정이라면 차라리 영영 남이 되기. 갈등과 실패와 오해를 재확인하느니 존재 자체를 삭제하기. 그 전기 기타는 세워놓는 것만으로 멋졌지만 세워놓기만 하기에는 너무 멋졌다.

적지 않은 값에 올려서인지 연락은 금방 오지 않았다. 어설픈 포장으로 택배에 맡길 수 없다는 점도 문제였다. 직거래가 가능한 근거리에는 온통 공동주택뿐이라 마음 놓고 기타를 칠 사람이 없는 탓일 수도 있었다. 드물게 문의가 와도 다짜고짜 가격을 반이나 깎거나, 이것저것을 캐묻다가 연락 두절이 됐다. 일주일이 지나고야 하자가 없을 경우 제시한 가격에 그대로 사겠다는 사람이 나타났다. 두 가지의 조건을 달았는데, 자신이 있는 장소로 와서 직거래를 할 것, 그리고 거래 현장에서 기타가 멀쩡한지 직접 연주를 해보겠다는 것이었다. 비상식적인 요구는 아니었다.

그는 건물 복도나 엘리베이터에서 누군가를 마주치지 않기 위해 주의하며 기타와 앰프를 들고 문밖으로 나갔다. 거래자가 알려준 장소는 멀지 않았다. 집에서 도보로 15분 정도 거리에 있는 낡은 상가였다. 외벽을 장식한 푸른색 타일이 군데군데 떨어져 있었다. 한때 이 지역의 랜드마크였을지도 모르는, 하지만 지금은 의류 재고를 처리하는 창고형 매장과, 영업 중인지 의심스러운 24시 사우나, 치킨 냄새를 풍기는 호프집 정도만이 눈에 띄었다. 상가 안으로 들어서자 속옷 가게나 분식집 같은 이런저런 작은 상점들이 의외로 많았다. 거래자가 알려준 지하 1층 B108호에는 '재니스 음악 학원'이라는 플라스틱 간판이 간신히 매달려 있었다.

수상쩍은 문을 밀고 들어가자 옥수수나 고구마 따위를 나눠 먹고 있던 나이 지긋한 여성 셋이 돌아봤다. 그중 한 명, 아마도 거래자이자 학원 주인으로 보이는 이가 "기타 팔러 오셨나 보다."라고 말했다. 다른 두 명이 깔깔거리며 몇 마디를 더 떠들다가 손을 흔들고 나갔다. 음악 학원이라기보다는 미용실이나 복덕방 같은 느낌이었다.

"앉아봐요."

좁은 복도에 서너 칸쯤 늘어선 연주실 중 끝 방으로 그를 인도한 거래자가 말했다. 할머니라고 부르기는 망설여지지만 멋대로 자라도록 내버려둔 백발 때문인지 그녀는 그보다 연장자로 보였다. 그는 그녀의 중고 거래 애플리케이션 아이디도 재니스였음을 기억하며 엉거주춤 연주실 의자에 엉덩이를 붙였다. 비좁은 연주실에 이런저런 악기가 수납되어 있었다. 재니스가 그에게 기타를 건네받아 휙휙 돌리고 세우고 뒤집어보더니 말했다.

"깨끗하게 치셨네."

재니스가 손을 몇 번 쥐었다 폈다 하고는 플러그를 꽂았다. 두 마디 남짓한 멜로디를 연주했다. 비브라토의 잔음이 완전히 사라질 때까지 그는 어리둥절한 표정으로 앉아 있었다. 그 기타는 그런 소리를 낼 수도 있었다. 재니스가 기타는 얼마나 쳤냐고 물었다. 다섯 달이라고 대답했다. 세워만 두었던 한 달도 포함한 거라고 설명하진 않았다. 그녀가 아무렇지도 않게 다시 물었다.

"누구랑?"

그에게는 낯선 질문이었다. 기타를 누구랑 친다는 게 무슨 뜻일까. 레슨을 받았냐는, 또는 밴드 같은 데에 가입되어 있냐는 의미일까. 누가 있었다면 조니였다. 그, 마이 리틀 기타라는……이라고 그가 운을 떼자 재니스가 그게 밴드 이름이냐고 물었다. 그게 아니라 스마트폰에…… 설명을 하면서도 궁색한 기분이 들었다. 재니스가 아, 앱으로 배웠다고, 하며 덧붙였다.

"그러니까 혼자 쳤다는 거네요?"

그는 그렇다고 대답했다. 사실 많은 일들이 그러했다.

기타와 앰프를 그대로 들고 집으로 돌아오며 그는 조금 전 일을 곱씹었다. 재니스의 표정과 말, 연주실의 굴곡진 방음벽, 나오는 길에 지나친 호프집 냄새까지 뒤섞여, 그가 모르는 코드처럼 미묘한 협화음으로 맴돌았다. 바른 자세와 습관이 얼마나 중요한지부터 "음악은 그런 거 아니야."같이 뜻 모를 훈계까지. 재니스는 그에게 기타를 안기며 자기가 시키는 대로 쳐보라고 했다. D 파이브 잡고 8비트, 아니 그렇게 딱딱하게 말고 셔플 리듬으로, 절뚝거리는 것처럼, 에라이…… 그녀는 여섯 현 위에 놓인 그의 오른손을 덥석 잡았다.

"이렇게 말이야."

그녀가 언제부터 반말을 했는지 의아할 틈도 없이 전기가 통한 듯 솜털이 오스스 돋았다. 타인의 피부와 닿은 일은 초인종이 울린 일보다도 훨씬 오래전이었다. 가늘지만 뼈마디가 굵은 손가락, 검버섯이 핀 살갗의 거침과 부드러움. 그는 절뚝거리는 리듬이 무엇인지 알아차렸다. 그래요 그래. D 파이브로 네 마디 치고 A 파이브로 두 마디, 다시 D 파이브 두 마디, E 파이브로 한 마디 갔다가…… 계속 반복해, 잘하고 있어. 재니스는 옆에 있던 건반으로 몸을 돌렸다. 무심한 듯 편안한 멜로디가 그가 반복하고 있는 기타 리듬에 얹혔다. 혼자 연주해본 적이 있는 코드들의 나열이었지만, 다른 악기 소리와 섞이니 색다르게 들렸다. 재니스는 두 손으로는 건반을 누르며 고개만 돌려 그에게 "블루스!"라고 소리쳤다. 그리고 밀고 당기는 듯, 말하는 듯 노래하는 듯.

"미국에서 온⋯⋯."

그는 조금씩 손가락들이 자유로워짐을 느꼈다. 기타와 건반, 중고 거래 애플리케이션으로 만난 머리가 하얗고 긴 사람의 목소리.

"⋯⋯맛있는 초당옥수수."

얼떨결에 주 1회씩 3개월 치 레슨비로 24만 원을 계좌 이체했으므로 뭔가 당했다는 느낌도 없지 않았다. 하지만 생각보다 저렴한 비용이었고, 재니스는 학원을 떠나는 그의 손에 찐 옥수수도 쥐여줬다. 따끈했다. 어쩌다 24만 원을 내고 기타와 앰프와 찐 옥수수를 들고 집으로 돌아가게 되었을까. 거래는 크게 실패했다. 음악은 조금 성공했다. 비밀스럽게 내린 결론이었다.

그렇게 그의 기타는 작은 거실로 복귀했다. 목소리 큰 상인들이 만둣국을 시켜 먹고 슬리퍼를 신은 주민들이 치킨에 맥주를 마시는 상가로 주 1회씩 그와 함께 외출하게 되었다. 재니스는 기분에 따라 노래를 불렀다. 어떤 날에는 '눈물'이나 '인생' 같은, 어떤 날에는 '미숫가루 수박화채' 같은 노랫말이 들렸다. 로저는 베이스 기타를, 무라카미는 드럼을 쳤다. 군밤이나 쑥떡이나 말린 살구를 얻어먹었다. 연습실에서 뭘 먹으면 안 되는 거 아니냐고 묻자, 재니스는 "로커가 그딴 걸 신경 쓸 것 같나?" 하고 타박했지만 "근데 음료는 안 돼요."라고 덧붙였다. 납득이 되는 듯도 앞뒤가 안 맞는 듯도 했지만 그딴 걸 신경 쓰지 않기로 했다.

연습실에서만 기타를 연주하기는 아쉬웠다. 자신의 삶이 있는 곳, 가장 아끼는 공간에서도 가장 좋아하는 일을 하고 싶었다. 어느 자정, 어두운 거실 구석에 가만히 서 있는 기타를 보다가 이름을 붙여줬다. 꽤나 거친 단어의 조합이었다. 저녁을 먹고 일곱 시 삼십 분이면 강아지나 도마뱀을 산책시키듯 기타를 데리고 거실 한가운데에 섰다. 이따금 마음껏 짖고 울고 뛰고 까불게 해주고 싶었으므로 헤드폰을 쓰지 않았다. 조니도 그를 말릴 수 없었다. 비둘기 몇 마리가 창문 앞 전깃줄에 앉아 연주를 들으며 고개를 까딱거렸고, 한 마리쯤 감전되어 푸드덕 춤을 추기도 했다. 할 수 있는 일과 해야 하는 일 이외의 로킹하고 재지하고 블루지한 일들을 상상했다. 모두가 점심을 먹으러 간 정오, 그는 복합기의 트레이를 열고 깨끗한 A4 용지 한 장을 훔쳤다. 화엄경 필사로 다져진 정갈한 글씨체로 이렇게 적었다.

저는 전기 기타를 좋아합니다. 가끔만 집에서 연주합니다. 9시 이후에는 안 하겠습니다. 불편함이 있으시면 505호에 메시지를 남겨주세요. 죄송합니다.

이것이 내가 다 쓴 건전지의 기분으로 엘리베이터에 탔을 때 본 메모이다. 나는 이른 저녁에 아무도 없는 복도에서 희미한 전기 기타 소리를 들은 적이 있을 뿐, 505호의 문 안쪽에 대하여는 전혀 알지 못한다. 그이가 그인지 그녀인지, 젊었는지 늙었는지, 혹은 그중 무엇도 아닌지, 그 기타가 석양처럼 붉은지 파도처럼 푸른지도 알지 못한다. 톨스토이를 떠올린 건 순전히 내 습성이다. 시몬은 교회 앞에서 헐벗은 채 추위에 떠는 미하일을 집으로 데리고 갔고, 이를 나무라는 마트료나에게 "당신의 마음속에도 하느님이 있지 않소."라고 물었다. 나는 하느님을 모르지만 사람이 전기로 산다는 건 안다. 내 안에도 전기가 있다.

익명이 되려고 서로 최선을 다하는 이곳에서 자신이 505호, '여기'에 있다고 고백한 사람. 배려와 무례가 섞인 문장들이 아주 조금 열어놓은 문. 그 틈으로 나는 김수영처럼 "혁명은 안 되고 방만 바꾸"느라 가구를 끌어 옮겼던 이, 자우림처럼 "신도림역 안에서 스트립쇼를" 하는 기분으로 옷을 벗어 던지며 흥얼거린, 자신이 노래를 잘 부른다고 믿었던 이를 돌아본다. 지난 8년 동안 그런 식으로만 잠깐 존재를 알렸던 사람들 말이다. 그리고 이 건물 어딘가에 있을, 작고 까만 눈을 깜빡거리다 잠에 빠지는 아기도 상상한다. 예전에 붙었던 메모를 나도 봤다. 그러나 그 녀석의 안에도 전기가 있다. 나는 아기가 울고 싶을 때 우렁차게 울기를 바란다. 머지않아 두 다리로 일어서서, 뛰고 싶을 때 쿵쾅쿵쾅 뛰기를 바란다. 낯선 세상과 마주해 부단히 전기신호를 생성할 녀석의 신경세포들이, 정적보다 먼저 배워야 할 것은 소란일지도 모른다.

알지 못할 전기장치로 작동하는 엘리베이터가 나를 들어 올리는 동안, 나는 가벼운 상승감 속에서 펜을 꺼냈다. 손대면 전기가 통할 듯한 종이의 여백에 이렇게 썼다.

저도 전기 기타를 좋아합니다.

501호, 내 몫의 문을 닫고 언제나의 집에 들어섰다. 창문을 열자 늦여름 밤의 선선한 바람이 작은 거실 안으로 불었다. 비 냄새가 섞여 있었다. 오늘 밤에는 세차게 비가 내려도 좋을 듯했다. 거칠지만 모두를 뒤덮을 만큼 커다란 손이, 이 조용한 동네의 골목과 골목 사이로 조금은 엉켰지만 분명 이어진 전깃줄들을 벼락처럼 울린다면, 전부를 감전시킬 일렉트릭한 멜로디를 연주한다면, 나는 비밀스럽게 웅얼거렸던 몇 개의 문장을 큰 소리로 발음해볼 작정이다. Hei kaikki, 모두들 안녕하세요. Kiitos, 감사합니다. Pidän sinusta, 저는 당신이 좋아요.

「일렉트릭 픽션」 김기태 작가와의 대담

선우은실 ǀ 문학평론가, 제48회 이상문학상 예심위원

「일렉트릭 픽션」은 평범한 삶을 살기 위해 노력하는 한 사람이 일렉 기타를 연주하게 되는 이야기다. 이 소개가 조금 시시하게 느껴진다면 이건 어떨까. 전기 기타를 연주하고 있다는 한 메모를 보고 '전기'가 통한 다른 사람이 메모 주인공의 삶을 아주 구체적으로 상상해보는 소설이라고. '전기'는 문자 그대로 전기에너지를 의미하는 동시에 삶과 삶을 잇는 찌릿한 상상력을 의미하기도 하는바, 그야말로 문학이 주는 은근하고도 강렬한 자극을 떠올리게 한다. '전기'로 이어지는 소설과 삶에 대한 이야기를 작가와 나누어보았다.

*

김기태(이하 '김') 첫 소설집이 기대보다 많은 반응을 얻어서 기뻤다. 한편으로는 숨을 고르는 시간도 필요하다고 느꼈다. 미뤄뒀던 책도 읽고, 다음 소설을 위한 생각들도 조금씩 쌓아나가며 지냈다.

2024년 젊은작가상과 신동엽문학상, 동인문학상을 수상한 김기태 작가에게 작년은 유달리 유의미한 한 해가 아니었을까. 그야말로 떠오르는 신예라는 표현이 아쉽지 않은 행보를 보여주고 있는 작가는 서두르지 않고 적절한 속도를 조절하고 있는 듯했다. 한편 국민으로서 국가 정세가 심상찮은 연말연시를 보내고 있을 텐데 계엄 전후의 일상을 어떻게 보내고 있는지도 물었다. 작가는 "이해할 수 없는 말들이 횡행하는 시국이다. 사회적 피로감에 대한 반작용인지, 오히려 개인적 삶의 토대로 눈을 돌리게 된다"라고 말하며 건강 이슈를 함께 들었다. "미뤄뒀던 몇몇 진료도 받고, 식사나 수면 습관을 개선하기 위해 애쓰고 있다. 시민으로서든 작가로서든 뭐든 하려면 체력이 필요하다"라고 말했는데, 십분 동의하지 않을 수 없었다.

작가로서 특히나 유의미했을 작년을 거쳐 시민으로서 하수상한 시절을 마주하는 동안 이상문학상 소식이 전해졌다. 「일렉트릭 픽션」으로 이상문학상 우수상을 수상하게 된 것에 작가는 다음과 같은 소감을 들려줬다.

김　「일렉트릭 픽션」 이후 지금까지 6개월 이상 소설을 한 편도 발표하지 않았다. 상당한 태업이라고 자각하던 중이라 수상 소식을 듣고 기쁘면서도 민망했다. 앞으로 열심히 쓰는 수밖에 없다고 생각한다. 올해는 이상문학상이 개편되었는데, 새 수상 작품집이 어떤 형태일지 독자로서 기대되기도 했다.

수상 작가 인터뷰 또한 이상문학상의 개편과 더불어 이루어진 변화다. 작품에 대한 분석과 더불어 창작 과정에서 반영되었을 여러 고민을 독자들께 내어놓고 함께 이야기를 한다는 마음으로 작품에 대한 질문을 이어갔다.

*

「일렉트릭 픽션」은 인물인지 서술자인지 구분되지 않는 화자의 내레이션으로 시작된다. 진술의 주체는 소설의 초점 인물과 일치하지 않는다. 초점 인물 즉 주인공은 '그'인데, 그가 한 다세대주택 505호 거주자라는 사실에 이르기까지 특정한 성격을 가진 외부적 서술자가 묘사를 이끈다. 이와 같은 서술은 작가의 다른 소설에서도 왕왕 발견되는 익숙한 낯섦의 형식이기도 한데, 이러한 형식이 의도적으로 삽입된 것인지, 평소에도 서술자 설정에 대한 고민이 있는지 물었다.

김 누가 어떤 위치에서 어떤 목소리로 서술하게 할 것인지 고민하는 데에 구상 단계의 상당 시간이 소비된다. '인물'이 아닌, 즉 서사 바깥의 3인칭 서술자에게조차 어떤 '성격'을 부여할 필요가 있기도 하다. 다만 언제부터인가 '서술자'라는 가상의 존재를 설정하는 작업이 소모적으로 느껴질 때가 있었다. 누구를 내세우든 뒤에 있는 '작가'를 의식하는 독자들이 점점 많아지는 느낌도 들었다. 그럼 그냥 작가인 '나'를 서술자로 편하게 활용해보고 싶었다. 그 결과로 「일렉트릭 픽션」은 전기 기타를 치는 사람에 대한 이야기—를 하는 사람에 대한 이야기—가 되었다.

이 작품을 비롯해 김기태 작가의 다른 작품에서도 '보통의 삶'이라는 테마가 눈에 띈다. 가령 「보편 교양」에서 '상식적 수준의 교양' 안에 담긴 '(탈)보편 지향'의 계급성이라든지, 이상향으로서의 '보편'과 세속적인 욕망 사이의 낙차는 '보편/보통'에 대한 날카로운 감각을 보여준다. 작가의 작품 세계에서 '보편 (지향)'은 어떤 의미일까?

김 '보편성' 같은 개념을 의식적으로 탐구한 건 아니다. 사후적으로 부여된 키워드에 가까운데, 나도 그런 접근이 유효하고 설득력 있다고 느낀다. 작가로서 돌아보자면, '총체'에 대한 내 안의 갈망에 접점이 있는 듯도 하다. 나는 부분적 진실이 아니라 총체적 진실을 원한다. 도달 불가능하다거나 애초에 존재하지 않는다고 해도 어쩔 수 없다. 철학이나 예술의 언어 이전에 감수성의 차원에서 그렇다. 특별한 감수성도 아니다. 누구나 '산다는 게 뭘까' 같은 질문을 할 때가 있지 않나. 질문은 짧고 상투적이지만 정말 산다는 게 뭔지……. 지금까지는 어떤 전형들을 귀납적으로 형상화해봤다고 할 수 있다.

이번 소설에서 발견되는 '일상성/보편성' 역시 작가가 언급한 '총체'에 대한 갈망과 맞닿는 측면이 있어 보인다. '그'에게 덧입혀진 일상/보편/보통이라는 수식어는 다면적이다. 거실과 방 두 개가 있는 집은 '보통 규격'이라 믿는 일상의 사이즈를 대변하지만, 그 집을 구하기 위해 원룸으로 추정되는 좁은 집을 오랫동안 전전해야 했으며 12년간의 저축을 털어 넣어야 했다는 사실이 병기된다. 또 공기업의 협력사로 추정되는 번듯한 회사에 다닌다는 이상적이고도 '보편 (지향)'적인 삶의 형식의 이면에는 "그 사무 보조"라고 불리는 현실이 자리한다. 아마이것이 하나의 진실을 넘어선 입체적 총체일지도 모르겠다.

한 가지 주목해볼 만한 것은 이와 같은 일상에 대한 묘사가 자못 산뜻하게 읽힌다는 점이다. (작가는 의도적으로 지향한 것은 아니라고 말했으나) '보편'의 다면성으로 읽힐 법한 현실을 묘사할 때 너무 무겁지 않도록 톤을 조절하려고 하는지(혹은 그런 방식의 장치를 마련하려고 하는지), 만약 그렇게 한다면 어떤 이유 때문일지 물었다.

김 너무 많은 정보와 해석이 동시다발적으로 투하되는 시대이다. 사안의 진위나 경중을 파악하는 게 점점 어려워지면서, 거꾸로 평정심에 기대게 된다. 이것이 '합리' 같은 개념의 복권을 위한 적극적 수행인지, 자기 보존을 위한 방어적 무감각인지는 모르겠다. 지금은 전자로 평가하는 데에 마음이 간다. 아무튼 「일렉트릭 픽션」의 '그'는 나름의 소외를 겪고 있다. 하지만 언제나 깨끗한 식수와 안정적인 전력에 접근 가능하며, 비교적 건강하고, 고용 상태이며, 취미 생활도 한다. 이러한 조건들도 정당히 포함시킨다면 굳이 무거워질 이유가 없기도 하다. 대체로 소설이란 상처를 찾고 헤집으며 내면의 호소에 확성기를 대주지만, 그것만이 길은 아니라고 생각한다. 모두를 무겁게 여기는 정신은 깔려 죽기 쉽다. 무게를 덜어냄으로써 운동성이나 회복 탄력성을 보존할 필요도 있다.

덜어낸 무게로 "회복 탄력성"을 가지는 것 또한 현실에 대한 핍진한 묘사 못지않게 중요하다는 말이 인상적이었다. 현실에 압도되지 않으려는 무게감의 조절을 '산뜻한 불편함'이라고 불러도 좋을까. 작가의 소설을 좋아하는 이들은 소설에서 현실의 낙차나 모순적 면모를 묘사하는 일이 중하다는 것을 인지하는 동시에 산뜻하고 가벼운 회복 가능성에 위안을 받는 것일지도 모르겠다.

그런 관점에서 보자면, 인물을 둘러싼 정상성/보편성에 대한 요구 및 수용의 과정이 삐걱거림에도 불구하고 '그'에 대한 진술이 인물의 내면까지 고해주지는 않는다는 사실을 조금 다르게 접근할 필요가 있겠다. 소설에서 상사의 퇴임을 기념하는 촬영에 참여하지 않은 '그'에 대해 소설은 아주 간결하게 이유를 설명한다. "어떤 느낌" 때문이자 "그의 성정" 때문이라는 것이다. 이와 같은 묘사의 방식은 인물의 내면에 침잠하는 대신 그것과 거리를 두는 방식처럼 느껴진다.

김 인물의 내면은 물론 유의미한 소설적 공간이다. 하지만 과대평가되었다는 인상도 있다. 그토록 광대하면서도 섬세하고 고유한 무늬의 내면이 모든 인간에게 존재한다고 선뜻 믿기 어렵다. 어떤 이들은 개인 내면에 대한 시추(試錐)로써 소설의 '깊이'가 확보된다는 관점을 고수하지만, 그렇다면 내 소설에는 깊이가 없고, 깊이를 구하고 싶다는 의지도 없다. 나는 '깊이'가 아니라 '높이'를 원한다. 높이는 시추가 아니라 적층으로 마련된다. 어디에서 어떤 방향으로 보냐의 차이라면, 관건은 충분한 절댓값일지도 모른다.

많은 이들이 왜 '전기 기타'인가를 궁금해할 듯하다. 소설의 한 구절에 따르면 일렉 기타의 정확한 명칭이 '전기 기타'라고 밝혀진다. 현의 진동을 전기신호로 변환해 증폭시키기 때문이라는 것인데, 악기의 본질적인 기능은 변하지 않지만 그것을 수행하게 만드는 다른 '방법/수단'을 수식어로 삼는다는 게 재미있었다. 이것을 인물의 삶에 빗대보자면 이런 해석도 해볼 수 있을까. '그'에게 인간으로서의 기능 즉 삶을 산다는 것 자체는 본질적으로 변화하지 않을 수 있겠지만, 삶을 삶으로 기능하게 만드는 과정에서 약간 다른 방식을 통과해 조금 다른 소리를 내는 삶을 산출하고 싶었다고 말이다.

김　개인적으로 일렉트릭 기타를 좋아한다. 구상 중에 전략적으로 선택했다기보다는 기타 자체가 출발점이었다. 인물의 입장에서 왜 피아노나 오카리나가 아니라 일렉트릭 기타를 택했는지 지금 생각해본다. '제일 멋지니까'라는 건 작가인 내 취향인 듯하고, 어쩌면 '그'는 직업인으로서나 생활인으로서나 전기에 종속된 삶에 반항심을 품었을 수도 있다. 악기 연주 같은 무용한 일에 전기를 부려 먹으며 주종 관계를 재감각하고 싶었을지도 모르겠다. 〈영웅본색〉에서 주윤발이 100달러 지폐를 태워서 담뱃불을 붙일 때의 쾌감 같은 것이 그에게 있었기를 바란다. (그건 위조지폐였지만……)

인물은 "제대로 소리 내어보기도 전에 포기하고 싶어졌다"는 말로 사랑 그리고 기타를 말한다. 그는 기타를 팔려고 나갔다가 재니스를 만났으며, 삶은 그에게 기타, 초당옥수수, 그리고 향후 3개월 이상의 시간을 떠안겼다. 관두려고 했을 때 비로소 발견되는 '그것을 좋아하는 마음'과, 때마침 조우한 인연에 의해 속수무책 그 마음을 다시 떠맡게 되는 장면이 소설적이라는 생각(현실에서도 이런 일이 있을 수 있을까?)이 들면서도 그렇게 되어서 너무나 다행이라고 생각했다(현실에서도 이런 일이 더 자주 일어나면 좋겠다). 인물에게 기타를 되돌려준 까닭이 있을까?

김 악기를 혼자 취미로 시작했을지라도 한 번쯤 합주를 경험해보라고 많은 분들이 권한다. 일렉트릭 기타처럼 밴드의 구성 요소로 보편화된 경우는 더욱 그렇다. 다른 사람이 내는 소리와 얽히는 게 어렵고 불편하지만 예상 밖의 즐거움은 언제나 모험을 요구하지 않나. 문학도 그렇다. 나는 혼자 읽고 쓸 때도 문학을 좋아했지만, 타인들과 함께 읽고 쓰고 서로 흠잡고 상처받으며 문학을 더 좋아하게 되었다. 애증이 커졌다고 해야겠지만, 어쨌든 비례적으로 애(愛)도 커지는 거니까……. 그러므로 기타를 팔기에 아직은 이르지 않다. (기타를 혼자 치다가 팔아버리는 것은) 소설을 혼자 쓰다가 혼자 절필하는 일과 같다. 비밀은 아름답지만, 이왕 쓴 거 가족이든 친구든 동호회원이든 읽혀보면 어떨까. 내 맷집이 내 예상보다 강하다는 걸, 내 사랑이 내 두려움보다 크다는 걸 발견하게 될지도 모른다.

이럴 수가. 소설의 말미에 이르면 지금까지 읽어왔던 '그의 삶'이 엘리베이터 안에서 한 메모를 발견한 501호 거주자에 의해 상상된 이야기일지도 모른다는 가능성이 발생한다. 말하자면, '일렉트릭 픽션'이다. 인간의 몸에 전기가 흐른다는 사실을 주지하고 나면 인간은 전기를 거쳐 삶을 상상할/살아갈 수도 있다. 엘리베이터 속 메모를 쓴 505호와 마찬가지로 501호역시 자신이 '전기 기타'를 좋아한다는 사실을 겹쳐놓고, 그것만으로도 메모 너머의 삶을 상상하듯 말이다. 마치 우리에게 '이야기'가 필요한 까닭을 말해주는 것만 같은 501호의 존재는 소설의 설계 단계에서부터 고려된 것일까?

김　서술자로서 501호는 설계 단계에서부터 고려되었다. 말씀하셨듯 '이야기' 자체의 의의를 의식했다. 나는 얼굴 모를 사람들의 삶을 상상해서 소설을 쓴다. 독자들은 허구인 줄 알면서 소설을 읽는다. 모두 그런 일을 왜 하고 있을까. 일단 지극히 개인적인 취미일 수 있다. 문장과 문장이 이어지는 즐거움은 음과 음이 이어지는 즐거움처럼 순수하다. 한편 전기 기타가 그러했듯, 소설은 타인과 교류하는 계기가 될 수도 있다. 직접적인 마주침을 유도한다는 뜻만은 아니다. 전혀 마주칠 일이 없는 사람에 대한 상상도 일종의 교류라고 주장해본다. 아는 사람에게 최대한의 사랑을 쏟는 일만큼, 모르는 사람에게 최소한의 존중을 품는 일도 중요하지 않나. 모두가 벽과 벽 사이에 사는 지금, 소설의 가능성에 대한 소박한 옹호를 담은 제목이 '일렉트릭 픽션'이다.

＊

김　나 자신과 충분히 대화하고, 좋은 소설들을 많이 읽고, 주변 세계에 참여하면서 한 쪽 한 쪽 꾸준히 써나가고 싶다. 다음 소설을 발표하기까지는 꽤 시간이 걸릴 듯하다.

앞으로의 계획을 묻는 질문에 "조급함을 버리려고 노력 중"이라고 밝힌 작가는 위의 말을 이어갔다. 좋은 세상을 상상하기 위해서는 현실을 반면교사 삼을 수도 있겠지만, 좋은 레퍼런스를 많이 보고 경험하고 자기화하는 것 역시 중요할 것이다. 작가에게 다시 한번 이상문학상 수상에 대한 축하와 응원을 보낸다. 참, 시간이 조금 걸리더라도 다시 만날 작가의 소설을 반가이 기다리겠다는 말도 함께 남긴다.

허리케인 나이트

문지혁

2010년 단편소설 「체이서」를 발표하며 작품 활동을 시작했다. 장편소설
『중급 한국어』『초급 한국어』, 소설집 『고잉 홈』『우리가 다리를 건널 때』
등이 있다.

허리케인 나이트

1

바닥에 물이 차오르고 있다는 걸 알게 된 건 저녁 식사 후였다. 10분 전만 해도 알리오올리오가 담겨 있었던 빈 그릇을 들고 일어섰는데 양말 끝이 차가웠다. 누가 카펫 위에 물을 쏟았나. 그러나 492스퀘어피트의 복층 스튜디오에 살고 있는 생명체는 나뿐이었다. 창밖으로 시선을 돌렸더니 검은 나무들이 빗속에서 세차게 흔들리고 있었다. 허리케인. 낮에 같이 수업 듣는 동료들이 몇 차례 입에 올렸던 단어가 떠올랐다. 아무리 그렇다고 해도?

처음에는 키친타월 몇 장을 뜯어 닦아보려 했다. 나중에는 화장실에서 수건 여러 장을 들고 와서 막아보려 했다. 하지만 그럴 수 있는 정도가 아니었다. 처음에 대한민국 정도 크기였던 검은 얼룩은 빅뱅에 맞먹는 속도로 세계지도로 변해가다가 마침내 광활한 우주가 되었다. 1층 전체가 물에 젖어버리는 데는 채 30분도 걸리지 않았다.

머리가 하얘졌다. 나는 아직 젖지 않은 나무 계단에 걸터앉은 채로 휴대전화를 들고 연락처 목록을 살폈다. 스마트폰도 없던 시절, 누구한테 뭐라고 연락을 해야 할지 막막했다. 집주인에게 해야 하나. 관리 사무소 연락처가 뭐였더라. 일요일 밤이었고 모든 것이 망설여졌다. 가장 최근에 등록된 번호를 검색해보니 낯익은 이름이 떴다. Peter Choi. 옆 동네에 살고, 2주 전 맨해튼 다운타운에서 같이 밥을 먹었던 고등학교 동창. 번호를 불러주면서 피터, 아니 최용준이 했던 말을 떠올렸다.

아무 때나 연락해. 밥이나 먹게.

쉽게 통화 버튼을 누를 수 없었다. 아주 많은 시간이 흐를 때까지, 그러니까 비교적 최근까지, 나는 그 순간에 대해 오랫동안 생각했다. 나는 그때 왜 망설였을까. 일요일 밤이어서? 부탁하는 게 부담스러워서? 친구에게 민폐를 끼치고 싶지 않아서? 과거의 기억 때문에? 아니면 그저 최용준이라서?

지금이라면 내 선택은 달라질까.

하지만 2010년의 나, 비바람이 몰아치고 카펫이 젖어가던 포트리의 1250달러짜리 월셋집에 살던 나에게는 다른 선택의 여지가 없는 것처럼 보였다. 나는 통화 버튼을 눌렀고, 몇 번 울리기도 전에 피터가 전화를 받았다. 그는 큰 소리로 말했다.

"야, 너 괜찮냐?"

2

검은색 BMW X5가 집 앞에 도착한 건 15분 후였다. 나는 소지품과 옷가지를 간단하게 싼 백팩 하나를 메고 로비에서 기다리고 있다가 차에 올랐다. 베이지색 가죽 시트에 빗물이 튈까 봐 조심스럽게 우산을 묶었다. 내 낡은 운동화 밑창에서 조금씩 새어 나오는 구정물이 신경 쓰였다. 은은한 우디 향이 감도는 차내에서는 둔중한 베이스가 강조된 힙합이 흐르고 있었다. 볼 륨이 지나치게 컸다.

"이 난리가 났는데 모르고 있었어?"

피터는 텔레비전을 보고 있었다고 했다. 지금, 이 동네 전 체가 패닉이야. 오죽하면 와이프가 너한테 전화해보라고 하더 라고. 네가 안 했으면 몇 분 있다가 내가 했을걸. 피터가 말하면 서 와이퍼의 속도를 높였다. 두 개의 검은 손이 흐릿한 세계와 선명한 세계를 가르며 빠르게 움직였다.

"텔레비전이 없어서."

내 대답은 어딘지 변명처럼 들렸다.

피터의 아내는 지난 식사 때 처음 만났다. 미인이라는 소문 을 듣기는 했지만, 피터가 그녀와 함께 등장했을 때 나는 적잖 은 충격을 받았다. 세상에 저렇게 생긴 사람이 존재할 수 있구 나. 그건 예쁘거나 매력적이라는 느낌과는 조금 다른 감정이었 다. 놀라움이나 경외감이라고 해야 할까. 마치 다른 세계에서 온 생명체를 조우하는 기분이었다. 그녀가 말을 걸 때마다 나는 당황하며 횡설수설하기 일쑤였고 보다 못한 피터가 한마디 했 다. 얘가 원래 좀 이래. 숫기가 없어 가지고.

"와이프한테 내가, 급하면 전화하겠지, 했는데 딱 그때 진 짜로 너한테 전화 온 거 알아? 소름."

한 치 앞도 잘 보이지 않는 도로를 피터는 여유 있게 달렸 다. 실제로는 그렇지 않겠지만 나한테는 다 비슷하게 들리는 래

퍼의 목소리가 열심히 F—워드를 뱉어냈다. 원래라면 환하게 밝았어야 할 거리의 상점들은 불이 다 꺼져 있었다.

3

1995년, 우리는 중곡동에 있는 외국어고등학교에서 만났다. 1월생이었던 나는 만으로 열다섯 살이었고 금호동에 있는 중학교를 졸업한 직후였다. 입학 전에 신입생 환영회 비슷한 모임이 있었는데 거기서 피터를 처음 봤다. 피터는 대치동에 있는 중학교를 나왔는데, 매년 수십 명을 외고에 보내는 학교라서 그런지 이미 아는 친구가 많은 것 같았다. 내가 나온 중학교에서 그 외고에 진학한 사람은 나를 포함해 달랑 두 명뿐이었다. 하지만 그 한 명조차 전혀 모르는 친구였고, 과묵한 데다 과도 달라서 그와는 입학 후로 만날 일이 없었다.

그날 모임에서 우리는 합격을 자축하며 이제 앞으로 3년간 영어과라는 이름 아래 함께 지내게 될 것을 기대했다. 남녀 비율은 절반 정도였다. 돌아가면서 장래 희망을 말하는 순서가 있었는데, 남자아이들의 절반은 국제변호사가 되겠다고 했다. 국제변호사라는 말은 존재하지 않고 그저 한국 변호사나 미국 변호사가 있을 뿐이라는 걸 그때는 누구도 지적하지 않았다. 분위기에 휩쓸려 나 역시 내 꿈이 국제변호사라고 말했다. 사실 그날 처음 들어본 단어였지만, 본능적으로 그렇게 말해야만 이 세계에 진입할 수 있을 것 같은 느낌이 들었다. 국제변호사는 일종의 패스워드이자 암구호였다. 다만 그 와중에도 조금 달라 보이고 싶었는지 나는 자신 없는 목소리로 '소설을 쓰는 국제변호사'가 꿈이라고 말했고 20여 년의 세월이 흐른 뒤 그 꿈은 앞쪽 절반만 겨우 이루어졌다.

정말로 국제변호사가 된 것은 피터뿐이었다.

정확히 말하자면 피터는 미국 변호사가 되었고 맨해튼에 있는 유대계 대형 로펌을 다니다가 나와서 자기 회사를 차렸다고 했다. 그의 회사가 정확히 뭘 하는지, 업계에서 어떤 위치인지 나는 잘 몰랐지만 피터가 하고 있다면 대단한 일일 거라고 생각했다. 고등학교 때부터 그렇게 생각하면 대부분 맞았으니까. 용준이는 그런 아이니까.

고등학교 때 운동장에서 농구를 하다가 작은 소동이 벌어진 적이 있었다. 피터와 아이들이 골대 근처 주차된 자동차 위에 옷이며 소지품 들을 잠시 올려두었는데 운동하는 사이 그 차가 사라져버린 것이다. 땀 냄새 나는 아이들의 티셔츠나 양말 같은 건 차가 떠난 길 위에 떨어져 있기도 했지만, 피터가 올려놓았다는 손목시계만은 끝내 찾을 수 없었다.

너 진짜 괜찮아?

수돗가에서 세수하던 피터는 고개를 끄덕이며 교실 쪽으로 걸어갔다. 물어봤던 친구는 이해가 안 된다는 듯 피터와 차가 사라진 방향을 한동안 번갈아 쳐다보았다.

왜, 비싼 거야?

내가 묻자, 친구는 약간 허탈하게 웃으며 대답했다.

롤렉스잖아.

생각해보면 우리는 친해질 이유가 없었다. 같은 학교 안에서도 모두가 친한 건 아니었다. 시간이 지날수록 끼리끼리 어울려 다니는 그룹이 생겼고 서로 딱히 적대적이거나 폭력적인 것은 아니었지만 선이 분명했다. 여기도 저기도 모두 어울리는 친구는 드물었다. 누가 정해준 것도 아닌데 아이들은 자석 옆 쇳가루처럼 자신과 비슷한 사회·문화·경제·가정환경을 지닌 친구들 쪽으로 모여들었다. 금호동의 나와 대치동의 최용준 사이의 거리는 N극과 S극만큼이나 멀었다.

우리가 다닌 고등학교는 마치 대학 같았다. 사복을 입었고, 남녀 합반에다가, 전공마다 다른 교실로 이동해서 수업을 들었다. 아이들의 마인드도 그랬다. 투박하고 거칠지만 끈끈한 무엇이 오가는 고등학생 느낌이 아니었다. 정제되고 젠틀했지만 개인적이고 차가웠다. 대학과 한 가지 다른 점이 있다면 모두가 공평하게 매일 야간 자율 학습을 했다는 것. 물론 그 자율 학습은 자율이 아니었고.

저녁 여섯 시부터 밤 열 시까지 진행되는 자율 학습 시간에도 쉬는 시간이 있었다. 50분 공부하고 10분 쉬는 식이었다. 넘치는 혈기를 주체하지 못한 몇몇은 쉬는 시간마다 농구공을 들고 나가 텅 빈 운동장에서 운동을 하고 오기도 했다. 운동에 별로 취미가 없던 나는 운동장 끄트머리에 있는 난간, 우리끼리는 전망대라고 부르던 장소에 가는 걸 좋아했다. 용마산을 뒤로하고 지어진 학교는 지대가 꽤 높아서, 전망대에 서면 서울 시내가 한눈에 내려다보였다. 낮의 빛이 사라지고 밤의 그림자가 드리워진 도시는 그 본래 모습이 어떻든 꽤 그럴듯해 보였다. 어둠 속에서 다닥다닥 모여 있는, 하늘보다 밝게 빛나는 인공적인 불빛들은 저마다 자신의 존재를 알리는 조난신호처럼 보였다. 나는 멍하니 서서 불빛 사이로 보이는 붉은 십자가의 개수를 세다가 쉬는 시간 끝나는 종소리를 듣곤 했다.

전망대로 내려갈 때는 저녁 시간에 사놓은 캔 커피를 하나 들고 갔다. 야경을 내려다보며 뜨뜻미지근하고 달콤 쌉싸름한 커피를 마시는 일은 마치 어른이 된 것만 같은 착각을 주어 좋았다. 파란색 캔 커피에는 레쓰비라고 적혀 있었는데, 생각해보면 아무도 그다음 빈칸을 궁금해하지 않았다. 레츠 비. 우리는 뭐가 되고 싶었던 걸까. 무엇이 되고 싶었던들 아마 우리가 원한 대로 되지는 못했을 테지만.

네 소설 읽어봤어.

언젠가 깜짝 놀라 뒤를 돌아보았더니 피터가 서 있었다. 나는 뭐라고 답을 해야 할지 몰라 얼버무리듯 말했다.

왜 그랬어.

피터는 몇 걸음 더 앞으로 나와 내 옆에 섰다. 학교 외벽에 설치된 조명이 그의 얼굴 위에서 두 쪽으로 갈라졌다.

재밌던데.

얼굴이 달아올랐다. 중학교 때 쓴 소설을 인쇄해 와서 짝에게 보여준 적이 있는데, 아마 그걸 본 것 같았다. 로봇에 의해 점령된 지구에서 인간들이 반란을 일으키는 이야기였다. 아이들이 돌려 읽는다는 걸 알면서도 애써 모른 척했던 지난날의 내가, 그 작은 우쭐함이 부끄러웠다. 진작 돌려받았어야 했는데. 애초에 왜 그런 걸 가지고 와서.

난 한 번도 그런 걸 써보겠다는 생각을 해본 적이 없어서. 신기해.

내가 아무 말이 없자 피터가 말했다. 우리는 말없이 잠시 서울의 밤을 내려다보다가, 종이 울리자 교실 쪽으로 걷기 시작했다.

나중에 또 보여줘.

교실로 들어가기 직전에 피터가 말했다. 나는 계속 소설을 썼지만 그날 이후로는 절대로 학교에 가져가지 않았다.

4

리버 로드를 따라 내려가던 차가 좌회전 신호 앞에 멈췄다. 비 때문에 흐릿한 창밖으로 얼핏 '럭셔리 콘도미니엄'이라고 적힌 팻말이 보였다. 노란색 차단기가 올라가고 아파트 지하 주차장으로 들어서자 노이즈 캔슬링 헤드폰을 낀 것처럼 비바람 소리가 작아졌다. 빗물이 침입하지 못한 주차장은 아늑하고 평온했다.

"배고프지?"

피터는 차에서 내리며 말했다. 나는 방금 저녁을 먹었다고 답하려다가 말았다. 이상하게 허기가 졌다. 따뜻한 노란색 조명이 달린 엘리베이터 내부는 고풍스러운 나무 장식으로 꾸며져 있었다. 피터는 20층 위에 P라고 적힌 버튼을 눌렀다. 내 옷과 신발에서 비 비린내가 나는 것 같아 자꾸 움츠러들었다.

"우리 왔어."

문을 열고 들어서는 피터를 따라 나도 집 안으로 들어갔다. 엘리베이터에 적힌 P는 펜트하우스를 말하는 거였구나. 뒤늦은 깨달음에 혼자 속으로 무안해하고 있는데 피터의 아내가 나타났다. 지난번 만났을 때보다는 편안한 차림새였지만 이번에도 역시 이 세상 사람이 아닌 것 같은 느낌은 별반 다르지 않았다.

"어서 오세요. 외투는 저 주시고요."

나는 아 네, 네, 하면서 어색하게 빗방울 묻은 점퍼를 벗어 건넸다. 서둘러 팔을 빼다가 어깨 근육이 놀랐는지 통증이 느껴졌다. 거실에서는 방금 세탁한 침구 같은 냄새가 났다. 잠시 사라졌던 피터가 금세 반팔에 반바지 차림으로 나타나서 말했다.

"손 씻고 잠깐 소파에 앉아 있어. 먹을 것 좀 만들어줄게."

"나 사실 아까 저녁을……."

"알았어, 조금만 먹어. 오늘 밤은 아주 길 거니까."

나중에야 알게 되었지만 피터의 말은 사실이 되었다. 사람들은 참 신기하다. 우리의 무의식은 뭔가를 알고 있는 것만 같다. 아니, 어쩌면 모든 것을 알고 있는지도 모른다. 난파선 위에서 먼저 뛰어내리는 건 쥐뿐만이 아니다. 우리도 우리의 미래를 안다. 그저 모종의 이유로 망각하고 있는 척할 뿐. 우리가 하는 말은 결국 자기실현적 예언이거나 결과를 이미 알고 치는 점괘로 판명된다. 하지만 그때 나는 아직 아무것도 알지 못했으므로…….

소파에 앉아 텔레비전에서 계속 흘러나오고 있는 뉴스를 봤다. 헬멧을 쓴 기자가 바로 아래 허드슨강 변 어딘가에서 리포트를 하고 있었다. 빗물이 기자의 얼굴 위에서 번들거리며 흘러내렸다. 강한 바람 때문에 가만히 서 있기조차 어려운지 그는 말하면서 조금씩 뒷걸음질을 쳤다. 멀찍이 1인 소파에 앉아 있던 피터의 아내가 조용하게 물었다.

"마실 것 좀 가져다드릴까요?"

원래 필요 없다고 말할 생각이었는데, 그녀와 눈이 마주치자 나는 다른 말을 해버렸다.

"따뜻한 물이요."

얼마 후 미지근한 물을 마시며 뉴스를 보던 나를 부엌 쪽에서 피터가 불렀다. 나는 어색하게 물잔을 들고 식탁에 앉았다. 테이블 가운데의 커다란 접시 위에 배가 갈린 랍스터 세 마리가 놓여 있었다. 희미한 김과 함께 고소하고 향긋한 냄새가 올라왔다.

"마침 엊그제 홀푸드에서 랍스터 사놓은 게 있어서. 먹어봐."

피터는 파란색 요리용 장갑을 벗으며 내 앞에 마주 앉았다. 그가 먼저 랍스터를 하나 자기 앞접시로 옮겨 가더니 거침없이 잘라 입에 넣었다. 어느새 내 왼쪽에 앉은 피터의 아내도 랍스터를 가져갔다. 나는 으흠, 하는 피터의 콧소리를 들으며 내 몫의 마지막 랍스터를 옮겨 담았다.

"요리까지 잘하는 줄은 몰랐네."

내 말에 피터는 나와 내 접시를 쳐다보더니 웃었다.

"아직 먹어보지도 않고?"

"이 정도면 안 먹어봐도 알지."

나도 따라 웃으며 랍스터를 잘라 입에 넣었다. 예상대로 비주얼을 배반하지 않는 맛이었다. 부드럽고 짭조름하면서도 고소한 맛. 이 맛을 어떻게 표현할 수 있을까 생각하다가 그의 손목을 봤다.

롤렉스였다.

엉뚱하게도 순간 나는 오래전 학교 운동장에서 겪었던 일을 떠올렸고, 그제야 피터가 롤렉스를 한 번도 잃어버리지 않았다는 것을 깨달았다. 잃어버린다는 건 다시 찾을 수 없다는 뜻이다. 다시 찾을 수 있다는 건 잃어버려도 괜찮다는 뜻이다. 어떤 사람들에겐 잃어버려도 잃어버리지 않을 방법이 있고, 그게 무엇이든 도무지 잃어버릴 수 없는 사람들도 있다. 그가 롤렉스를 잃어버렸다는 것은 나의 착각에 불과했다.

"와인 한잔할래?"

피터가 말했고 나는 고개를 끄덕였다. 남은 랍스터를 씹을 때마다 입안에서 풍미가 진한 버터 향이 파도처럼 철썩였는데, 나는 그 맛을 어떻게 표현해야 할지 알게 되었다. 그건 불편한 맛이었다.

5

비슷한 불편함을 느낀 적이 있다.

피터가 뉴욕에 있는 로스쿨로 유학을 떠나기 전, 그러니까 이십 대 중반에 둘이 여행을 갔을 때였다. 왜 둘이서만 여행을 갔는지는 아직도 미스터리다. 우리의 과거란 대체로 개연성이 엉망인 소설 같아서, 돌아보면 이해할 수 없는 일이 허다하다. 굳이 서사를 만들어보자면 우리가 같은 대학교에 다녔기 때문이 아닐까. 길 가다 우연히 만나서 방학 계획을 이야기하다가, 아니면 학교 식당에서 노닥거리다가, 혹은 서넛이 가려던 여행에 결원이 생겨서 그랬을지 모른다. 물론 실제로는 아무 계기가 없었을 수 있고 그것이야말로 가장 유력한 가설이다.

일본을 여행지로 하는 데는 흔쾌히 합의가 이뤄졌다(고 나는 기억한다). 도시를 고르는 데는 다른 이유로 의견이 일치했다. 교토. 그는 역사와 유적에 관심이 많았고, 나는 문학 쪽이었다. 피터는 금각사에 가보고 싶다고 했다. 이유는 달랐지만 나도 그랬다. 여행 내내 미시마 유키오의 『금각사』를 읽겠다는 야심 찬 계획을 세우고 책도 샀다. 우리는 아주 짧은 준비 기간을 거쳐 여행을 떠났다. 그에게는 수십 번째, 나에게는 첫 해외여행이었다.

사실 내가 정말로 가보고 싶었던 곳은 윤동주가 공부했다는 도시샤대학이었다. 청년 윤동주가 자신의 가장 빛나는, 그러나 가장 어둡다고 느꼈을 시절을 보냈던 곳. 거기 있는 윤동주 시비가 내 진짜 목적지였다. 하지만 나는 여행 마지막 날까지도 도시샤대학 이야기를 꺼내지 못했다. 우리는 금각사, 은각사, 청수사를 돌아다니느라 바빴고 중간에는 기차를 타고 고베와 나라에 다녀오기도 했다. 고베에서는 바다를 보고 나라에서는 사슴을 봤지만 정작 내가 보고 싶은 건 다른 거였다.

돌아가는 날에는 아침부터 비가 왔다. 귀국행 비행기 시간은 저녁이었으므로 오전에 한 군데 정도 둘러볼 여유가 있었다. 망설이던 나는 윤동주와 도시샤대학 이야기를 꺼냈고 침대에 반쯤 누워 있던 피터는 예상대로 썩 반기지 않았다.

좀 쉬는 게 좋을 것 같은데. 비도 오고.

나도 알았다. 하지만 피터가 원했던 곳 중심으로 돌아다닌 이번 여행에서 내가 소외되었다는 느낌이 들자 갑자기 분이 차올랐다. 한 군데 정도는 내가 가고 싶은 곳에 갈 수도 있는 거지. 그래야 공평하지 않아?

그럼 나 혼자라도 다녀올게.

공평하지 않다고는 말하지 못했다. 그게 내가 말할 수 있는 최대한이었다. 그러자 피터는 잠시 창밖을 바라보다가 몸을 일으켰다.

같이 가.

우리는 숙소에서 나와 버스를 타고 도시샤대학으로 향했다. 문제는 버스에서 내려 걷는 동안에 생겼다. 여행 가방 안에는 여행 내내 내가 꺼내지 않은 물건이 두 개 있었는데, 하나는 『금각사』였고 또 하나는 토즈 샌들이었다. 책은 피곤해서 읽을 엄두가 나지 않았고 샌들은 내가 가진 유일한 명품이었기 때문에 신기가 주저됐다. 여행을 떠나기 전, 내가 피터와의 동행을 염려하자 당시 사귀던 여자친구는 백화점에 가서 명품 신발을 하나 사주겠다고 했다. 처음 보는 브랜드 매장에 들어가 이것저것 나에게 신겨보던 여자친구는 작은 목소리로 여기가 티는 안 나지만 아는 사람만 아는, 진짜 명품이라고 말했다. 신발들은 다 멋지고 근사해 보였지만 가격은 언제나 내가 예상했던 것보다 0이 하나 더 붙어 있었다. 나는 구두나 운동화를 사주겠다는 여자친구의 제안을 끝내 거절하고, 여행 경비가 빠진 내 통장 잔고로 살 수 있는 유일한 신발이었던 샌들을 샀다. 사이즈가 한 치수 작았지만 남은 물건은 그것뿐이었다. 엑스 자로 발등을 감싸는 로마 군인 같은 샌들이었고 가격은 39만 원이었다. 그걸 사서 집에 갔을 때 엄마는 박스와 더스트 백을 보고 무슨 '쓰레빠'가 이렇게 포장이 요란하냐고 했고, 내가 가격을 이야기하자 기가 차다는 듯 샌들에 발을 꿰어보며 말했다. 야, 3만 9000원이라고 해도 못 믿겠다. 나는 명품의 가치를 알아보지 못하고 그런 말을 거침없이 하는 엄마가 부끄러웠다.

그날 교토에서 나는 토즈 샌들을 꺼내 신었다. 마지막 날이었고, 비가 오고 있었으니까. 그리고 오늘의 목적지는 내가 정했으니까.

하지만 도시샤대학 쪽으로 걷기 시작했을 때부터 샌들 속 발은 들이치는 빗물 때문에 자꾸 미끄러졌다. 평범한 나이키 운동화를 신고 있던 피터는 앞서서 빠르게 걸어갔다. 애를 쓰면 쓸수록 피터와 나 사이의 거리는 점점 벌어졌고, 억지로 끼워 움직이던 발은 점점 아파왔다. 대학 정문을 지날 때쯤 멈춰 살펴보니 엑스 자로 마감된 발등 부분이 까져 피가 나고 있었다.

이거 맞아?

윤동주 시비 앞에 먼저 도착해 있던 피터는 흥미롭다는 듯 비석을 내려다보며 말했다. 시비 앞에는 누가 먼저 다녀갔는지 소주와 소주잔, 몇 개의 꽃다발이 놓여 있었다. 비에 젖어 번진 편지와 펜도 있었다. 여행의 무수한 목적지가 그렇듯 막상 도착해보니 별다른 감흥이 없었다. 죽는 날까지 하늘을 우러러 한 점 부끄럼이 없기를 잎새에 이는 바람에도 나는 괴로워했다…… 억지로 시비를 읽는 척했지만 실은 옆에 코팅해서 붙여둔 한글 안내 문구가 눈에 더 들어왔다.

먹을 것 놓고 가지 마시오.

잠시 후 피터가 마지막 점심 식사 장소로 정해놓은 시내의 100년 된 유도후집으로 발길을 옮기려는데, 피터가 반대쪽을 가리켰다.

여기 또 뭐가 있네?

윤동주 시비 맞은편에 거의 비슷하게 생긴 시비가 하나 더 있었다. 가서 보니 그건 정지용의 시비였고 거기엔 비석 말고 아무것도 없었다.

6

피터가 와인을 가지고 왔다. 피터의 아내가 텔레비전을 끄고 클래식을 틀었다. 피터가 와인 병을 보여주었지만 내가 해독할 수 있는 언어는 많지 않았다. 좋은 거겠지. 내 말에 피터가 웃으며 차례로 잔을 채웠다. 잔을 받아 들자 옅은 피 같기도 하고 보라색 벨벳 같기도 한 액체 위로 나무에 문지른 버터 같은 향이 올라왔다. 병을 내려놓고 피터가 말했다.

"뭘 위해야 하나?"

피터의 아내가 답했다.

"오늘 밤?"

"그래."

"오늘 밤을 위해."

잔이 부딪히자 맑은 종소리가 났다.

그리고 그때 불이 나갔다.

7

불 꺼진 펜트하우스에서는 밖이 더 잘 내려다보였다. 정전은 뉴저지 지역만인지 강 건너 맨해튼은 폭우 속에서도 불길에 휩싸인 것처럼 여전히 빛나고 있었다. 우리는 아무 일 없다는 듯 어둠 속에서 대화를 나눴다. 허리케인의 진로, 미국 대선과 한국 정치, 테니스와 야구, 근황을 알고 있거나 소식이 끊긴 동창들에 관해. 그사이 피터의 아내가 어디선가 캠핑용 랜턴을 가지고 와서 거실에 두었다. 노란색 불빛이 모닥불처럼 일렁이자 분위기가 더 그럴듯해졌다.

"오늘은 어쩔 수 없이 일찍 자야겠다."

와인 잔이 다 비워졌을 때 피터는 손전등을 하나 켜더니 손님방으로 나를 안내했다. 바깥에서 들어오는 희미한 빛 속에 보이는 넓은 방에는 호텔처럼 잘 정리된 침구가 준비되어 있었다. 인사를 나누고 피터가 문을 닫은 뒤, 나는 옷을 갈아입고 누웠다. 몸은 피곤했지만 잠이 오지 않았다. 거실에서 두런두런 말소리가 들렸다.

우리 정도면 괜찮은 거야.

언젠가 정전이 되었을 때 아빠는 말했다. 그건 아빠의 말버릇이기도 했다. 괜찮지 않을 때도 아빠는 늘 그렇게 말했다.

고등학교 때 우리 집은 산꼭대기에 있었다. 사람들이 우리 동네 주변을 일컬어 달동네라고 한다는 건 나중에야 알았다. 텔레비전에서 재연 프로그램을 보는데, 가장의 사업 실패로 폭삭 망한 집이 이사하는 장면에서 화면 아래 자막이 떴다. 서울 금호동. 우리 집은 동네에서 가장 잘살았지만 학교 아이들 중에서는 가장 못살았다.

리바이스 청바지를 사달라고 엄마를 졸랐던 적이 있다. 교복을 입지 않을 때라 매일 다른 옷을 입고 학교에 가야 하는 게 싫었다. 내가 가진 옷들이 메이커 옷이 아닌 것도 싫었다. 청바지는 티가 덜 날 것 같았다. 리바이스 정도면 쪽팔리지는 않겠다 생각했다. 그러나 엄마는 내 요청을 단칼에 거절했고 그때부터 나는 식사를 거부하기 시작했다. 잠긴 방문을 두드리며 엄마는 우리 집이 망하면 그건 네가 옷을 사재껴서일 거라고 말했다. 일주일 후 엄마는 결국 리바이스를 사주었고 나는 그걸 입고 학교에도 가고 교회에도 가고 목욕탕도 가고 농구도 하고 잠도 잤다. 학교에서는 티도 나지 않았지만 동네에서는 잘난 척한다고 욕을 먹었다. 동네 친구들은 우리 집에 단독 화장실이 있는 걸 부러워했지만 나는 학교 친구들의 대궐 같은 집과 비싼 물건들을 부러워했다. 서로 다른 두 개의 현실이 지닌 불균형 속에서 오락가락 괴로워하는 나에게 아빠는 말했다. 사람이 아래를 보고 살아야지, 위를 보면 끝도 없다. 우리 정도면 괜찮은 거야.

야간 자율 학습이 끝나면 대다수 아이들은 스쿨버스를 타러 갔다. 학생이 많이 거주하는 지역을 따라 노선과 차 번호가 정해졌는데, 우리 집 쪽으로 가는 스쿨버스는 없었다. 나는 산 위에 있는 학교에서 내려와 대로변의 차고지 옆에서 집 근처로 가는 시내버스를 기다렸다. 배차 간격이 뜸해진 버스를 기다리다 보면 1호부터 15호까지 스쿨버스가 한 대씩 지나갔다.

나는 좋아하는 여자애가 타던 7호 차를 일부러 기다리곤 했다. 간혹 정류장에서 문을 열어도 타지 않는 나를 보고 시내버스 아저씨는 욕을 뱉기도 했다. 스쿨버스 실내등 아래, 혹시라도 내가 서 있는 쪽 창가에 앉아 있을지 모르는 그 애를 기다리는 일은 지루하게 반복되는 하루의 유일한 희망이자 위로였다. 눈이 마주친다 해도 겨우 1, 2초에 불과할 그 시간을 위해 나는 매일 밤 몇백 배의 시간을 걸었다.

비 오던 밤, 이상하게 7호 차가 오지 않아 평소보다 오래 기다렸던 날이었다. 서너 대의 시내버스를 보내고 이제 차고지에 남은 버스가 단 한 대뿐이라는 걸 알게 되었을 때 나는 조금 두려웠다. 막차를 놓치면 집에 어떻게 가야 할지 상상조차 할 수 없었다. 마지막 버스가 내 앞에 올 때까지 7호 차는 오지 않았고 나는 어쩔 수 없이 시내버스에 올랐다. 그때 멀리서 7호 차가 속력을 내며 오기 시작했는데, 두 버스가 스치듯 지나칠 때 나는 그 아이 옆자리에 피터가 앉아 있는 것을 보았다. 그날 밤 나는 우리 가족의 이사 계획에 관해 물었고 지친 표정의 아빠는 고개를 저으며 말했다. 우리 동네 정도면 괜찮은 거야.

대학 시절 엘리베이터에서 피터를 만난 적이 있다. 영문과였던 내가 '법과 문학' 수업을 들으러 법대 강의동에 갔다가 법대를 다니고 있던 그와 마주친 것이다. 친구들과 농담을 주고받으며 낄낄거리는 그와 인사를 하고 가만히 서 있다가 1층에서 내리려는데, 그가 손목을 잡으며 내가 차고 있는 시계를 가리켰다. 부모님이 생애 첫 미국 여행을 갔다가 아웃렛에서 120달러에 사 온 코치의 쿼츠 시계였다.

"야, 어떻게 학생이 명품을 차고 다니냐."

그는 내 어깨를 한 번 툭 치고 씩 웃으며 친구들과 강의실 쪽으로 사라졌다. 그때도 나는 아빠의 말을 떠올렸던 것 같다. 우리 정도면 괜찮은 거야.

누워 있던 나는 발끝에 힘을 주어보았다. 많이 걸은 것도 아닌데 허벅지가 뻐근했다. 밖에서 희미하게 아이 울음소리 같은 것이 들렸다. 흐느끼는 소리 같기도 하고, 아파하는 소리 같기도 한 어떤 소리가.

8

나는 조심스럽게 일어나 문을 열었다. 거실은 여전히 어둠 속에 잠겨 있었다. 소리는 피터 부부가 자고 있는 마스터 베드룸 쪽에서 나는 듯했다. 그쪽을 향해 다가가다가 문을 서너 걸음 앞에 두고 가만히 멈춰 섰다. 울음소리. 한숨 소리. 낮게 투덕거리는 소리. 문이 닫히는 소리. 신음 소리. 문 긁는 소리. 짧은 비명. 날카로운 소리가 차례로 들렸다. 나는 다음 소리를 남김없이 채집하려는 사람처럼 모든 감각을 귀에 집중한 채 한동안 그 자리를 지켰다. 수많은 상상과 가능성과 비밀이 머리를 스쳐 갔지만 그중에서도 가장 두려운 장면은 내가 걸어가 그 문을 열어버리는 것이었다.

마침내 더 이상 아무 소리가 들리지 않게 되었을 때, 나는 방으로 돌아왔다. 발소리가 나지 않도록 물 위를 걷듯 거실을 걸었다. 문을 닫고 침대에 눕자 마치 온몸이 물에 잠긴 것 같았다.

9

다음 날 눈을 떠보니 빛이 환하게 쏟아져 들어오고 있었다. 밤사이 날이 갠 모양이었다. 거실로 나가자 텔레비전이 켜져 있고 부엌에서 피터의 아내가 인사를 했다. 어제 봤던 리포터가 퀭한 눈으로 허리케인이 북대서양으로 완전히 빠져나갔다고 반복해서 말했다. 어디선가 규칙적으로 땡, 땡, 하는 소리가 났다.

"마실 것 좀 드릴까요?"

"좋죠."

내가 말했다.

사과주스가 담긴 유리잔을 받아 들고 피터는요? 하고 묻자 그녀가 창 쪽을 가리켰다. 통유리로 다가가 아래를 내려다보니 피터가 초록색 테니스 코트에서 혼자 서브 연습을 하고 있었다. 밤새 비바람이 몰아쳤는데도 코트는 전혀 젖지 않은 것 같았다. 머리부터 발끝까지 하얗게 차려입은 그는 윔블던 대회 참가자처럼 보였다. 나는 사과주스를 천천히 홀짝이며 피터 옆의 볼 카트가 천천히 비어가는 모습을 지켜보았다. 인기척에 옆을 돌아보자 피터의 아내가 다가와 같이 아래를 내려다보고 있었다.

"좋은 사람이죠, 피터는?"

내가 말했다.

"좋은 사람이죠."

그녀가 잠시 쉬었다가 덧붙였다.

"나빠질 기회를 얻지 못했던 사람이기도 하고요."

그녀는 웃으며 말했다. 나는 어제 무슨 일이 있었던 거냐고 묻는 상상을 했다. 아이 우는 소리와 흐느끼는 소리의 정체에 관해. 완벽해 보이는 피터와 당신 뒤에 존재할 비밀과 그림자에 관해. 우리가 모두 어쩔 수 없이, 그러나 공평하게 빠져 있는 시궁창에 관해. 그러다 검은색 줄무늬 고양이 한 마리가 피터의 방 쪽에서 걸어 나오는 것을 발견했다. 피터의 아내가 말했다.

"환한 빛을 좋아하는 아인데 어제 아주 무서웠나 봐요. 밤에 시끄럽지 않으셨어요?"

나는 고개를 저었다. 피터가 요란한 소리를 내며 집 안으로 들어왔다.

점심으로는 피터의 아내가 만들어준 샌드위치를 먹었다. 세서미 베이글 사이에 BLT를 넣은 샌드위치였다. 베이컨 향이 너무 세서 조금 거슬렸지만 전체적으로는 먹을 만했다. 우리는 악수에 이어 가벼운 포옹을 하고 헤어졌다. 그가 집까지 데려다 준다고 했지만 나는 어제 먹었던 랍스터가 너무 맛있어서 바로 옆 홀푸드에 들렀다가 버스를 타고 가겠노라고 말했다. 거짓말을 하려던 건 아니었는데 피터의 집을 나서자 거짓말처럼 랍스터를 먹고 싶은 마음이 사라졌고 그래서 그냥 버스를 탔다. 집에 돌아와 여전히 젖어 있는 카펫을 보니 비로소 현실로 돌아온 기분이 들었다. 나는 신발을 신은 채 그 위에 서서 집주인에게 전화를 걸었다.

10

며칠 후 침수 카펫을 청소하기 위해 한 무리의 인부들이 들이닥쳤다. 백인, 흑인, 황인이 골고루 섞인 청소 업체 사내들은 파란색 비닐봉지로 신발을 감싸고 청소기처럼 생긴 커다란 기계를 돌려 물기를 제거했다. 덕분에 나는 더 이상 위층에서만 생활할 필요가 없어졌고 다시 신발을 벗은 채 집에서 알리오올리오를 만들어 먹을 수 있었다. 그날 이후 피터에게서 전화가 몇 번 더 왔지만 나는 받지 않았다. 학교를 졸업하고 취업이 좌절되어 한국으로 급하게 귀국할 때까지 나는 피터 부부를 다시 만나지 못했다.

11

오늘 피터를 생각하게 된 건 뉴스 때문이었다.

소설에 참고할 자료를 찾다가 미주 한인 신문 사이트에서 단신으로 처리된 작은 헤드라인을 봤는데, 피터 초이라는 이름의 변호사가 60억 원대 사기 혐의로 구속되었다는 소식이었다. 기사를 눌러 살펴보니 사진은 없었고 사건 정황상 그건 내가 아는 피터가 아니었다. 구글링으로 몇 개의 키워드를 넣어 피터 초이의 얼굴을 찾아보았지만 나오지 않았다. 아니, 정확히는 너무 많은 피터 초이의 얼굴이 나와 누가 누군지 분간할 수가 없었다.

오랫동안 들어가지 않았던 페이스북에 비밀번호까지 재설정하면서 들어가 피터 초이를 찾았다. 낯익은 동창 이름들을 클릭해 거기서 피터 초이의 흔적을 발견해보려고 했지만 역시 실패였다. 나는 인스타그램으로 옮겨 피터 초이의 이름을 다양한 방식으로 조합해 검색어에 넣어보았으나 그의 얼굴은 끝내 나타나지 않았다.

마감 기한을 보름 넘긴 소설을 새벽까지 붙들고 있다가 나는 편집자에게 정중한, 그러나 템플릿 형태로 늘 가지고 있는 사과 이메일을 보낸 뒤 노트북을 덮었다. 아내와 두 딸이 잠들어 있는 안방에 들어가 하던 대로 습도와 온도를 체크하고, 이불을 걷어찬 첫째와 배를 내밀고 있는 둘째의 잠자리를 정리했다. 그리고 내 방으로 돌아와 삼단으로 펴지는 접이식 매트리스를 깔고 누워 뒤척이다가⋯⋯

일어나 서랍을 열고 안쪽 깊숙이 들어 있는 피터의 롤렉스를 꺼낸다. 아니, 이제는 내 롤렉스라고 하는 편이 더 옳을 것이다. 어느덧 시계는 나와 함께 보낸 시간이 더 길고, 피터에게는 언제나 새로운 롤렉스가 함께할 것이므로.

시계를 차고 다시 자리에 눕는다. 묵직하고 서늘한 시계의 감촉이 손목에서 온몸으로 퍼져나간다. 피터는 아직도 내가 쓴 소설이 궁금할까. 나는 이미 그 대답을 알고 있다.

「허리케인 나이트」 문지혁 작가와의 대담

심완선 ┃ 문학평론가, 제48회 이상문학상 예심위원

1. 당신의 롤렉스는?

심완선(이하 '심')   농담으로 시작해볼까요. 이번 수상을 기대하셨는지요.

문지혁(이하 '문')   전혀요. 작년에 이효석문학상, 김유정문학상에서 호명받으며 이미 과분한 칭찬을 받았다고 생각했어요. 게다가 이상문학상은 주관사가 바뀌면서 일정이 달라졌잖아요. 정말 예상하지 못했습니다.

심   수상 소감은 어떤가요. 상이 개편된 첫해인 만큼 여러 소회가 들 수 있겠습니다. 수상자로서 앞으로 이상문학상에 기대하는 점이 있을까요.

문   매우 의미 있는 이름을 지닌 상인데 수상하게 되어 영광입니다. 새로운 출발점에 함께 이름을 올리게 되어서 기쁘고요. 새 술을 새 부대에 담게 된 거잖아요. 이상문학상이 지닌 권위는 유지하면서 더 공정하고 투명한 상이 되었으면 좋겠다는 바람입니다.

음…… 이상(李箱)은 새로운 글을 쓰는, 뭔가 다른 문학을 하는 젊은 작가였죠. 이상문학상이 처음에는 이상이라는 인물에서 시작했지만, 역사가 오래되면서 다른 의미의 이상(理想)을 찾게 되지 않았나 싶어요. 흠결 없는 이상적인 문학에 주는 상으로요. 문학상이 결국 한국문학의 미래를 위한 것이라면, 이상문학상이 '이상'처럼 새로운 가능성에 주목하고 신인을 발굴하는 상이 되면 어떨까, 싶기도 합니다. 그게 이상적인 방법일 수 있고요.

심　와, 이상문학상의 이상과 이상. 한자 꼭 병기해야 한다. (웃음) 그러면 소설 이야기로 넘어갈까요. 어쩌면 지긋지긋한 표현일 수도 있겠습니다만, 작가님은 단정한 문장으로 반듯한 소설을 쓴다는 모범생 이미지가 있습니다. 「허리케인 나이트」의 화자도 이 정도면 바른 사람 아닌가 싶어요. 여타 소설에서 본 음험함, 폭력성, 비열함을 생각하면……. 이런 면이 작가를 보여주는 듯합니다.

문　제가 말을 할수록 작품의 매력이 떨어질까 저어되긴 하는데요. 「허리케인 나이트」도 제가 써온 오토픽션의 연장선이에요. 화자는 결말을 제외하면 저와 상당히 닮은 인물입니다. 하지만 저만의 모습은 아니죠. 우리 대부분은 이중 혹은 삼중의 모습을 갖고 있다고 생각해요. 내면 깊숙이 들어가면 다들 숨기고 싶은 지하실이 있죠. 남들에게 쉽게 내보일 수 없는 것. 이 화자는 열등감이나 계급의식, 그에 수반되는 지질함이 있고요. 소설은 그런 그림자를 드러내는 작업이니까, 화자의 지하실을 어떻게 장면과 이야기 속에 잘 드러낼 수 있을지 고민하면서 썼어요. 우리의 윤리나 선악 판단이 그리 단순하지 않다는 점도요. 좋아 보이는 사람에게도 지하실이 있고, 나빠 보이는 사람에게도 다른 결이 있잖아요. 복합적인 면모가 물과 기름처럼 섞이지 않고 내면에서 파도치는 모습을 보여주고 싶었어요.

심 그래서 제목이 '허리케인' 나이트인가요?

문 네. 오래전부터 생각한 제목이에요. 실제로 집에 물이 들어찬 적이 있거든요. 미국에 살 때였는데, 소설에 나오는 것처럼 친구네 집으로 피신했어요. 물론 분위기는 소설과 전혀 달랐죠. 그래도 그날이 씨앗이 되었어요. 내가 집이 망가져서 다른 집에 갔는데, 그곳은 나의 집과 전혀 다른 안전한 세계였다. 그런데 안전한 세계조차 정전으로 무너진다면, 내가 맞닥뜨릴 진실은 뭘까.

심 오, 그럼 이 소설은 언제 읽으면 잘 맞을까요?

문 비 오는 밤이면 제목이랑 맞을 테고요. 아니면 옛 인연의 소식을 들었을 때. 우리 마음에 가라앉은 앙금을 잠깐이라도 뒤흔드는 어떤 사람에 대해서요. 헤어진 연인이나, 친했던 친구, 내게 상처를 입힌 사람일 수도 있겠죠. 그런 사람의 소식을 들은 밤에 어울리는 소설 아닐까요.

심 독자 마음을 무겁게 만들겠는데요. 마음을 헤집으면서 '너도 그 사람에게서 훔친 게 있을 거야, 너의 서랍에도 반드시 비밀이 있을 거야'라고 속삭일 것 같아요. 화자의 경우엔 친구인 피터의 롤렉스 시계를 훔쳤죠.

문 어, 그러게요. '나의 롤렉스는 무엇일까? 이 소설을 읽고 생각해보자.' 고등학교 독서토론 문제 같네요. 그런데 관계라는 게 상호작용이잖아요. 주고받는 것이고요. 주고받는 것에 의식적인 것과 무의식적인 것이 섞여 있다는 생각이 들어요. 그 중에 훔치는 일도 있는 거죠. 반대로 도난당하기도 하고요. 그렇다면 모든 관계에 '나의 롤렉스'가 존재한다고 말할 수도 있겠어요.

심 화자가 훔쳤다는 결말은 어떻게 정해진 건가요?

문 원래는 아니었어요. 화자가 피터를 추억하며 '사기범이 얘일까, 아닐까' 가늠하는 장면이 끝이었어요. 밋밋하긴 했죠. 거기까지 써놓고 양치하러 갔어요. 저는 항상 뭔가 찝찝하면 양치하러 가거든요. 주인공이 훔쳤다는 결말은 양치질하면서 떠올랐어요. 그래서 정말 몇 줄만 수정했는데, 이 소설 전체가 다르게 보이는 거예요.
피터는 당연히 범죄자가 아니라고 생각하면서 썼어요. 화자가 그렇게 생각하고 싶은 거죠. 왜냐하면 화자는 이미 범죄를 저질렀으니까. 자기가 범죄자라는 사실은 변하지 않으니까. 피터를 자기가 있는 시궁창으로 끌어내리고 싶은 거예요. 너도 똑같네, 너도 어쩔 수 없네, 하면서요. 정작 피터는 사기범이 아닐지도 모르고 실제로 아닐 텐데. 이게 주인공을 더 비참하게 만들 결말이라고 생각했어요. 우리 마음의 본성과 닮았다는 생각도 들었고요.

2. 축축한 옷의 계급

심 소설의 중점이라고 생각하는 장면, 혹은 쓰면서 공들인 부분이 있다면?

문 소설에서 반복되는 물과 비의 이미지를 좋아합니다. 일부러 물을 많이 넣었어요. 실제 태풍이 나오기도 하지만 주인공의 내면이라고도 생각해요. 소설 전반의 분위기에도 물이 큰 역할을 했고.

공을 들였던 장면은 화자가 피터 부부의 침실 앞에 서는 부분입니다. 화자는 방 안에 비밀이 있으리라 생각하죠. 그런데 문을 열어 확인하기는 두려워서 손님방으로 돌아갑니다. 마치 물에 잠기는 듯한 느낌을 받으며 누워요. 피터의 심연을 훔쳐보려다가 자기의 심연만 발견한 거죠.

여기서 침실을 일부러 '마스터 베드룸'이라고 썼어요. 『문학과 사회』 발표 당시 교정 과정에서 편집자님이 고쳐주셨는데요. 저는 마스터 베드룸이라고 고집했어요. 그게 노예제 시절부터 있던 말이잖아요. 큰 침실은 주인님이 자는 곳이고, 내 자리는 작은 곁방. '나'는 마스터 베드룸에 들어갈 수 없어요. 손님 방으로 돌아가는 아주 짧은 여정에서도 '나'는 계급적인 차이를 느낍니다.

심 그렇게 축축하고 눅눅해진 채로 일어났는데, 피터는 아침부터 보송보송한 테니스 코트에서 햇살을 받으며 운동하고 있고!

문 물이 계급에 정말 중요하지 않나요. 상위로 갈수록 땀이나 눈물을 덜 흘려도 될 것 같고. 하위로 갈수록 더욱 많은 땀과 눈물, 때로는 피를 흘려야 하는 것 같고.

심 결로와 곰팡이도요. 낡은 집은 습기가 차서 곰팡이가 생기기도 하죠. 축축하고 냄새나고 못생겼고, 이를 막으려면 덕지덕지 뭘 붙여야 하고. 말끔한 모양새가 나오기 어렵습니다. 소설 중간에 화자가 발에 안 맞는 샌들을 신는 장면이 있죠. 기껏 신었는데 비가 와서 미끄러지고 걷기 힘들고, 근데 명품이라 버릴 수도 없고. 그 부분도 경험인가요?

문 네. 가장 큰 뼈대가 된 것이, 두 경험을 계급과 연결하는 작업이었어요. 집에 물이 차서 대피한 때를 시작점, 빗물에 미끄러지는 명품 신발을 중간 지점으로 삼았습니다. 제가 샀던 슬리퍼도 명품이었어요. 명품을 갖고 싶어서 매장에 갔는데 제 돈으로 살 수 있는 신발이 그것뿐이었어요. 직원분은 슬리퍼는 원래 작게 신는 거라고 하셨어요. 틀린 말은 아니죠. 그런데 그 신발은 아니더라고요. 이십 대에 했던 실수입니다. 친구들이 가진 명품을 저도 갖고 싶었어요. 돈이 충분하진 않으니 세일 상품이나 가장 저렴한 물건을 사게 되죠. 좋은 물건보다는 브랜드를 소유하고 싶은 거니까. 하지만 그런 물건은 자신에게 별로일 가능성이 높고요.

심 지금은 브랜드를 탐내지 않는 이유가 뭘까요. 으레 자신에게 내세울 만한 이름이 없다고 생각하면 브랜드를 원하죠. 어쩌면 지금은 다른 이름을 얻었기에 브랜드를 필요로 하지 않는 건 아닐까요. 말하자면 다른 방식으로 기득권이 되었기 때문에.

문 매우 복합적인 변화가 있었죠. 가족이 아니었다면 아직도 브랜드를 원하고 있었을지도 몰라요. 지금은 결혼하고 아이들이 있으니까 제게 돈을 쓰기 아까워요. 그 돈을 아이들에게 쓰고 싶죠. 육아를 거치면서 저의 자아가 많이 작아진 것 같아요. 어떤 면에서는 글을 쓰는 자아 외에는 거의 사라지지 않았나 싶어요. 말씀하신 대로 어떤 상징 자본을 얻었기 때문이라고 볼 수도 있겠죠. 저를 구성하는 다른 것들로 인해 저 자체의 비율이 낮아졌다고요.

심 소설 막바지에서도 화자가 아이들을 재우잖아요. 피터와는 완전히 별개인 자기 가족이 생겼습니다. 가족이 생긴 뒤로는 예전처럼 흔들리지 않는 모양이에요.

문 아, 그래도 과거를 떠올리긴 하죠. 아무리 과거와 멀어져 다른 방식으로 살고 있다고 해도, 과거에 강력한 영향을 주었던 사람의 소식을 들으면 잠깐 과거로 여행하게 되잖아요. 정신적으로요. 다만 화자의 여행은 완전히 정신적이진 않아요. 롤렉스라는 물건이 서랍에 들어 있으니까요. 객관적인 상관물이 존재합니다. 그래서 또 균열이 생기죠.

심 내가 훔쳤지만 빼앗는 데는 실패했죠. 피터는 롤렉스를 또 살 수 있으니까. 반면 나는 롤렉스를 가지게 되었지만 그것을 착용할 수는 없고요. 자기 돈으로 살 만한 가격이 아니니까요. 절대 내 것이 되지 않는 저 사람의 브랜드, 혹은 내가 샀지만 나에게 맞지 않는 물건…… 이거 너무 한국문학이다. 그래서 의문이 생기기도 하네요. 이런 내면의 갈등이 빠지면 소설이 핍진하지 못하다는 평가를 받는 듯해요. 우리 문학이 내적 갈등에 관습적으로 매달리는 건 아닐까요.

문 말씀하신 측면에서 저도 궁금해요. 한국문학이라는 게 우리 사회에서 중요하게, 혹은 첨예하게 여기는 것을 반영할 수밖에 없잖아요. 한국 사회가 여전히 계급에 부글부글하고 있어서 이를 다루는 서사가 흥미롭게 읽히는 것 아닐까요. 이 소설도 겉으로는 괜찮아 보이는 중산층과 아예 위에 있는 사람, 이렇게 좀 새로운 양상의 계급 갈등을 다룬다는 점에서 흥미롭게 읽힌 듯합니다. 대부분의 사람이 한국이라는 오징어 게임의 판에 들어와 있고, 그래서 계급이 계속 중요한 문제로 다뤄진다는 생각이 듭니다. 그러니까 저도 질문이 생겨요. 이 소설을 왜 좋아하지? 생각이 많아지네요.

3. 타석에 서는 작가

심   문단문학과 장르문학에 관해서도 질문이 있습니다. 작가님은 오랫동안 SF와 미스터리, 스릴러 등 장르문학을 쓰다가 자전적인 소설 『초급 한국어』를 쓰셨지요. 스스로 '정식 경로를 밟지 않은' 작가라고도 말하셨고요. 다른 세상을 쓰다가 갑자기 현실의 자신에 정착한 셈인데요. '이쪽'과 '저쪽'의 글쓰기 경험은 어떤가요.

문   외국, 특히 미국 기준으로 장르문학 작가는 명예는 없지만 돈은 있는 직업이죠. 한국에서는 그나마 있는 돈과 명예는 '문학적' 소설이 가져가잖아요. 그래서 한국에서 장르문학 작가는 구도자 아니면 오타쿠인 면이 있다고 생각했어요. 저는 장르문학이 좋아서 열심히 소설을 썼지만 이쪽에는 재능이 없다는 결론을 고통스럽게 내리게 되었죠. 상상력이 부족한 작가라서요. 반대로 저를 깊이 들여다보고 자세하게 쓰는 건 그나마 나은 면이 있어서 문단에서 좋게 봐주시는 것 같아요. 상상력이 뛰어난 작가는 많으니 저는 고유해지는 쪽으로 가고 싶습니다. 적어도 지금 심정은 그래요.

심   각자에게 맞는 글쓰기가 다르다는 점을 고려할 때, 작가님은 글쓰기를 어떻게 가르치시나요? 작법 강의도 많이 하시잖아요.

문 어렵죠. 학생들에게는 이렇게 쓰라고 가르치지만 정작 저는 법칙을 어기는 경우도 많고. 아는 만큼 어기는 것도 중요하다고 생각해요. 실제로 학기 말에 학생들에게 '이제 그동안 배운 거 잊어버리고 여러분 쓰고 싶은 대로 쓰세요' 해요. 진심입니다. 원칙을 아는 건 중요해요. 거기에 매이지 않는 것도 중요한데, 룰이 뭔지 알아야 제대로 어길 수 있죠. 룰을 모르면서 어기려는 글, 룰을 알아서 벗어나지 못하는 글, 둘 다 경계해야 한다고 생각합니다. 그다음에는 자기가 잘하는 글쓰기를 찾는 거죠. 잘 쓰는 방법이라는 건 너무나 많아서요. 자기 방식으로 어떻게 더 나은 글을 쓸지 고민하게 돼요.

심 그러게요. 글을 잘 쓰는 방법이 정해져 있다기보다는, 글을 잘 쓰는 사람이 사용하는 방법이 있다고 봐야죠. 그런데 내 방식의 글쓰기라 해도 그중에서 좋은지 판단하려면 역시 기준이 필요하지 않은가요.

문 돌아보면 과거의 저는 객관적으로 못 썼고, 좋게 말하면 완만하지만 우상향하고 있다고 생각해요. 정점을 바라진 않아요. 조금씩이라도 어제보다 나은 소설을 쓰고 싶어요. 저의 경우엔 제가 이상적이라고 생각하는 소설이 주는 어떤 느낌, 효과에 얼마나 근접했는지를 봐요. 「허리케인 나이트」는 마음에 드는 장면이 몇 있어요. 결말을 비틀면서 나아간 점도 있고요. 다 쓴 뒤의 만족감은 더 나았던 소설도 있었지만, 보편적인 메시지를 담았던 탓인지 특별한 평가를 받지는 못했어요. 반면 「허리케인 나이트」는 우리의 보편적인 관점을 살짝 건드리는 것 같아요. 흑백을 구별하기 어려운 회색 영역을 제시하고, 간명하게 끝내지 않고 여러 가지 반응이 나올 가능성을 남겨두었다는 점이 저의 다른 소설보다 나아간 점이라고 생각해요.

심 자신의 글에 관해, 기억에 남는 평가가 있나요?

문 제가 악플을 수집하는데요. 요즘 제일 강렬했던 말은 '모든 면이 별로인 전형적인 한국 소설'이라는 평이었어요. 약간 기분이 좋은 거예요. 나는 한 번도 전형적인 한국 소설이라는 말을 들은 적이 없는데 이 사람은 날 한국 소설의 일원이라고 평가했구나, 그런 마음이 들어서요.

심 악플을 모으시는군요. 이유가 있나요?

문 우선 제 소설을 나쁘게 보는 사람들의 언어가 궁금하고요. 모아두면 나중에 소설에 참고할 수도 있고. 좋은 말은 안 모아요. 인상적이거나 마음에 남기는 해도 수집하진 않아요. 나쁜 말이 저의 보석함에 들어갑니다. 악플을 모아서 주기적으로 봐요. 그런데 볼 때마다 다르게 보여요. 마치 산은 그대로 있지만 날씨에 따라 다르게 보이는 것처럼요. 그게 너무 흥미로워요.
실제로 도움이 되기도 해요. 창작할 의욕을 줍니다. 별로라는 말을 들으면 더 나은 소설을 써야겠다 싶어요. 동의할 수밖에 없는 아픈 지적도 있고요. 그런 건 다음 소설에 영향을 주죠.

일종의 오답 노트니까. 공부할 때도 오답 노트를 많이 만들었어요. 내가 틀린 문제만 노트에 다시 적는 거예요. 실패의 기록이죠. 그게 수십 권이었어요. 그 버릇이 여기서도 나오나 봐요.

심 역시 성실함이 느껴집니다. 어떻게 하면 성실하게 계속 글을 쓸 수 있을까요?

문 모범생의 습관이 도움이 되는 것 같아요. 과제는 어떻게든 해야 하는 거죠. 그런데 예전에는 잘하려고 고민이 많았다면, 지금은 과제를 마치는 게 중요하다고 생각해요. 학생들에게도 이런 말 많이 해요. 일단 내라. 내는 게 중요하다. 작가로서도 마찬가지죠. 잘 썼나, 망했나, 어떤 평가를 받을까, 이런 고민보다 일단 내는 게 중요하다. 저의 요즘 결심은 최대한 타석에 많이 서는 거예요. 몸 상태가 별로라도 타석에 선다. 졸작으로 보일까 두려워하지 말고 발표를 하자. 사람이 어떻게 홈런이나 안타만 치나. 타율이 떨어질까 두려워하지 말고 경기에 나간다. 그게 윤리적인 자세라는 생각이 들어요. 졸작을 내고 싶진 않지만, 우선은 포기하지 않고 계속 글을 내는 작가가 되고 싶어요. 제가 말하자면 타율에 반영되지 않는 경기를 오랫동안 뛰었기 때문에 더욱 기회를 소중하게 여기는 것일지도요. 가능한 한 계속 출전하고 싶어요.

심 그럼 작가 문지혁의 글쓰기는 앞으로 어디로 갈까요.

문 두 가지로 확장하고 있어요. 저의 과거로 거슬러 가는 것, 그리고 저의 역사와 다른 사람의 역사가 연결되는 지점을 쓰는 것입니다. 제 소설에서 중요한 키워드를 고른다면 정체성, 경계 혹은 디아스포라, 성장일 텐데요. 『초급 한국어』 이후 제가 쓰는 소설은 다 연결되어 있다고 생각합니다. 크게 보면 하나의 거대한 소설을 이어서 쓰고 있다고 생각해요. 하나하나는 오토픽션이지만 전체로 보면 삶―쓰기(life-writing)라고 할까요. 다른 오토픽션 작가들의 작업과 크게 다르진 않은데요. 특수성을 깊이 파고들면 보편성을 발견하게 되잖아요. 개인의 삶이 역사와 연결되며 보편성을 획득하는 것, 그리하여 오토 에스노그래피(Autoethnography)가 되는 것을 쓰고 싶어요. 그래서 저 자신을 해부학적으로 파고들고 있죠. 물론 소설적으로 과장하긴 하지만요. 이로써 우리 사회나 문화가 지닌 어떤 보편적인 면모를 소설로 드러내 보이고 싶다는 마음입니다.

오토픽션을 쓰는 사람들에게 많이 나오는 비판이 '일기 쓰고 있네' 같은 것인데요. 이게 역사라는 맥락과 연결되면 다른 층이 생겨요. 물론 디아스포라를 둘러싼 역사에는 저의 경험과 비교할 수 없는 고통이 많이 있어요. 정말 아픈 서사가 많고요. 제가 잘할 수 있는 이야기는 아니에요. 게다가 너무 비극성을 강조하면 현실과 동떨어진다는 느낌을 받기도 해요. 제가 할 수 있고 하고 싶은 건, 디아스포라를 일상과 연결하는 거예요. 우리의 매일과 극단적인 고통이 어떻게 현실에서 충돌하면서 실재를 이루고 있는지에 관심이 있어요. 제가 해낼 수 있는 영역이지 않을까 합니다.

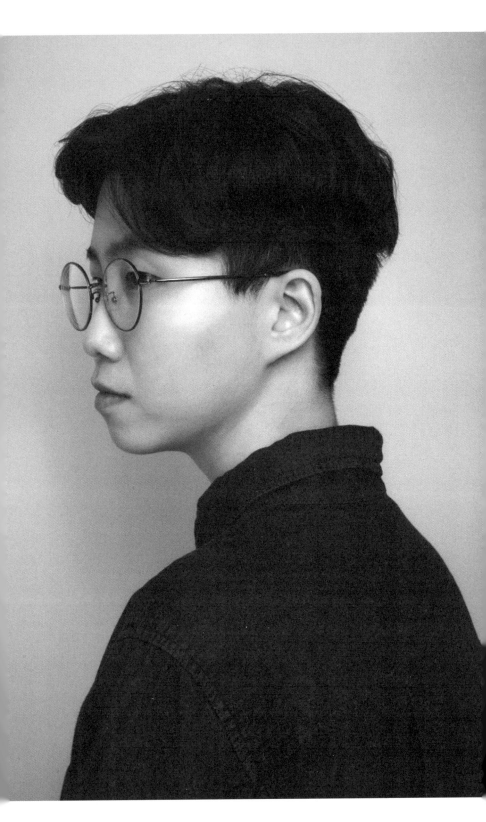

리틀 프라이드

서장원

2020년 동아일보 신춘문예에 당선되며 작품 활동을 시작했다. 소설집 『당신이 모르는 이야기』가 있다.

리틀 프라이드

오스틴의 사진을 받은 건 목요일 오후 네 시, 탕비실 커피 머신 앞에서 커피를 더 마실지 말지 고민하고 있을 때였다. 오스틴은 둥근 금속 고정장치를 부착하고 있는 두 다리와 그 위로 엄지를 치켜올리고 있는 왼손을 찍어 보냈다. 병실에서 혼자 찍은 사진 같았다. 나는 그 사진의 의미를 단박에 파악했다.

— 오스틴, 결국 한 건가요?

— 네, 지난달에요. 지금은 쑥쑥 크는 중입니다.

그와 마지막으로 긴 대화를 나누었을 때 오스틴은 회사를 그만두고 키 크는 수술을 받을 거라는 얘기를 했었다. 사지연장술에 대한 이런저런 정보를 모으고 있다면서, 꽤 오래전부터 활용되고 있다는 일리자로프 방식부터 LON과 프리사이스 수술까지, 경골을 늘이는 여러 가지 방법을 내게 설명해줬다. 최신식 수술법의 경우 재활 기간도 비교적 짧고 고통도 덜하다고 오스틴은 말했지만, 내가 듣기에는 충분히 길고 고통스러운 과정 같았다. 오스틴은 기어이 그 수술을 받은 모양이었다. 나는 대단하다며 엄지를 치켜든 이모티콘을 여러 개 보내주었다. 오스틴은 곧바로 답장을 보냈다.

— 그런데 있잖아요, 토미. 부탁 하나 들어줄 수 있나요?

— 어떤 부탁이요?

그렇게 답장하며 나도 모르게 미간을 찌푸렸다. 귀찮은 일에 휘말릴지 모른다고 생각했던 것 같다.

— 한참 전에 주문한 택배가 이제야 사무실에 도착했다고 해서요. 그것 좀 병원으로 가져다줄 수 있나요? 오랜만에 얼굴 보고 얘기도 하고 싶고요.

나는 답장하지 않은 채 탕비실에서 나와 여전히 공석으로 남아 있는 오스틴의 자리로 걸어갔다. 그곳은 이제 간이 창고처럼 쓰이고 있어서, 빈 박스며 뽁뽁이, 친환경 종이 완충재, 포장용 테이프 등이 책상 아래 잔뜩 쌓여 있었다. 오스틴의 말대로, 빈 박스들 사이에서 해외 송장이 붙은 조그만 상자 하나가 보였다.

오스틴이 떠난 지도 이제 세 달이 다 되어갔다. 오스틴이 퇴사하기 전에는 자리가 지금보다 더 정신없었다. 오스틴이 좀처럼 주변을 정리하지 않았던 탓에 책상 위에는 알 수 없는 서류며 파일들, 각종 패션 서적이 어지럽게 놓여 있었고, 바닥에는 뜯지 않은 택배가 적어도 서너 개쯤은 늘 쌓여 있었다. 오스틴은 그 너저분한 자리에서 영상을 편집하고, 회의 자료를 만들고, 자신만 알아볼 수 있는 인터뷰 원고를 썼다. 한때는 내 자리에서 고개만 살짝 돌려도 그 모습을 다 볼 수 있었다. 반년 전까지, 오스틴은 이 회사의 개국공신으로 대접받았다. 나는 그 사실을 입사한 날에 알게 됐다. 인사팀장은 나를 데리고 사무실을 돌며 직원들을 한 명씩 소개했는데, 소셜마케팅 팀의 오스틴을 두고는 '우리 회사에서 오스틴을 모르면 간첩'이라고 농담을 했다. 그가 기획하고 출연한 길거리 인터뷰 영상들이 인스타그램 릴스로 조회수 대박을 터뜨린 것을 두고 한 말이었다.

이곳 올드독코퍼레이션은 빈티지 의류 마니아를 위한 중고 마켓 겸 커뮤니케이션 앱 '올드독'을 만드는 회사다. 직원들은 자기 직장에 대해 질문받으면 이렇게 대답한다. "무신사와 당근마켓 사이의 IT 스타트업." 오스틴은 이 회사의 초창기 멤버 중 하나였다. 틱톡 열풍이 불어오며 인스타그램 릴스와 유튜브 쇼츠 등 짧은 영상 플랫폼이 막 만들어지기 시작할 즘, 그는 소셜마케팅 팀도 카메라를 들고 거리로 나서보자고 의견을 냈다. 성수나 홍대 등지에서 빈티지 의류를 차려입은 젊은이들이 자기 패션에 대해 말하는 짧은 영상을 만들면 분명 반향이 있을 거라는 얘기였다. 또 그는 자신이 인터뷰어로서 잘해낼 수 있다고도 장담했는데, 결과적으로 그의 말이 다 맞았다. 그가 기획한 영상은 곧 수만 회의 조회수를 기록하며 패션에 관심 많은 젊은이들 사이에서 회자되기 시작했다.

나 역시 그 영상들을 몇 번 본 적이 있었다. 인터뷰어인 오스틴 역시 영상의 일부로 등장했는데, 화면 속의 그는 회전의자에 구부정하게 앉아 모니터를 들여다보는 남자와는 사뭇 달랐다. 그는 함께 선 인터뷰이에게 빈티지 의류를 구매한 이유를 묻고는, 어쩌다 새 옷이 아닌 낡은 옷에 빠지게 되었는지, 빈티지 패션의 매력이 뭐라고 생각하는지, 자연스럽게 이야기를 끌어냈다. 필요할 경우엔 패션 산업에 대한 이야기도 곧잘 덧붙였다. 그의 이야기를 듣는 것만으로도 빈티지 의류 시장에 대해 많은 것을 알 수 있었다. 이를테면 파타고니아 플리스의 시대별 디자인 변화나, 알파인더스트리가 만든 야상과 항공 점퍼의 내구성, 80년대 일본 의류 제조업의 위상에 대해서. 화면 속 오스틴은 박학다식하고 재치가 넘쳤고, 인터뷰이의 옷차림이나 외모를 띄워주기 위해 호들갑을 떨어댔다. 그는 나와는 전혀 다른 부류의 사람 같았고, 내가 절대로 될 수 없는 남자처럼 보였다.

물론 모든 면에서 그렇다고 말할 수는 없었다. 오스틴은 신장이 164센티미터인 나보다 키가 작은 극소수의 남자 중 하나였고, 그런 점에서 나는 그에게 미약한 동지 의식을 느끼고 있었다. 한편으론 릴스 속의 그가 유쾌한 코미디언처럼 행동하는 데에는 아마 이런 상황이 작용하고 있을 거라고 짐작하기도 했다. 외모가 멋지지 못한 남자가 여러 사람에게 호감을 사고 주목받기 위해서 가져야 하는 캐릭터를 그가 아주 잘 연기하고 있다고 말이다. 그건 내가 트랜스 남성으로서 될 수 있는 한 익혀야 했던, 그러나 전혀 익히지 못했던 것 중 하나였다. 회사를 다니는 동안 내가 가장 어려워했던 것도 바로 그런 종류의 자기 연출이었다. 나는 어떻게 해야 괜찮은 남자로 보일 수 있는지, 남자로 인정받을 수 있는지 알지 못했다. 어쩌다 다른 직원과 스몰토크라도 주고받고 나면 내가 한 말과 보디랭귀지가 적절했는지 점검하느라 머릿속이 복잡해졌다. 물론 예전처럼 불을 끄고 샤워하거나 공중화장실 휴지통에 쌓여 있는 생리대를 보지 않으려고 애쓰는 것보다는 이쪽이 훨씬 나았다. 결코 이전의 삶과 비교할 수는 없었다. 하지만 그렇다고 해도 정말 피곤한 일이었다. 때로는 내가 맡은 직무보다, 왕복 세 시간을 쏟아야 하는 출퇴근길보다, 농담 한마디를 받아치는 일이 더 힘겨울 정도로.

내가 남성으로 패싱되기 시작한 시점이 정확히 언제인지는 모르겠다. 아주 어렸을 때는 대부분의 사람이 나를 남자애로 봤다. 고등학생 시절에는 내 나이보다 두세 살 어린 남자 중학생처럼 보였고, 스무 살이 넘어서도 한동안은 그렇게 보였다. 그건 내가 바라는 모습과 다소 차이가 있었지만, 그래도 최악은 아니었다. 최악은 누군가 나를 여자로 보는 것이었다. 아직 남자친구를 사귀는 데 관심 없고 멋을 부리지 않는 순진한 젊은 아가씨로. 다행히 호르몬 주사를 맞기 시작하고 서너 달이 지나자 누구도 나를 그렇게 바라보지 않았다. 대신 공공장소에서 도저히 무시할 수 없는 집요한 시선을 받는 일은 몇 번 있었는데, 탑 수술까지 마친 뒤로는 그런 일도 없어졌다. 탑 수술 이후, 한동안은 길을 걷다가 문득 멈춰 서곤 했다. 길거리의 가게 유리창에 비친 내 모습을 가만히 바라보기 위해서였다. 달라진 실루엣을 보고 있으면 당시에 유행하던 영화 속 대사가 머릿속에 맴돌았다. 마침내. 그래, 마침내.

올드독코퍼레이션에 합격했을 때는 그즈음이 내 인생에서 가장 순조로운 시기라고 믿기도 했다. 입사하고 얼마 되지 않아 혜령과 헤어지며 그렇지 않다는 것으로 판명이 났지만, 당시에는 그랬다. 면접을 치르고 온 날 밤에 혜령과 나누었던 대화가 기억난다. 나는 혜령에게 대표의 영어 이름을 맞혀보라고 퀴즈를 냈다. 이 회사는 수평적인 문화를 지향한다며 서로를 영어 이름으로 부르는데, 대표의 이름이 아주 인상적이라고.

"뭐…… 오스카, 에이드리언 이런 쪽인가?"

"아니야. 힌트를 줄게. 영화감독 이름이야."

"아, 설마, 쿠엔틴이야? 쿠엔틴 타란티노의 쿠엔틴?"

"맞아. 그 사람 자기가 앨라이라고 했어."

우리는 한동안 깔깔거리며 쿠엔틴, 쿠엔틴 하고 중얼거렸다. 우리는 그즈음 자주 들락거리던 칵테일 바에 앉아 있었다. 퀴어프렌들리한 콘셉트를 내세운, 바 뒤쪽의 진열장에 무지개 깃발을 걸어둔 곳이었다.

"내 생각엔 왠지 합격할 것 같아."

나는 그 무지개 깃발을 바라보며, 밝은 조명 아래서 그게 얼마나 꼬질꼬질할지 상상하면서 말했다.

"쿠엔틴이란 이름을 사용하는 사람이라면, 자기가 편견 없는 사람이라는 걸 증명하려고 트랜스젠더를 고용할 것 같기도 해."

내 말에 혜령은 고개를 설레설레 저었다. 그즈음 혜령은 내가 좋지 않은 상황을 너무나 집요하게 생각한다고, 그런 관점을 자신에게도 주입하려 애쓴다고 말하곤 했다. 그런 점이 그녀를 지치게 한다고.

"만약 거기 합격하면 그건 그냥 네가 잘나서야. 지금 능력이 좋든 잠재력을 인정받았든."

혜령은 그렇게 말했다. 물론 나도 그 말을 전적으로 믿고 싶었지만, 그때나 지금이나 그러기가 어렵다. 사실 나는 트랜스젠더인 나를, 법적 성별이 여전히 여성으로 남아 있는 나를 채용해준 쿠엔틴에게 지금까지도 고마운 마음을 가지고 있다. 그에게 고마워하는 것은 언젠가 혜령이 지적한 것처럼 비굴한 태도이며, 퀴어로서 프라이드가 부족한 것이라고 하더라도 마음이 그렇게 되어버린다. 그리고 가끔은 오스틴에 대해서도 엇비슷한 마음이 든다. 그에게는 고맙다기보다는, 친밀함 같은 걸 느낀다고 해야 맞겠지만.

업무상으로 나와 아무 접점이 없던 오스틴이 내게 문득 말을 걸어온 건 닷새간의 명절 연휴를 하루 앞둔 어느 오후였다. 오스틴은 탕비실에서 커피를 내리고 과자를 챙기고 있던 내게 다가와 우리가 동문인 걸 아느냐고 물었다.

"제가 거기 신문방송학과 09학번이거든요."

"아, 정말요?"

그 순간에 내가 어떤 표정을 하고 있었을지 잘 모르겠다. 나는 그 몇 초 안 되는 짧은 순간 동안 오스틴이 어쩌다 내 출신 학교를 알게 된 것인지, 그가 대학 시절의, 트랜지션 이전의 나를 알았을 가능성이 얼마나 될지를 생각했다. 09학번이라면 전공이 다르더라도 학교에 다닌 시기가 1년쯤은 겹칠 터였다.

"저희 식사 한번 같이해요. 대학 후배인 줄 알았으면 진작 얘기했을 텐데."

오스틴은 그렇게 말했다. 그 순간에는 어째선지 불안감이 살짝 찾아들었는데, 오스틴이 우리에게 같은 카테고리가 있음을 재차 강조해서 그랬던 것 같다. 어쨌거나 우리는 연휴가 끝난 뒤 회사 인근의 멕시코 식당에서 점심 식사를 함께하기로 했다. 결론적으로, 오스틴과의 첫 만남은 아주 즐거웠다. 오스틴은 대학 시절의 나에 대해 전혀 모르는 눈치였고, 우리는 타코와 케사디야, 칠리프렌치프라이를 우적거리며 자기 직무에 대해 농담을 했다. 나는 쿠엔틴이 가볍게 주문하는 일들, 이를테면 올드독 앱의 중고 거래 게시판에 사이즈 카테고리를 추가하는 일에 얼마나 많은 품이 드는지를 얘기했고, 오스틴은 사람들이 좋아할 만한 빈티지 힙스터를 찾는 일이 얼마나 어려운지 투덜댔다. 나는 그의 고초를 이해할 수 있었다. 올드독 릴스에서 가장 화제가 된 인터뷰이들은 빈티지 의류를 멋스럽게 차려입은 남자들이었다. 정확히 말하자면, 샤이아 라보프에게서 자기 패션의 영감을 얻는 것 같은, 체격 좋고 잘생긴 남자들. 얼핏 생각하기에도 그런 남자들을 찾는 건 쉽지 않을 듯했다.

"여기 직원들을 찍으면 편할 텐데요."

나는 말했다. 당연한 얘기겠지만 올드독에는 빈티지 패션에 관심 많고 꾸미기 좋아하는 남자들이 한가득 있었다.

"그래도 되겠네요. 여기는 참 멋있는 분들이 많죠?"

"맞아요."

우리는 정말 그렇다는 듯 입가에 타코 소스를 묻힌 채 한동안 고개를 끄덕거렸다. 나는 문득 생각이 나서, 실은 오스틴에 대해 들은 적이 있다고 말했다. 입사 후 참석했던 유일한 단체 회식에서 브랜드마케팅 팀 직원 하나가 전한 이야기인데, 그에 따르면 오스틴은 놀랍도록 눈썰미가 좋아서, 슬쩍 보고도 이 옷이 진짜 폴로인지 아닌지 알 수 있었다. 심지어 진품이 맞다면 대략 언제쯤에 생산된 제품인지까지 알아맞힐 수 있었다. 나는 그게 정말인지 오스틴에게 물었다.

"제가 예쁜 걸 잘 알아봐요."

오스틴은 내 이야기의 진위를 가려주는 대신 빙그레 웃으며 그렇게만 대답했다. 그리고 나는 그가 한 말을 곧바로 이해했다. 그는 미남이 아니었고, 왜소한 체격에 팔다리 비율이 좋지도 않았다. 그럼에도 그는 길거리를 돌아다니며 빈티지 의류를 차려입은 미남들, 모델 같은 비율을 가진 남자들을 찾아다녔다. 그건 결코 유쾌한 일이 아닐 것 같았다.

"저는 예쁜 게 뭔지 잘 모르겠어요. 여기서 일하면서 이렇게 보는 눈이 없으면 안 될 것 같은데."

나는 분위기를 풀어볼 작정으로 그렇게 말했다. 그러자 오스틴은 차라리 그게 좋지 않느냐고 대꾸했다.

"올드독 거래 게시판 보면, 옷을 산더미처럼 쌓아두고도 20년 전에 나온 파타고니아 신칠라를 사려고 50만 원을 태우는 사람들이 있어요. 여기 대표는 빈티지 패션을 가지고 친환경이니 대안적 패션이니 하는데, 누가 그걸 믿겠어요. 그냥…… 예쁜 거에 눈이 회까닥하게 만드는 것 같아요."

나는 고개를 끄덕였다. 사실 입사하고 나서 느낀, 회사에 대한 내 감상도 정확히 그랬다. 지속 가능한 패션이라고는 하지만 사실 이곳에서 파는 건 그냥 헌 옷이 아니었다. 그보다는 특정 브랜드가 특정 기간에 생산해낸 것으로 셀링 포인트를 잡은, 가격이 출고가의 몇 배를 웃도는 리셀 제품이라고 보는 편이 맞았다.

"다들 예쁜 걸 좋아하니까요."

"맞아요. 옷도 사람도 그렇죠."

곧 오스틴은 이 근처에 괜찮은 로스터리 카페가 있다고, 거기에 가보자고 화제를 돌렸다. 오스틴이 골라준 풍미 가득한 커피를 마시던 오후, 나는 언젠가 혜령과 퀴어 퍼레이드를 따라 걷던 날을 떠올렸다. 무척 더웠던 날이었는데, 퍼레이드 행렬은 그늘 한 점 없는 아스팔트 도로로 나아갔다. 우리 앞의 트럭

에선 상의를 벗고 몸 여기저기에 무지개 모양이나 'QUEER' 혹은 'PRIDE'라고 보디페인팅을 한 남자 여럿이 타고 있었다. 원래는 그 위에서 간단한 공연을 하거나 구호를 외치려던 것 같았는데, 더위 탓인지 그들은 그저 트럭 난간을 짚고 한 번씩 손을 흔들어주며 트럭 아래쪽을 내려다보고 있었다. 그들의 땀으로 번들거리는, 잘 다듬어진 예쁜 몸을 나는 조금 서글픈 심정으로 지켜봤다. 그때 나는 이미 탑 수술을 성공적으로 마친 뒤였지만, 그들처럼 웃통을 벗고 싶지는 않았다.

그날 이후로도 나는 오스틴과 종종 점심을 함께했다. 둘 다 야근을 하는 날도 잦아져서, 같이 저녁을 먹는 일도 몇 번 있었다. 다른 사람들과 달리 오스틴과 함께 있으면 마음이 편할 때가 많았는데, 이제 와 돌이켜보면 그가 내 앞에서 감정적인 모습을 자주 드러내서 그렇지 않았나 싶다. 그는 대표 쿠엔틴과 임원들에 대해, 자기에게 집중되는 업무와 거기서 오는 피로에 대해 분통을 터뜨리곤 했다. 소셜마케팅 팀은 사내에서 가장 바쁜 팀이자 유일하게 팀장이 없는 팀이었고, 파트장인 오스틴이 특유의 넉살을 발휘해 팀원들을 북돋우며 실질적인 팀장의 역할을 하는 듯 보였다. 팀원들 앞에서 감정적인 모습을 내비칠 순 없었을 것이다. 물론, 이건 내가 은연중에 재구성한 이야기인지도 모른다. 내게는 언제나 나를 잡아줄 사람, 여기 있어도 괜찮다고 말해줄 사람이 필요했고 올드독에서는 때마침 내게 말을 걸어준 오스틴이 바로 그런 사람이라고 생각했던 건지도 몰랐다. 그러니 그가 2주간의 정직 처분을 마치고 복귀했을 때 맥주를 한잔하자고 제안한 것도 자연스러운 일이겠다. 금요일 저녁이었고, 아홉 시가 넘도록 사무실에 남아 있는 이라곤 우리 둘뿐이었다. 내가 맥주를 한잔하겠느냐고 묻자 오스틴은 천천히 회전의자를 돌려서 나를 바라봤다.

"맥주 좋아요."

그는 일어서서 의자에 걸어두었던 외투를 집어 들었다. 우리는 사무실을 돌아다니며 소등한 다음 밤거리로 나섰다. 10월이었지만 공기가 후텁지근해서 거리에는 아직 여름밤의 분위기가 남아 있었다. 우리는 해마다 더워지는 날씨와, 이 변화가 올드독에 어떤 영향을 미칠지 이야기하며 멕시코 식당까지 걸어갔다. 도착할 때까지, 나도 오스틴도 최근에 있었던 소동에 대해 일절 언급하지 않았다. 그가 그 일에 대해 이야기를 시작한 것은 맥주 한 병을 다 들이켠 다음이었다. 그는 자기 휴대전화에 저장되어 있던 '그 커플'의 인터뷰 영상을 보여주었다. 그들은 오스틴보다, 나보다 더 젊어 보였고 미남미녀였다. 물론 사람들은 그들을 두고 미남미녀라고 말하는 대신 선남선녀라고 에두르겠지만 속물적으로 말하자면 그랬다.

영상 속에서 세 사람은 아주 화기애애했다. 오스틴은 1990년대에 생산된 나이키 맨투맨을 커플룩으로 차려입은 연인을 발견하고 다가간다. 두 사람은 물론 오스틴을 알고 있다. 심지어 오스틴이 마음에 드는 대상을 찾아냈을 때 외치는 멘트를 먼저 소리친다. "오스티너스!" 오스틴은 여느 때처럼 패션을 칭찬하고 둘이 어떻게 만났는지 묻는다. 곧 이야기는 두 사람이 빈티지 의류에 빠져 성수동 일대의 빈티지 옷 가게를 순회하는 이야기로 넘어간다. 최근에 두 사람은 영국에서 생산된 보이런던을 찾아다니고 있다며 웃는다.

문제는 이다음, 두 사람의 인터뷰 영상이 올드독의 유튜브와 인스타그램에 게시된 후에 일어났다. 여자는 오스틴의 개인 인스타그램에 찾아와 영상을 내려달라고 부탁했다. 며칠 사이에 남자친구와 헤어지게 되었으며, 함께 있는 모습을 사람들에게 보이고 싶지 않다는 것이었다. 오스틴과 여자의 말이 비슷한 건 여기까지다. 그 뒤로는 두 사람의 이야기가 완전히 달랐다. 오스틴은 자기가 흔쾌히 영상을 삭제하겠다고 답장했으며, 이에 더해 여자를 위로해주었다고 주장했다. 남자친구와 헤어지게 되어 안타깝다고, 그러나 곧 좋은 인연을 만나게 될 거라고, 그렇게 메시지를 보냈을 뿐이라고. 그러나 나중에 여자가 설명한 바에 따르면 오스틴은 영상을 삭제해줄 테니 자기와 만나 커피를 마시면 어떻겠느냐고 추근댔다. 곧 여자는 오스틴과 주고받은 디엠을 캡처해 자기 인스타스토리에 게시했다. 그때까지도 오스틴은 캡처 이미지는 악의적으로 대화 내용을 편집한 거라고 주장했지만, 누구도 그 말을 곧이들을 순 없었다. 올드독은 곧 공식적인 사과문을 SNS에 게시했는데, 그 사과문은 쿠엔틴이 직접 쓴 것이라고들 했다. 사과문 속에는 해당 직원을 징계하겠다는 내용도 들어 있었다. 오스틴은 그 사과문을 통해서 자신이 징계 대상임을 알게 됐다. 오스틴은 시말서를 썼고, 2주 동안의 정직 처분을 받았다.

"그 여자 일부러 그런 거예요. 자기가 차인 걸 가지고 나한테 화풀이를 하려고."

오스틴은 코로나 맥주병을 탁 소리가 나게 테이블에 내려놓으며 중얼거렸다.

"그 여자가 차였는지 찼는지 어떻게 알아요?"

"딱 보면 알죠. 딱 봐도…… 페미 같잖아요. 페미니까 차인 거죠."

"네?"

"머리가 짧으니까요."

오스틴은 말했다. 나는 그가 진심으로 그렇게 믿고 있다는 걸, 그의 목소리와 표정으로 알 수 있었다. 옆 테이블에 앉아 있던 여자들이 일순간 조용해지는 것이 느껴졌다. 여자들은 곧 일부러 의자를 소리 나게 밀치며 자리에서 일어났고, 주문서와 가방을 챙겨 자리를 뜰 준비를 했다.

"오스틴, 취한 것 같아요."

"이 정도로요?"

오스틴은 코로나 맥주병을 손가락으로 팅기며 웃었다. 그는 자신을 편들어줄 남자를 만나 기쁜 것 같았다. 사실 그건 내가 예상했어야 했던 일이었다. 나 역시 오스틴에게 정말 억울한 사연이 숨겨져 있거나, 그가 진심으로 반성하고 있다고 믿었던 것은 아니니까. 거기까지 생각이 미치자 마음 깊은 곳에서 수치심이 몰려왔다. 나는 제법 괜찮아 보였던 오스틴이란 남자에게 동료로 받아들여지길 바랐고, 그가 질 나쁜 남자인 것이 밝혀진 뒤에도 그 마음을 내려놓지 못했다. 나는 괴롭고 불편한 심정으로 오스틴이 맥주를 주문하는 모습을, 직원이 새로 가져다준 코로나 맥주병을 집어 들며 들뜬 목소리로 이야기를 이어가는 모습을 지켜봤다.

"사실 뭐가 문제인지 알아요."

"뭐가 문젠데요?"

"저도 좀 달라져보려고 해요. 그러니까 외모를 좀 바꿔보려고요."

오스틴은 그렇게 말하고 병을 집어 맥주를 들이켰다.

"뭐, 쌍수라도 한다는 얘기예요? 그게 해결책이라고요?"

"아니요." 오스틴은 맥주를 홀짝이고 말을 이어갔다. "훨씬 더 큰 수술이에요. 대수술이죠. 회사도 그만둬야 할 거예요."

오스틴은 그러고는 휴대전화를 꺼내 몇 가지 이미지를 보여줬다. 상단에 '비포&애프터'라고 적혀 있는, 같은 사람이 서 있는 모습을 나란히 이어 붙인 사진들이었다. 나는 오스틴의 의도를 알아챘다. 오스틴은 사지연장술에 대해 말하고 있었다. 그거라면 예전에 나도 잠깐 검색해본 적이 있었다. 상당한 비용과 시간이 필요한 수술이었다.

"이거…… 정말 힘들지 않나요? 여러 가지로요."

오스틴은 다 안다는 듯 고개를 끄덕였다. 그는 사지연장술에 대해 한참 설명한 다음, 이제 거의 마음을 굳혔다고 덧붙였다.

"그렇게 해서, 새출발을 하고 싶어요. 좋은 여자도 만나고요. 페미가 아닌 좋은 여자."

그러고는 그 자리가 어떻게 흘러갔는지 모르겠다. 오스틴은 점점 더 취했고, 자기를 모독한 짧은 머리 여자와 해명의 기회를 주지 않은 쿠엔틴, 자신을 외면하는 동료들에 대해 분통을 터뜨렸고, 다시 사지연장술로 화제를 돌려 내게는 끔찍하게만 들리는 온갖 수술법을 설명했다. 직원 하나가 우리 테이블로 다가와 문을 닫을 시간이 다 됐다고 알려줄 때까지 그랬다. 전철역 앞에서 헤어지기 직전에 오스틴은 자기가 그때껏 잊고 있었다는 듯, 혹시 여자친구가 있느냐고 내게 물었다.

"그럼요."

나는 고개를 끄덕이고는 담배를 한 대 태우겠다는 오스틴을 두고 전철역 계단을 뛰어 내려갔다.

여자친구가 있다는 건 거짓말이었다. 그때는 혜령과 헤어진 지 반년이 다 되어가고 있었고 새로운 연애는 시작될 기미조차 보이지 않았다. 헤어지면서 혜령은 내게 지쳤다고 말했다. 그날 우리는 극장에서 영화 상영 시간을 기다리다가 삼십 대 후반이 되어서 FTM으로 성전환을 한 할리우드 배우에 대해 이야기했다. 나는 그가 다소 늦게 성전환을 선택했기 때문에 할리우드에서 일할 수 있었다고 주장했다. 그가 더 일찍 트랜지션을 했다면, 그래서 스무 살부터 신장이 160센티미터가 안 되는 트랜스 남성으로 살아갔다면 결코 할리우드에 데뷔할 수 없었을 거라고, 적어도 지금처럼 유명해지는 일은 불가능했을 거라고 장담했다. 사람들은 트랜스젠더이자 평균 신장에 한참 못 미치는 왜소한 남성이 '위대한 개츠비'가 되거나 '캡틴 아메리카'를 연기하는 걸 원하지 않는다고. 혜령은 내 말이 다 옳다고 대답했는데, 그런 뒤엔 한동안 말이 없었다.

"그런데 있잖아, 왜 그런 상황들을 하나하나 가정해야 하는지 모르겠어. 네가 그렇게 생각하고 말하는 게 이제 너무 피곤해."

혜령은 그렇게 말한 뒤 팝콘과 제로 콜라, 영화 티켓 두 장을 두고 나를 떠났다. 우리는 이후로도 종종 연락을 주고받았고, 혜령의 강아지를 내가 며칠 맡아주기도 했지만, 그뿐이었다. 우리는 더 이상 연인으로 지낼 수 없었다. 그래 봤자 서로를 괴롭게 할 뿐이라는 걸 이별한 후에 둘 다 잘 알게 됐다. 다만 오스틴에게서 사진과 메시지를 받은 지 이틀 뒤에, 혜령은 우리 집으로 찾아왔다. 그러고는 도저히 두고 볼 수가 없다며 성별 정정 신청에 필요한 서류들을 모두 꺼내 방바닥에, 복층 원룸인 내 집에서 공지로 남아 있는 거의 유일한 공간에 늘어놓았다. 혜령은 맥주 캔을 손톱으로 톡톡 두드리면서, 인우보증서가 더 있어야 하지 않겠느냐고 내게 물었다.

"저번에도 그게 문제였다며."

나는 고개를 끄덕거렸다. 몇 해 전 내가 처음 성별 정정을 신청했을 때, 판사는 내가 한 명의 성인 남성으로서 다른 사회 구성원들과 충분히 관계 맺지 못하고 있다는 점을 들어 신청을 기각했다.

"이번엔 네가 있잖아."

"그래 봤자 한 장인걸."

혜령은 인우보증서를 받을 만한 이런저런 사람들을 떠올리며 내게 이름을 불러줬지만, 나는 그때마다 고개를 저으며 그 사람한테 커밍아웃할 수는 없다거나 이미 연락이 끊긴 지 너무 오래라고 대답했다. 그리고 그 말은 모두 사실이었다.

"아, 너랑 좀 친하게 지냈다던 그 회사 사람도 있잖아, 오스틴. 그 사람 퇴사했다며?"

"맞아."

"그 사람에게 부탁하면 어때?"

"그 사람은 호모포비아야."

물론 그건 내가 추정한 것일 뿐 확인된 사실은 아니었다. 아니, 그러지 않을 확률이 어쩌면 더 높았다. 오스틴이 좋아하

는 패션 디자이너 중 하나가 이브 생로랑이었고, 어느 영상에선
가 인터뷰이와 함께 이브 생로랑의 연애사에 대해 제법 긴 대화
를 나눈 적도 있으니까. 사실 혜령이 이런저런 이름들을 불러줄
때부터 나는 이미 오스틴을 생각하고 있었다. 그가 제안을 거절
하더라도, 이제 더는 같은 집단에 소속된 사람이 아니니 그나마
좀 안전하겠다는 생각까지도 했던 것 같다. 그러나 혜령이 맥
주를 세 캔째 비우고, 완전히 낙담해서 내 머리를 잠깐 쓰다듬
는 동안에도 나는 오스틴이 호모포비아라는 말을 정정하지 않
았다. 우리 집을 떠나기 전 혜령은 이걸로도 충분할지 모른다고
나를 다독였지만, 스스로도 그렇게 믿지 못하는 것 같았다. 그
리고 내 생각에도 그랬다. 인우보증서가 한 장은 더 필요했다.

　"오스티너스!"
　병실에 들어서자 오스틴은 양팔을 들어 올리며 나를 반겨
주었다. 내가 침대 곁으로 다가가자, 오스틴은 일어나 맞아주지
못해 미안하다며 대신 악수를 청했다. 나는 그의 자세가 많이
흔들리지 않도록, 맞잡은 손을 아주 천천히 위아래로 움직였다.
오스틴은 담요 속에 보조장치를 착용한 다리를 숨기고 있었는
데, 자세를 조금 틀 때마다 고통으로 얼굴을 찡그렸다. 오스틴
은 그 잠깐 사이에 살이 빠지고 수염을 제대로 깎지 못해 내가
늘 보았던 모습보다 더 나이 들어 보였다. 그는 내가 건넨 택배
박스를 내게 되돌려줬다.
　"사실 이거 얼마 전에 주문한 거예요. 토미 생일이잖아요."
　내가 놀라서 고맙다고 인사하자 오스틴은 웃었다. 왠지 모
르겠지만, 그 순간 오스틴은 예전의 오스틴, 인사팀장이 내게

소개했던 바로 그 남자로 되돌아간 것 같았다. 우리는 한동안 그간의 일들을 이야기했다. 나는 올드독의 동향을 전했고, 오스틴은 수술 경과에 대해 설명했다. 이 수술을 통해 8센티미터 정도 키가 자랄 예정이라고, 그러면 자기도 170센티미터가 넘을 거라고 말하며 그는 머리 위로 손을 올려 8센티미터 정도의 공간을 만들어 보였다. 이야기가 웬만큼 오가고 화젯거리가 떨어졌을 때, 오스틴은 문득 생각났다는 듯, 자기는 알고 있었다고 중얼거렸다.

"알다니 뭘요?"

"토미는 그러니까, 트랜스젠더죠? 사실 처음 봤을 때부터 그렇게 보였어요. 저는 눈썰미가 좋은 편이잖아요. 그리고 화장실에서 한 번도 안 마주쳐서 확신했죠. 그래도 다른 사람들은 모를걸요." 오스틴은 그렇게 말하며 확신하듯 고개를 끄덕였다. "전혀 모를 거예요."

나는 한동안 말문이 막힌 채 간이침대에 앉아 그를 바라봤다.

"왜 얘기 안 했어요? 지금은 그 얘기를 왜 하는데요?"

오스틴은 내 쪽으로 상체를 조금 틀려다가 고통에 얼굴을 찡그렸다.

"그냥…… 굳이 싫었죠. 그런데 여기 누워 있다 보니까 그런 생각이 들었어요. 토미도 이런 수술을 했겠다고." 오스틴은 진지한 표정으로 말했다. "그래서 토미를 다시 한번 보고 싶었어요. 우린 그러니까, 전우 같은 거잖아요."

나는 '전우'라는 말에 다시 말문이 막혀서, 커튼이 둘러진 병실 내의 다른 침대들과 창 너머로 보이는 맞은편 건물을 바라봤다.

"아니요……. 저는 다르다고 생각해요. 전혀 달라요."

우리는 잠시 침묵 속에 앉아 있었다. 그러다 회사 이야기와 수술 경과에 대한 이야기를 다시 이어갔지만, 둘 다 대화에 집중하지는 못했다.

"음, 여름휴가 계획은 아직이죠?"

내가 최근의 쿠엔틴에 대해 말하다 다시 화제가 바닥났을 때 오스틴이 물었다. 올드독코퍼레이션은 여름마다 일주일간의 유급휴가를 주는데, 직원들은 연초부터 이 일주일을 고대했다.

"아, 이미 정했어요. 대만에 가보려고요. 여자친구가 가보고 싶어 해서요."

물론 그건 전혀 계획에 없는 일이었고, 내겐 여자친구가 없었지만, 나는 떠나지 않을 여행 계획에 대해 술술 이야기하기 시작했다. 여자친구가 한때 대만에서 교환학생으로 있었는데, 최근에 다시 가보고 싶다고 한다고. 그리고 거기서 스트립쇼를 볼 예정이라고.

"여자친구랑 스트립쇼를 봐요?"

"네, 같이 볼 만한 스트립쇼가 있거든요."

나는 그렇게 말한 뒤, 오래전 혜령이 내게 들려줬던 10달러짜리 스트립쇼 이야기를 그대로 오스틴에게 전했다. 여자친구가 교환학생으로 머물렀던 대학 인근의 술집에서 참가비 10달러만 내면 누구나 참여할 수 있는 스트립쇼가 열리곤 했다는 이야기였다. 거기선 참가자들의 얼굴이며 몸매가 어떻든, 몸에 흉터가 있든 없든 아무도 신경 쓰지 않는다고. 쇼의 목적은 오로지 웃기는 것이어서, 관객들은 그날 밤 가장 재미난 공연을 한 사람을 투표로 정한다고. 오스틴은 그것 참 재미있겠다며 웃었다. 간호사가 들어와 오스틴에게 재활 치료 시간임을 알렸으므로 우리의 대화는 중단됐다. 나는 오스틴에게 이별의 악수를 청했다. 그리고 아까보다 더 천천히, 그가 통증을 느끼지 않도록 애쓰며 조심스레 손을 맞잡았다. 보증서 이야기는 꺼내지 않았다. 아무래도 그러지 않는 편이 좋겠다고, 그 짧은 시간 동안 결정을 내렸다.

병실을 나서는 동안에는 혜령의 이야기를 다시 생각했다. 혜령은 현지에서 사귄 친구들과 자주 그 술집을 들락거렸다면서, 거기서 본 사람들의 목록을 읊어주었다. 노년의 퀴어 커플, 온몸에 온갖 종류의 타투를 그려놓은 사람, 타투를 그렸다가 잉크가 번져 얼룩덜룩한 피부를 갖게 된 사람, 깡마른 뇌병변장애인, 과거 초고도비만이었다가 체중을 감량하며 가슴과 배의 피부가 늘어난 남자. 한번은 그곳에서 가슴 아래쪽에 탑 수술 흉터가 남아 있는 트랜스 남성을 본 적도 있다고 했다.

"그 사람은 카우보이모자를 쓰고 문워크를 췄는데 아주 멋졌어."

내 기억이 맞다면 혜령이 내게 그 얘기를 꺼냈던 건 우리가 아직 연인이 되기 전이었다. 내가 트랜스젠더여도 자기는 상관없다고 어필하기 위해 혜령은 그 스트립쇼 얘기를 꺼냈지 싶다. 이후로도 이 이야기는 몇 번 화제에 올랐다. 우리는 언젠가 그 쇼를 보러 대만에 가자고 약속하기도 했는데, 이런 약속이 으레 그렇듯 흐지부지 잊어버렸다.

병원을 나서서 병원 뒤편의 작은 부지, 사실상 흡연 공간이

나 다름없는 조촐한 공원에 이르렀을 때, 나는 그 쇼가 과거 우리가 얘기했던 것처럼 정말 혁신적이고 대안적인 것이 맞는지 생각에 빠졌다. 기꺼이 옷을 벗는 사람들과 그들을 향해 따뜻한 박수를 보내주는 사람들을 떠올리자 걷잡을 수 없이 기분이 나빠졌다. 혜령이 말하곤 했던, '너무나 집요한 생각'을 다시 시작한 것 같았다. 그리고 문워크 춤을 췄다는 트랜스맨을 두고 혜령이 한 말을 되새기는 데 이르렀다. 혜령은 그가 아주 멋졌다고 말했지만, 그렇지만, 그에게 매혹되었던 건 아니었다. 아마 내게도 마찬가지였을 것이다. 나는 오래전부터 알고 있던 그 사실을 아주 천천히 받아들였다. 환자복을 입고 담배를 피우고 거리낌 없이 침과 가래를 뱉는 남자들 사이에서, 아주 천천히, 그러나 분명하게.

「리틀 프라이드」 서장원 작가와의 대담

오은교 ┃ 문학평론가, 제48회 이상문학상 예심위원

오은교(이하 '오') 안녕하세요, 작가님. 수상 소감과 함께 「리틀 프라이드」에 대해 접한 인상 깊은 피드백이 있으면 더불어 말씀해주시겠어요?

서장원(이하 '서') 상을 받아 기쁘고 감사합니다. 호명되는 일에 너무 연연하면 안 된다고 생각하지만, 무척 큰 격려이자 응원이 되는 것도 사실입니다. '서장원 소설이 밍밍했는데 이번 이야기는 재밌다', '외모에 대해서 스트레스를 더 많이 받는 건 여자인데 남자 얘기여서 신선했다, 혹은 불편했다' 하는 리뷰들이 기억에 남습니다.

오 밋밋하다는 평은 작가님이 다루는 주제나 감정이 익숙한 방식으로 감지 가능한 것이 아니어서일지도 모르겠네요. 남성들의 외모에 대한 집착이 낯설다는 피드백도 의미심장한데요. 수상작 「리틀 프라이드」는 패션 회사에 다니는 두 남자, 토미와 오스틴 간의 역동적인 관계성을 그린 소설입니다. 이야기와 캐릭터를 만들었던 과정에 대해 들려주시겠어요?

서　저의 다른 소설들과 비슷하게 「리틀 프라이드」도 다시 쓴 이야기입니다. 원래의 구상은 화자인 토미가 그의 전 연인이었던 혜령과의 관계를 반추하는 이야기였어요. 지난 연애를 돌이켜보며 과연 혜령은 나를 사랑한 것이 맞는지, 그 사랑의 방식은 자신이 기대한 것과 같은 방식인지 곱씹는 이야기를 쓰려고 했어요. 그렇게 쓰려니 저에겐 조금 지루하게 느껴졌고, 그래서 이 소설을 거의 포기하게 되었었어요.

그러다가 제가 파타고니아 신칠라 모델의 중고 옷을 구매하려는 과정에서 새로운 아이디어를 얻게 되었어요. 90년대에 생산된 제품이 현재 모델의 두 배 정도 되는 가격에 판매되고 있더라고요. 이른바 '레어템'이었던 것이죠. 그런 물품을 취급하는 기업이 있다면 어떨까 생각하게 되었고, 쓰다 만 이야기에 그 상상의 회사와 오스틴이라는 인물을 붙이게 되었습니다. 오스틴이란 인물은 릴스 같은 짧은 영상에 자주 등장하는, 길거리에서 사람들을 인터뷰하며 패션에 대한 대화를 나누는 리포터들에게서 아이디어를 얻었습니다. 그들이 보이는 정형화된 캐릭터가 재밌게 느껴지는 지점이 있었거든요. 직장인 남성으로서 자기 연출을 고민하는 토미와 자기 연출에 능숙한 오스틴을 마주치게 하고 싶었습니다.

오　오랫동안 리포터가 꽤 여성화된 직업이라고 생각했는데, 이 소설에서도 보여주듯 요즘은 다양한 매체의 발달로 더 많은 리포터 캐릭터가 있는 것 같아요. 토미로서는 오스틴의 그

세련된 자기 연출이 "내가 트랜스 남성으로서 될 수 있는 한 익혀야 했던, 그러나 전혀 익히지 못했던 것 중 하나"라고 여겨요. 그런데 쇼트폼 영상 속에서는 고도로 사회화되어 있는 이 남성이 개인적인 관계 내에서는 너무나 서툴고, 유치하고, 폭력적입니다. 성추행을 해놓고 고발당하자 돌연 키를 키워 "페미가 아닌 좋은 여자"를 만날 것이라고 분개하며 화자를 아연실색하게 하죠. 선망의 대상이면서도 불쾌감을 유발하는, 많은 상상을 하게 만드는 인물입니다.

서   앞서서 오스틴이 자기 연출에 탁월하다고 말씀드렸는데요, 오스틴은 자신에게 어울리는 역할을 잘 알고 이 역할을 잘해내는 인물이에요. 다만 오스틴이 이 역할을 원했느냐고 묻는다면, 그렇지는 않았던 것 같아요. 자신이 할 수 있는 역할이었을 뿐이죠. 소셜미디어가 발달할수록 예쁜 것에 대한 수요가 커지고, 오스틴도 그런 걸 보며 자신의 매력을 더 발달시키고 싶었을 것 같아요. 토미 앞에서 보였던 모습은 그러한 갭에서 오는 분노의 표현이 아닐까 싶어요. 원치 않는 역할을 해야만 하는 상황에서 오는 분노요. 오스틴 역시 토미에게 '미약한 동질감' 혹은 전우애를 느꼈기 때문에, 토미 앞에선 조금 더 날것의 자아를 보여주지 않았을까요?

오   소설의 제목도 멋진데요. '프라이드'라는 것이 획득하거나 고정되는 조건이 아니라 상황에 따라 부풀기도 하고 쪼그라들기도 하는 양태라는 것을 보여줘 좋았던 것 같아요. '프라이드'의 역사나 혜령이 말하는 '10달러 누드쇼'라는 것도 꽤 서

양적인 개념이고, 토미에게 그것은 심지어 갖춰야만 하는 '스펙'처럼 여겨지기도 하는 것 같아요. 과연 프라이드라는 게 뭔지, 법적 성별 정정이 되면 생기는 건지, 성적으로 욕망당하면 생기는지, 끼고 싶던 집단에 소속감을 느끼면 생기는지 도무지 알 수 없고, 토미는 그 모든 걸 열심히 시도해보지만, 결코 그것이 채워지지 않는다는 사실만 분명히 깨달으며 소설이 끝납니다.

　　서　저 또한 프라이드는 유동적이고, 관계적인 것이라고 자주 느껴요. 이 소설을 쓰는 동안에는 프라이드라는 게 과연 혼자만의 결심으로 혹은 다정함과 연대를 통하여 가질 수 있는 것인가 하는 의문을 가졌던 것 같아요. 말씀하신 '10달러 누드쇼'는 오래전 해외에 머물던 친구에게서 들은 스트립쇼 이야기에서 출발한 것인데요. 누구나 참여할 수 있는 스트립쇼, 쇼의 목적이 '성적 대상화'에 있지 않은 스트립쇼 이야기를 들었어요. 다정하고 유머러스한 분위기에서 쇼가 펼쳐지고, 가장 재미난 쇼를 펼친 사람이 그날의 우승자가 된다더라고요. 처음 들었을 때는 정말 멋지다고 생각했어요. 하지만 시간이 지나고 다시 생각하게 되었죠. 그럼 그 스트립쇼에 참가했던 사람들은 그 경험에서 프라이드를 얻을까, 그건 어떤 모양일까 고민하게 되었습니다. 'Love myself'라는 캐치프레이즈의 실천과 그에 대한 격려만으로 프라이드를 얻을 수 있느냐 묻는다면 저는 아니라고 생각해요. 자긍심에는 외부적인 관계에서 오는 어떤 것이 필요하다고 생각해요. 그리고 그 어떤 것에는 다정함, 응원, 연대가 포함되겠지만 그것으로 충분하지 않다고도 생각합니다. 가령 저는 혜령이 좋은 연인이었을 거라 생각하지만, 아마 그는 자신을 지지하거나 응원하는 것으로 스스로의 차별 없음을 증명하려는 사람들을 만나지 못했기 때문에, 외모나 조건만으로 특정 집단에서 열외가 되는 경험도 없거나 드물었기 때문에 토미를 온전히 이해하지 못했을 것 같아요.

저는 퀴어 소설을 쓰고 싶은데, 퀴어 소설이 뭔지 잘 모르겠어요. 예전에는 주인공이 LGBT에 속한다면 퀴어 소설이라고 생각했던 것 같아요. 그런데 이제는 잘 모르겠어요. 정상성을 갖기 위해 애쓰는 성소수자는 퀴어한 인물일까요? 아니면 그 인물은 퀴어하지 않지만 그런 인물에 대해 말하는 건 퀴어한 소설일까요? 반대로 시스젠더―헤테로―비장애인―비이주민이면서 이성애중심주의에서 탈주하는 인물을 그린다면 이 인물은 퀴어한 인물이 되는 걸까요? 계속 고민이 이어지는 중이에요. 다만 제 소설이 더 퀴어해지길 바랍니다.

오　토미는 혜령이 자신에게서 성적인 매혹을 느끼길 바랐지만, 이제 와 돌이켜보니 그렇진 않았다고 느껴요. 단지 사랑받는 게 아니라 내가 원하는 방식으로 사랑을 받고 싶다는 점이 토미에게 중요한 문제가 되는데요. 오스틴에게 자기는 애인이 있다는 거짓말을 하는 장면도 재밌었어요. 그 점에서 이 소설은 '남성에게 사랑이란 무엇인가', 나아가 '남성성이란 무엇인가'라는 고민을 담고 있는 소설로 볼 수도 있을 것 같아요. 한국 사회에서 남성성이라고 표현되는 이미지의 가짓수가 적잖아요. 토미나 오스틴의 '남자 되기' 수행, 꾸밈, 노동, 관계 맺기를 통해 보여주고 싶었던 것, 혹은 이 주제와 관련해서 계속 더 확장해서 탐구해보고 싶은 얘깃거리들이 있나요?

　서　저 역시 '타인에게 욕망당하고자 하는 욕망'이 여성들에게 더욱 강요되었다고 생각합니다. 하지만 남성들도 이런 욕망을 가지고 있다고 생각해요. 너무나 총체적으로 잘못되어서 이런 지면에서 언급하는 것이 적절한지 고민스럽기는 한데요. '퐁퐁남'이란 혐오 표현과 관련되어서도 저는 결국 '내 미래의 아내/여자친구가 나를 욕망하지 않으면서 나의 경제력을 취하기 위해 나와 결혼/연애를 하면 어떡하지?' 하는 남성들의 공포심이 기저에 있다고 생각했거든요.

　최근 저의 관심사는 남성성인 것 같아요. 남성성 자체에 대한 정의는 아니고요. 헤테로 여성들이 갖는 딜레마 중 하나가 흔히 '남성스럽다'고 일컬어지는 특성들, 이를테면 크고 강인한 신체, (어쩌면 가부장적인) 리더십, 자신감 등등을 좋아하는데, 이에 뒤따르는 유해함은 원치 않는다는 점이더라고요. 이런 이야기를 조금 해보고 싶었어요. 몇 해 전에 이런 테마를 다룬 니콜 크라우스 단편소설 「남자가 된다는 것」 그리고 크리스틴 루페니언의 「좋은 남자」를 재미있게 읽었는데요. 언젠가 저도 이런 테마를 좋은 작품으로 쓸 수 있다면 좋겠어요.

　오　홀수의 존재론 내지는 삼원론적 세계관이랄지, 작가님 작품 속 관계성은 늘 세 명에서 비롯되는 것 같아요. 1은 두렵고, 3은 불안하고, 5 이상은 의미 없고. 「리틀 프라이드」에서도 그렇고, 연애는 둘이 하지만, 로맨스는 셋이 하는 것처럼 보일 때가 많아요.

서　맞아요. 저는 소외감이란 감정이 소설에서 주요한 키워드가 되는 걸 좋아하는 것 같습니다. 그러려면 3이 최고죠. 그리고 '2+1'이란 구도도 좋아하는 것 같아요. 한 쌍의 커플과 이들의 애정사를 지켜보는 증인으로 나뉘겠네요. 증인이 커플을 어떻게 평가하는지, 커플이 자신들의 애정을 어떻게 보여주려 하는지에 따라서 이야기의 긴장감이 생기는 것이 저는 재미있습니다. 지금도 '2+1' 구도로 진행되는 새로운 단편소설을 마무리하는 단계에 있습니다. 지방으로 이주한 퀴어 커플의 수난기와 그걸 지켜보는 친구의 이야기입니다.

오　「리틀 프라이드」와 연계해서 읽을 수 있는 책 몇 권을 추천해주실 수 있을까요? 앞으로의 계획도 듣고 싶어요.

서　소설은 아니지만 김원영의 『희망 대신 욕망』, 일라이 클레어의 『망명과 자긍심』을 꼽아보고 싶어요. 자긍심에 대한 고민을 섬세하게 풀어낸 책입니다. 두 권 모두 감탄하며 읽었어요. 장편소설도 곧 착수할 예정입니다. 복수극을 쓰려고 합니다.

오　작가님의 복수극은 어떤 정서를 가지고 있을지 궁금하네요. 이 인터뷰를 읽으시는 분들도 서장원 작가님의 차기작을 많이 기대해주세요. 감사합니다.

2025년 제48회 이상문학상 작품집

슬픈 마음 있는 사람

정기현

2023년 문학 웹진 〈LIM〉에 단편소설 「농부의 피」를 발표하며 작품 활동을 시작했다.

슬픈 마음 있는 사람

　　서울외곽순환고속도로는 서울 외곽을 돈다. 거여동에서
도로는 정식 명칭 대신 거여고가교라는 이름으로 불리었다. 거
여동 주민들은 마을 위를 지나는, 때때로 마을보다도 커 보이는
다리를 올려다보며 여기가 바로 서울 외곽이구나 깨닫지는 않
았고, 그 대신 와 정말 크다, 무너지면 동네가 통째로 사라지겠
네 하는, 큰 다리를 보면 누구나 할 법한 생각을 했다.

　　사람 다섯이 팔을 펼쳐 감싸도 모자랄 만큼 두꺼운 기둥이
일정한 간격으로 고가교를 받치고 있었다. 기둥은 낙서들로 우
글거렸다. 어떤 것들은 사다리에 올라타 써넣었나 싶을 만큼 꼭
대기에 있기도 했다. 대개 의미를 알 수 없는 그림들, 혹은 광고
성 전화번호였다. 어떤 낙서는 연속되었다.

　　김병철 들어라 31. 당신은 우리를 파멸시켯고 나와 내 가족들을 구렁텅
이에 처넣엇다 죽어야마땅한 사람아

　　낙서는 동네 곳곳에서 산발적으로 발견되었다. 김병철 들어

라 17은 버스 정류장 옆 전봇대에, 김병철 들어라 4는 철거를 앞둔 빌라 외벽에, 김병철 들어라 8은 한 동짜리 아파트 분리수거장 울타리에 써 있는 식이었다.

걸을 때의 기은은 본래 생각하는 사람이었다. 풍경과 사물, 행인 들을 살필 새가 없었다. 그런데 언제부턴가 기은은 자신이 걸을 때 평소처럼 공상에 빠지는 대신 또 다른 김병철을 찾아 가로수나 전신주 따위를 유심히 들여다본다는 것, 그렇게 김병철 외에는 텅 비어버린 머리로 두리번거리며 발을 내딛고 있다는 것을 문득 알아차렸다.

*

준영과는 평일 교회에서 만나 가까워졌다. 주일 아닌 날의 교회는 저녁 기도회가 있는 수요일을 제외하면 교회보다는 도서관이나 베이커리에 더 가까웠다. 아무나 들어와 책을 읽거나 목사가 구워둔 빵을 먹거나 커피를 내려 마실 수 있었다. 교회는 그런 곳이었다, 찾아오는 사람을 막지 않고 무작정 환대하는.

지난 주일예배가 끝난 뒤의 다과 시간, 사모가 기은 앞에 직접 뜬 수세미 몇 개를 내려놓으며 말했다.

기은 씨가 온 지 벌써 한 달이 되었네요. 책 좋아한다고 들었어요. 평일 아무 때나 들러 책 읽어도 돼요. 커피도 마시고요. 빵도 먹고요. 창고에 탁구대도 있어요. 피아노를 쳐도 되고요. 오전 열 시부터 한밤이 되기 전까지는 늘 열어두니까.

기은은 네 그럴게요, 답하며 수세미 하나를 챙겨 가방에 넣었다. 평소 같았다면 그런 말들을 인사치레로 넘겨버리고 행동에 옮기는 일은 없었겠지만, 교회란 지난 한 주의 잘못을 참회하고 다른 많은 사람을 위해 전심으로 기도하기로 약속한 장소인 데다가 일반 성도라면 몰라도 사모라면 누구보다 교회 그 자체인 사람일 테니 기은이 그때 알겠다고 했던 대답은 진심이었다. 기은은 그 주 목요일 오전부터 교회에 나와 책을 읽기 시작했다. 사모의 말을 그대로 따르는 것은 기은이 교회에 마음을 다하는 한 방식이었다.

평일 오후의 교회에는 아이들이 많았다. 아이들은 동화책 코너에 자리 잡고 앉아 조용히 책을 읽었다. 때때로 자리에서 일어나 냉장고를 열어 아무렇게나 빵을 갖다 먹기도 했다. 기은은 아이들과 멀리 떨어진 자리에 앉아 소설책을 읽었다. 첫날은 집중이 잘 안 되어 아이들 구경으로 시간을 보냈다. 빵을 잘도 가져다 먹는구나. 가루를 흘리지 않고 먹는 법은 어디서 배웠을까? 기은은 그렇게 며칠간 교회에 들러 같은 책을 읽었다. 책을 다 읽어갈 때쯤 기은도 주방에서 물 한 잔 정도는 자연스레 떠다 마실 줄 알게 되었다.

기은을 제외하면 이 시간 교회를 찾는 성인은 준영뿐인 것 같았다. 매주 주일예배에서 마주치긴 했지만 이야기를 나누어 본 적은 없기에 도서관이 된 교회에서도 고개인사만 나누고 각자 자리에서 할 일을 했다. 준영은 아이들만큼 아무렇게나 빵을 갖다 먹었다. 사모가 괜찮다고 했어도 엄연히 교회의 냉장고인데 저렇게 굴어도 되나? 한 입 베어 물 때마다 준영의 입가에서 빵가루가 후드득 떨어졌다. 이런, 아이들보다도 못한…… 괜히 초조한 마음이 되어 그쪽을 거듭 엿보다 보니 기은은 곧 준영이 무엇을 읽고 있는지를 알아보았다. 기은이 고등학교 시절 한창 빠져 있던 수영 만화였다. 스포츠 만화 재밌는데. 뭘 하지 않아도 숨찬 운동을 한 것 같은 효과를 준다. 기은은 친한 친구에게 만화를 신나게 소개해주던 때를 떠올렸다. 스포츠 만화 좋은 점이 뭔 줄 알아? 기은의 질문에 고개를 젓는, 이름이 어느새 가물가물해지고 만 친구. 주인공들이 나 대신 내 땀을 다 흘려준다는 거야.

처음 고른 소설을 완독한 다음 날, 기은은 열 시부터 교회에 나갔다. 가자마자 만화책 코너에서 다섯 권짜리 탁구 만화를 골랐다. 내친김에 냉장고를 열어 꽝꽝 언 크림빵 하나도 꺼내 먹었다. 녹다 만 크림이 서걱서걱 씹히고 입안이 뜨거울 만큼 시려 숨을 후, 내뱉자 김이 뿜어져 나왔다. 그렇지만 결코 춥지는 않았는데 그건 다 한 컷도 치열하지 않은 순간이 없는 만화 덕분이었을 테다.

마지막 권을 읽고 있을 때 준영이 들어왔다. 고개인사. 준영은 그날따라 부엌을 몇 번씩 오가며 기은이 앉은 자리 쪽을 흘끔거렸다. 치열한 탁구 대결 신을 읽던 차에 기은은 준영의 따가운 눈빛이, 어서 그 책을 다 읽고 자신에게 넘기라고 채근하는 듯한 부산스러운 몸짓이 신경 쓰여 만화 속 탁구대 위로 튀어 오른 공이 어디로 가는지 제대로 따라갈 수가 없었다.

기은이 같은 페이지에만 몇 분째 머무르고 있을 때, 준영이 기은에게로 다가왔다.

교회에 탁구대 있는데. 탁구 칠 줄 아세요?

아, 조금요.

준영은 창고에서 새파란 이동식 탁구대를 꺼내 왔다. 탁구대 바퀴가 굴러감에 따라 아이들의 고개도 천천히 돌아갔다. 준영은 의자와 탁자 들을 한쪽으로 치우고 탁구대를 펼쳤다. 테이블 가운데 네트를 끼우고 라켓을 고른 뒤 하나를 기은에게 건넸다.

둘은 탁구를 치기 시작했다. 기은의 머릿속에는 방금 읽다 만, 한 선수의 무릎을 평생 못 쓰게 만들 수도 있을 만큼 불꽃 튀던 대회의 잔상이 남아 있었고, 그 이미지 탓인지 기은은 탁구 채를 세게 후리거나 공을 터무니없이 깎게 되었다. 화려한 잔상과는 달리 기은으로부터 출발한 공은 궤적이 일정하고 또 따분했다. 탁구공 튀는 소리가 계속되는데도 어쩐지 교회 안이 전보다 조용해진 것 같았다. 기은 안에 맴도는 장면들의 열기를 잠재울 만큼 고요한 리듬이었다. 기은은 곧 만화에서 빠져나와 눈앞의 잔잔한 대결에 몰두하였다. 준영이 똑— 넘긴 공을 기은이 다시 딱— 넘기는 것으로 두 시간을 보냈다.

*

때때로 낯선 사람이 불쑥 교회를 찾았다. 전체 성도 수가 스무 명이 채 안 되고 예배당도 작아서 새로운 사람이 오면 그를 지나칠 때마다 꼭 한마디씩 말을 걸어야만 할 것 같은 부담감에 시달려야 했다. 원래 교회는 다녔는지, 이 동네 사람인지, 여기는 어떻게 알고 찾아왔는지. 성도들은 교회에서 대화의 포문을 열어주는 질문들을 환영 인사처럼 건넸다. 지나온 시간과 스스로를 돌아보게 만드는 질문들 탓인지, 아니면 교회에는 원래 그런 사람들이 자주 오는 것인지, 낯선 이는 어디서부터 시작해야 할지 모르겠다는 말을 시작으로 끝나지 않는 긴긴 얘기를 늘어놓았다.

교회에 와서야 털어놓는 이야기라는 것이 대개 먹고사는 문제와는 관련이 없으나 그 나름대로는 충분히 무거운 것들이라 이들의 장황한 이야기는 붕 떠올라 당사자만 아는 리듬대로 흘러갔다. 그들 곁에 마지막까지 남아 있는 것은 주로 목사와 사모뿐이었다.

자리를 뜰 순간을 놓치는 바람에 기은도 목사, 사모와 함께 길 잃은 나그네의 인생 방황기를 한 시간 넘도록 들어야 했던 날이 있었다. 그가 기은에게만 시선을 두는 바람에 일어나기가 더욱 어려웠다. 질문을 퍼붓던 성도들은 어느새 주방 정리를 하겠다며 하나둘 빠져나간 지 오래였다. 그의 일대기는 중학교 시절에만 한 시간째 머물러 있었다. 마침내 그가 말을 멈추고 물 한 모금 마실 때 기은은 지금이다! 얼른 일어나야지, 생각했으나 그는 곧장 그래서 고등학교 때는요, 하고 이야기를 이어나갔다. 아무리 찾아도 탈출구가 보이지 않았고 이야기는 끝날 기미가 없었다. 막다른 길에 다다른 기은은 아무런 양해도 구하지 않고 자리에서 벌떡 일어나 저벅저벅, 문을 열고 교회를 벗어나 그대로 집으로 갔다.

주일날처럼 주보에 시간과 순서가 명시된 것은 아니었지만 평일의 교회에도 질서가 있었다. 기은이 점심시간이 다 되어서 교회에 가 책을 읽고 있으면, 이른 아침부터 와 있었을 아이들은 세 시쯤 집으로 돌아가고 늦은 오후에 준영이 나타났다. 간헐적으로 출현하는 사람들도 있었지만 그들이야 질서 안에 들어올 수 없는, 그저 지나가는 이들이었다.

기은도 준영도 날을 정해 교회에 오는 것은 아니었으나 만나면 약속이라도 한 듯 인사를 나누고, 한두 시간 책을 읽다 탁구를 쳤다. 그러다 목이 마르면 주스를 꺼내 마시거나 커피를 내려 마셨고 배가 고프면 빵을 꺼내 먹었다. 집에 돌아갈 때는 늘 각자 교회를 나섰다. 대개 기은이 먼저 조심히 들어가세요, 인사한 뒤 문밖을 나서곤 했다. 준영을 잠시 기다릴 수도 있었겠지만 교회 바깥에서는 둘이 함께 걸어본 일이 없어 망설여졌다. 교회의 안과 밖은 그렇게 달랐다.

그러나 문밖으로 먼저 나서기 위해 아무리 서두른다고 해도 엎질러진 물컵을 모른 척할 수는 없었다. 기은이 탁자 아래로 뚝뚝 떨어지는 물까지 모두 닦아냈을 때, 준영도 나갈 채비를 모두 마쳤다. 둘은 처음으로 함께 문으로 향했다. 기은은 순간 화장실에 들렀다 갈 테니 먼저 가시라고 말할까 망설였지만……

어느 쪽으로 가세요?

준영이 물었다.

고가도로 쪽 사거리로요.

거여고가교까지 둘은 함께 걸었다. 기은은 교회에서 만난 사람과 어떤 이야기를 나누어야 할지 몰라 말없이 걸었다. 준영에게 몇 살인지, 무슨 일을 하고 있는지, 무슨 일을 하고 싶은지, 혼자 사는지, 가족과 사는지 이런 것들을 물어볼 수도 있겠지만 교회 바깥으로 나왔다고 이런 것들을 물어도 되는 걸까. 준영도 똑같이 조심하고 있는 것인지, 교회를 오래 다닌 사람들에게는 이런 원칙이 있는 것인지, 그게 아니면 본래 이런 질문들에는 영 관심이 없는 것인지, 준영 역시 기은에게 세상적인 질문들을 건네는 법이 없었다.

기은은 눈앞에 보이는 것들에 대해 말했다. 가령 오래된 동네의 커다란 나무 같은 것들. 방금 지나간 남자 머리 가발인 것 같지 않아요? 이사 온 지 2년이 다 되도록 동네에 이렇게 커다란 고가교가 있는 줄도 몰랐잖아요. 교회를 이쪽으로 다니지 않았다면 더 오래 몰랐을걸요. 지나치는 것마다 지나치지 않고 말로 만들어 내뱉는다. 처음에는 어색했지만 하다 보니 계속할 수 있었고 오히려 이편이 더 편하다고까지 생각하게 되었다. 이런 대화라면 끝없이 할 수 있을 뿐 아니라 자신에 대해 말하지 않고도, 또 준영에 대해 묻지 않고도 대화를 이어갈 수 있었다. 이 동네를 이루는 건물과 나무, 사람 들을 이렇게 자세히 관찰했던 적이 있었나, 기은은 동네에서 유독 자주 들리는 새소리와 그 종에 관한 이야기도 했다.

기둥에 있는 낙서도 봤어요?

낙서?

기은에게 동네 곳곳에 널린 김병철 들어라의 존재를 처음 알려준 것이 준영이었다. 준영이 마주친 김병철 들어라 중 가장 최근에 쓰인 것으로 추정되는 낙서는 김병철 들어라 156이었다(에미 애비도 몰라볼 김병철 들어라).

156개의 낙서를 차례차례 목격한 것은 아니고 그중 실제 본 것은 20, 30개 정도. 대부분은 김병철 들어라 넌곧 파멸한다는 식의 단순 경고였다. 낙서 주인이 김병철에게 왜 그렇게 큰 원한을 갖고 있는 것인지, 간혹 그 근거가 담긴 낙서도 있었다. 그런 낙서는 상대적으로 귀하다고 했다. 준영은 낙서한 당사자 혹은 그의 가족 중 누군가가 김병철 때문에 큰 화를 입었으며 김병철도, 낙서를 쓴 사람도 남자로 추정된다고 했다(김병철 들어라 개잡놈아 우리가 한때 부랄친구이던 시절이……). 낙서 주인 혹은 그의 가족은 무언가를 팔거나 배달하는 일에 종사했다. 그게 뭐였는지는 모르지만. 낙서 주인이 이곳을 옛 지명으로 부르는 것으로 보아(김병철 들어라 까치동산은 내게 창살 없는 감옥이었고……) 적어도 15년 전에 기록된 낙서임이 분명했다.

저 좀 이상해 보이나요?

그동안 김병철에 대해 알아낸 모든 것을 털어놓은 뒤 준영이 말했다.

*

작은 교회의 성도들은 나이가 많았다. 기은이 교회에 다닌 세 달 남짓한 시간 동안 두 번의 장례식이 있었다. 열일곱이었던 성도가 열다섯이 되었다. 교회는 내내 추도 의식에 잠겨 있었다. 슬픈 사람은 슬픔 한가운데 서 있었고 실은 슬프지 않은 사람들은 슬픈 얼굴을 하고 슬픔 한가운데 선 사람들의 기색을 살피다 집으로 돌아갔다.

기독교도의 장례식이라고 해서 모두 기독교식 장례인 것은 아니었다. 교인들이 다 함께 방문했던 지난 장례식에서는 목사의 인도하에 장례 예배를 드렸지만 이번 장례식엔 각자 참석하기로 했다. 기은이 식장에 들어서자 신발장 옆에 선 채 이야기를 나누던 성도 둘이 보였다. 들어갔다 오셨나요? 아직요. 셋은 나란히 빈소로 향했다. 한 성도는 손을 맞잡고 눈을 꼭 감은 채 기도를 했고 다른 하나는 얼마간 사진을 응시하다가 두 번

절했다. 기은은 눈을 감으면 언제 떠야 할지 몰라 그것이 두려워 마찬가지로 사진을 한 번 바라본 뒤 두 번 절했다.

문 앞에서 남편을 여읜 권사님이 기은의 두 손을 꼭 잡으며 말했다.

기은 씨, 자꾸만 장례식에 오게 돼서 어떡해요.

권사님의 남편, 그러니까 성찬식 때 빵 조각과 포도주스가 담긴 쟁반을 들고 장의자 사이를 흔들흔들 걸어 다니던 집사님은 일을 마치고 집 앞에 다 와서 쓰러진 뒤 영영 깨어나지 못했다. 기은은 손끝에서부터 머리끝까지 온몸이 새빨갛게 달아오르는 것을 느끼며 아녜요, 저는…… 하고 그다음에 무슨 말을 이어야 할지 몰랐다. 적당한 위로의 말을 건네고 꾸벅 작별 인사를 했어도 그만이었을 텐데 맞잡은 손이 갑작스러워 그러지 못했다. 권사님이 다시 빈소 안으로 들어간 뒤에도 얼굴은 식을 기미가 없었고, 기은은 화장실로 가 찬물에 적신 손을 양 볼에 갖다 대었다.

장례식에서 나눈 대화는 그 장면을 오래도록 곱씹게 하는 힘이 있었다. 권사님의 슬픈 눈동자가 너무 또렷한 탓에 당황하고 말았다. 이렇게 얼굴을 가까이 두고 얘기한 것이 처음이라서.

내가 두 번 절하는 것을 권사님도 보았을까? 기은은 장례식장에서 집까지 걷기로 했다.

큰길을 지나 골목으로 접어들자 금세 익숙한 가게들이 이어졌다. 몇 주 전 발견했던 김병철 낙서 한 구절을 지나치자 화끈거리던 기운이 좀 가라앉는 것 같았다. 기은은 곧 자신에 대해 골몰하는 대신 바깥을 보며 걸었다. 기은의 나쁜 시력으로 바라보는 세상은 실제보다 흐릿하고 많은 것이 생략돼 있었지만 나이 많은 가로수, 이상한 간판, 농구장, 족구장, 테니스장과 산책하는 강아지, 자전거를 탄 사람들은 좋지 않은 눈에도 쉽게 정체를 밝히고 말았다. 그것들을 헤아리며 걷는 일은 사물들처럼 멍해지는 일, 지나가는 한 사람이 되는 일이었다.

기은이 유일하게 외는 성경 구절이 있다. 예수의 안수를 받은 맹인이 무엇이 보이느냐는 예수의 물음에 아직 완전히 밝아지지 않은 눈으로 "나무 같은 것들이 걸어가는 것을 보나이다" 하고 말하는 구절. 사람을 보고 나무 같은 것들이라 말했던 수 세기 전의 맹인을 생각하며 기은은 저기 저 푸른 건 진짜 나무겠지, 하며 나무에 가까이 다가가 절대 다른 것일 수 없는 나무를 확인했다. 역시나 나무였던 나무 옆을 지나던 기은은 오늘만큼은 교회 앞을 지나치기 싫어 새로운 골목으로 진입하였다. 그러자 골목 끝에 기은의 몸보다 훨씬 큰 오카리나 두 개가 붙은 건물이 보였다. 오카리나? 한 걸음 한 걸음 가까워져도 오카리나는 여전히 오카리나였다. 흰색 오카리나 하나, 주황색 오카리나 하나. 흰색은 세로로, 주황색은 가로로 건물 외벽에 자리하고 있었다. 저기 오카리나 같은 것이 매달려 있는 것을 보나이다. 건물 바로 앞에 다다랐을 때까지도 오카리나가 다른 평범한 간판으로 둔갑하는 일은 벌어지지 않았다.

3F, 한국오카리나박물관. 기은은 또 다른 층위의 산책을 맞이하게 되었다는 확신 속에 잠시 그 자리에 서 있었다. 가장 낮은 층위의 산책이라면 오직 자신에 대해 골몰하며 걷기. 김병철을 저주하는 마음으로 마을을 거닐었을 낙서 주인의 산책과도 같은 층위이다. 나를 싫어하는 사람과 그 이유, 내가 좋아하

는 사람과 그 이유, 손해 보지 않고 살아가기 위한 적당한 처세술, 그때 그렇게 말했어야 했어, 하는 생각들에 빠져서 하는 산책. 두 번째는 나무 같은 것들이 걸어가는 것을 보면서 걷는 것. 일종의 수양과도 같은 걷기인데 커다랗고 예상 가능한 것들을 바라보며 걷다 보면 머릿속이 투명해지고 맑아진다. 맑아진 머리로는 잠을 잘 잘 수 있다. 마지막으로 가장 어렵고 때로는 커다란 용기를 필요로 하는 걷기, 바로 동네의 비밀을 파악하는 산책이다. 준영은 김병철 낙서를 유심히 들여다보다가 행인과 시비가 붙은 적도 있다고 했다. 이거 당신이야? 당신이 그랬어? 다짜고짜 우산을 휘두르며 다가오는 자에게 욕을 퍼부어줄까 하다가 준영은 그저 아무 말 없이 물러났다고 했다. 그렇게 집으로 돌아오는 길, 준영은 행인에게 맞서고자 했던 자신이 부끄러웠지만 또 동시에 그 사람을 흠씬 패주고 싶은 마음도 여전해서 그러지 말자, 하나님 도와주세요, 마음속으로 기도했다고. 기은은 지금 김병철 낙서와 비슷한, 마을의 괴상한 오카리나 표정 아래 서 있다. 오늘 본 것을 잘 정리하여 준영에게 들려줄 수도 있을 것이다!

　3층 계단참에는 박물관 설명이 적힌 현판이 벽면을 가득 채우고 있었다. 작은 거위라는 뜻의 오카리나는 거위 형태로 빚어진 취주악기이며 지금 형태는 이탈리아 부드리오 출신의 주세페 도나티에 의해 고안된 것이다. 현판의 설명에 따르면 오카리나박물관은 이탈리아 부드리오와 대한민국 서울 송파구 거여동 이렇게 두 곳뿐. 한국오카리나박물관에서는 1100여 점의 전 세계 오카리나를 수집 및 전시하고 있으며 관람은 무료이다. 2007년 6월에 개관했으며 화, 목, 금에는 오카리나 강습을 신청

할 수 있다.

　문을 열자마자 오카리나를 부는 관장이 들리는 동시에 보였다. 마치 누군가 올라오는 소리를 듣고 시작하기라도 한 것처럼 연주는 아직 전주 부분에 머물러 있었다. 관장은 분명 기은과 눈이 마주쳤는데도 오카리나 불기를 멈추지 않았다. 관장이 부는 노래는 기은도 이미 알고 있는 것이었다.

　기은은 음음 음음 음음 슬픈 마음 있는 사람 음음, 하고 속으로 흥얼거리다 마침내 제목을 기억해냈다. 관장은 찬송을 4절까지 모두 불려는 것 같았다. 오카리나로 부는 가사 없는 찬송은 1, 2, 3, 4절 다 똑같이 들렸다. 레 솔 시라솔라 솔— 레—. 기은은 끈기 있게 반복되는 찬송을 들으며 박물관을 둘러보았다. 1100여 점의 오카리나가 진열장마다 그 온전한 형태를 들여다보기 어렵게끔 빽빽하게 늘어서 있어 관람에 맞춤한 공간은 아니었다.

　오카리나들은 크기와 색깔이 제각각이었으나 모양은 서로 거의 같았다. 대가족처럼 보이는 지루한 오카리나들을 지나 마침내 기은의 눈에 들어온 것은 거위 모양 오카리나였다. 오카리나의 어원대로 작은 거위 모양을 그대로 본뜬, 날개와 부리까지 실감 나게 조각돼 있는 정직한 모양이었다. 저런 거라면 가지고 싶다, 거위의 몸통을 양손으로 감싼 채 부리를 물고 박물관 관장처럼 〈슬픈 마음 있는 사람〉을 불 수도 있을 것이다.

　하나에 만 삼천 원이에요.

　네?

　거위 모양 그거. 만 삼천 원.

　기은은 좀 더 둘러본다고 해야 하나 고민하다가 거위 모양

오카리나 두 개를 달라고 했다. 관장은 작은 거위 두 마리를 신문지에 감싸 검은 봉지에 넣어주었다. 그는 기은이 구입을 마친 뒤로는 더 이상 오카리나를 불지 않았다. 그가 쥐었던 오카리나는 손때가 묻어서 변색이 된 듯한 상아색이었고 건물 외벽에 달린 거대 오카리나 둘과 똑같은 모양이었다.

＊

오전 열 시쯤 일어나 바나나 따위로 아침을 먹고, 어슬렁어슬렁 교회로 가 만화책이나 소설책을 읽다가 준영이 오면 탁구 치면서 빵과 커피를 먹고 마신 뒤 고가 근처를 산책하다 집으로 온다. 어느 한밤, 기은에게는 질서 잡힌 하루를 마치고 누웠을 때의 노곤함이 깃들었는데 이는 3개월 전 회사를 다닐 때에는 매일같이 느꼈던 감각으로 무척이나 익숙했지만 실로 오랜만이기도 했다. 복귀까지는 3개월이 더 남았고 그때부터는 또 다른 일들이 노곤함의 이유가 되어줄 것이다. 기은은 영원할 리 없는 지금의 질서를 들여다보았다. 똑딱똑딱 일상의 리듬. 준영과 주고받는 탁구공처럼. 탁구공은 똑, 딱, 테이블을 오가는데, 가끔 준영이 밤새도록 수비형 탁구 영상을 보고 왔다는 날이면 똑―, 딱, (파르르 공에 스핀 먹는 소리), 픽, 다른 리듬이 된다. 다른 리듬도 리듬은 리듬이어서 곧 적응하게 되지만. 똑, 딱, 픽. 똑, 딱.
교회에 가기 전 기은은 배낭에 오카리나 두 개를 챙겼다. 책을 읽고 있으니 세 시쯤 준영이 왔다. 수인사를 나눈 뒤 두 시간 후 탁구를 한 판 쳤다. 그러고 나서 반쯤 남은 커피를 들고 함께 밖으로 나섰다.

　앉아서 마시고 갈까요?

　고가 아래 벤치로 다가가며 기은이 말했다. 이곳에 앉아 있으면 고가 밖 자전거 타는 사람들도 볼 수 있고 고가 밑 농구장, 족구장에서 공놀이하는 사람을 구경할 수도 있었다. 지역구 출마 의원들은 진영을 막론하고 고가도로 체육 시설 및 주민 편의 시설 확충을 공약으로 내걸었다. 고가 밖을 지나가는 사람들에게는 한낮의 그림자가 따랐으나 고가 밑에 모였다 흩어지는 사람들은 발밑에 아무것도 달려 있지 않았다. 기은은 검은 봉지에 담긴 오카리나 하나를 준영에게 건넸다.

　오카리나에서는 텁텁한 흙 맛이 났다. 유약을 바르지 않고 초벌구이만 한 것일까? 기은은 관장이 하던 대로 왼손을 아래, 오른손을 위에 두고 오카리나를 감싸 쥔 뒤 한 음 한 음 불어보았다. 어릴 때 리코더 불던 기억을 되짚어가며 음계를 더듬다 보니 곧 7음계를 모두 불 수 있게 되었다.

　원래 불 줄 아나요?

　아뇨. 근데 누가 부는 걸 봤어요.

　누가 부는 걸 봤다고요?

　기은은 오카리나박물관과 관장에 대해 말했다. 이 동네에 그런 데 있는 거 알았어요? 간판 대신 커다란 오카리나 모형이 두 개나 달려 있는 곳. 박물관이라기보다는 음…… 어쨌든 오카리나가 엄청 많았는데요. 관장이 계속 불던 찬송이 이거였거든요. 멜로디가 레 솔 시라솔라 솔― 레― 미 솔 파미솔미 레―. 기은이 그랬던 것처럼 준영도 음음 음음 따라 부르더니 이내 노랫말까지 넣어 흥얼거렸다. 족구 차던 사람들이 경기가 소강상태에 빠질 때마다 이쪽을 흘끔흘끔 쳐다보는 바람에 기은은 4절까지 연주하지 못하고 그만두었다.

준영은 오카리나 부는 연습을 하느라 다 식어버린 커피를 오래도록 마셨다. 기은은 준영의 곁에 앉아 사람들의 발을 떠난 공이 반대편 코트 안으로 꽂히는 것을 바라보았다.

아, 제가 이 말 했던가요? 저희 교회 목사님, 제 아버지예요.

고가도로 위쪽으로는 당연히 넓은 도로가 나 있을 테고 많은 차가 다니겠지. 그 차들을 다 떠받치려면 고가교가 무척 튼튼해야 할 것이다. 기은은 준영이 건넨 말이 왜인지 참 무거웠다.

아니, 별거 아닌가, 아버지가 목사라는 사실쯤은. 그간 왜 몰랐을까. 연이은 장례식으로 교회 분위기가 어수선해서? 교회에서는 절대 티를 내지 않도록 미리 부자간 합의를 이룬 사안이라서? 정확히 말하자면 아버지가 목사라는 것보다는, 조금 독특한 사실이기는 해도 그건 별게 아닐 수도 있는 거고, 무엇보다 기은은 이런 대화가 낯설었다. 준영과 함께 물 위로 붕붕 떠 흘러가고 있다고 생각했는데, 조금씩 헤엄치는 법을 깨치며 물 밖에서도 물을 생각했고 기은은 그런 자신이 때때로 마음에 들기까지 하였는데, 준영은 물 태생의, 도무지 발을 붙일 수 없다고 생각했던 곳에 발을 단단히 붙이고 어떤 유속에도 물 안을 물 밖처럼 자연스레 거니는 사람이었다는 것이…… 무거움의 이유를 재빠르게 파헤쳐보자면 아마 이런 마음들이 그 안에 도사리고 있을 것이다.

어릴 적 들었던 자장가를 흥얼거려보라고 하면, 나로서는 처음 듣는 찬송가를 너무도 익숙하게 흥얼거릴 사람이야, 저 사람은. 그래서 그렇게 교회가 익숙했구나. 준영에게는 교회가 무슨 말구유 같은 곳이라서. 준영과 헤어져 혼자 집까지 걷는 동안 기은의 양어깨에 생생하던 무게는 준영을 향한 원인 모를 야속함으로 그 얼굴을 바꾸어갔다.

내가 그래서 뭐라고 반응했더라? 준영의 말에 기은은 자신이 그저 아, 하고 말았음을 떠올렸다.

아.

기은은 그날 처음으로 집에서 성경을 펼쳐 알고 있다고 말할 수 있는 단 하나의 구절을 찾았다. 『마가복음』 8장 23절에서 26절 말씀.

"예수께서 맹인의 손을 붙잡으시고 마을 밖으로 데리고 나가사 눈에 침을 뱉으시며 그에게 안수하시고 무엇이 보이느냐 물으시니 쳐다보며 이르되 사람들이 보이나이다 나무 같은 것들이 걸어가는 것을 보나이다 하거늘 이에 그 눈에 다시 안수하시매 그가 주목하여 보더니 나아가 모든 것을 밝히 보는지라 예수께서 그 사람을 집으로 보내시며 이르시되 마을에는 들어가지 말라 하시니라"

예수는 맹인에게 마을로는 돌아가지 말라고 했다. 왜 그랬을까? 맹인은 예수의 말을 따랐을까? 내가 맹인이었다면 눈을 뜨게 해준 예수의 말을 따라 마을로 돌아가지 않았을 거야. 그럼 마을 밖에는 마을로의 복귀를 미루거나 제쳐둔, 멀었던 눈을 뜨게 된 사람도 있고 걷지 못하다 걷게 된 사람도 있고 성경에는 미처 다 써지지 못한 많은 기적이 있겠지. 마을 안에만 머무는 사람들로서는 전혀 모르는 기적들이.

기은은 어렴풋이 알고 있던 단 하나의 구절을 더욱 자세히 알게 되었다. 전혀 모르는 수많은 구절까지는 더 이상 읽지 않고 성경을 덮었다.

＊

늦은 아침을 먹고 교회로 가는 대신, 기은은 배낭에 바나나와 얼음물, 손수건과 안경집, 수첩과 펜을 챙겨 집을 나섰다.

지난밤 기은은 오래도록 잠들지 못했다. 질서를 이루던 것들이 흩어져 허공에 둥둥 떠다니는 것 같았다. 기은은 떠다니는 것들을 하나씩 붙잡아 만지작거리다 준영과 나란히 앉아 있던 오후의 기억에 오래 머무르게 되었다. 사실 다른 것들은 징검다리처럼 통통 뛰어넘었고 준영이 자신의 아버지가 목사라고 고백했던 그 기억 돗자리에 자리를 잡고 드러누웠다고 하는 편이 맞을 것이다. 이제 기은은 준영이 목사의 아들이라는 사실과 그 사실이 주는 이상한 배신감보다는 그때 아무 말도 하지 못하고 어색하게 굴었던 스스로가 싫었다. 뭐라도 말해줄걸. 웃기라도 했으면 좀 나았을 텐데. 아니, 나 역시도 준영에게 제 아버지가 목사예요, 하는 것과 비슷한 대답을 해줬어야 했는데. 하지만 기은에게는 꼭꼭 감춰두었다가 불시에 톡 까놓을 만한 비밀이 없었다.

음⋯⋯.

기은은 이런 결론에 이르러서야 마침내 잠들 수 있었다.

내일은 김병철 낙서를 좀 더 모아볼까 봐. 준영이 지금까지 모으지 못한 종류의 낙서들을 찾아 나서서 일이 잘 풀린다면, 그것들을 잘 기억했다가 준영에게 말해줄 수도 있을 것이다!

직접 목격하거나 준영과 맞춰보아 아는 낙서 위치들은 집을 나서기 전 수첩에 미리 정리해두었다. 준영과 나누었던 대화를 샅샅이 되짚은 끝에 서른한 개의 김병철들이라 지도가 완성되었다. 고가교 아래 여덟 개, 기은의 집 왼쪽 주택가 첫 번째 골목에 두 개, 세 번째와 여덟 번째 골목에 각각 세 개씩, 떡집 앞 버스 정류장에 한 개, 그 옆 전봇대에 한 개, 연속된 나무 세 그루에 각각 한 개씩. 초등학교 담장 세 면마다 한 개씩 총 세 개. 학교 안 미끄럼틀 기둥에 두 개, 학교 후문 버스 정류장에 한 개, 역시 그 옆 전봇대에 한 개, 옆 나무들에 총 세 개. 도무지 기억나지 않는 것들이 열 개 정도 되었는데 아마 내용이 중복되거나 별거 아니라서 그렇겠지. 오늘 또 다른 낙서를 목격하게 된다면 그게 이미 아는 것인지 아닌지는 바로 알 수 있을 것이다.

주택가 쪽으로 먼저 가보자. 골목을 벗어나며 기은은 지금 마을 밖으로 향하고 있다는 실감이 들었다. 마을 바깥으로, 마을 안에서는 영 알 수 없는 것들을 향해 가고 있었다. 벗어나고 있어. 최고기온이 30도까지 치솟을 예정인 더운 날이어서 오전인데도 공기가 따뜻했다. 기은은 주택가에 다다르기도 전에 얼음물을 다 마셔버렸다. 걸을 때마다 물통 안 얼음이 덜그럭거렸다.

산책길에 목적이 생기자 걸음마다 신중해졌다. 기은은 담벼락에 딱 붙어 걸었다. 한여름 무성해진 담쟁이덩굴과 낡은 건물 외벽 틈을 비집고 돋아난 잡초가 살랑살랑, 지금 대체 무얼 하느냐고 묻는 듯한 몸짓으로 기은의 목적을 방해하려 들었다.

김병철 낙서 찾기는 오늘 하루 안에 끝나야 했다. 기은에게는 내일 또다시 같은 목적을 가지고 집을 나서는 것이 불가능하다는 확신이 있었다. 하루쯤은 괜찮지만 이틀이 된다면 그건 너무 본격적이었고 본격적인 목적이 된다면…… 마침내 자신이 이상해졌다는 울적한 예감에 빠지게 될지 몰랐다. 그렇다고 일을 벌인 지 이틀째가 되었는데 목적을 달성하지 않을 수는 없으니, 기은은 자신도 모르게 또 한 번 열심히 임할 것이고 이틀은 사흘이 되기 쉽고 사흘이 되면 일주일은 금방이고 일주일이 지나면 영영 낙서 찾기를 그만둘 수 없게 된, 지독한 도착에 빠진 사람이 되고 말 것이다. 기은은 한낮의 교회에서 그렇게 된 사람들이 나오는 소설을 많이 읽었다. 기은은 책 바깥에서 인물들을 내려다보며 한 번쯤은 뒤를 돌아봐도 좋지 않겠니, 물었으나 인물들은 뒤 없이 구렁텅이로 직행했다. 여차하면 뒤를 돌아보자는 마음으로, 기은은 식물로 뒤덮인 담벼락도 지나치지 않고 꼼꼼히 뒤졌다. 이파리들을 일일이 걷어보며 놓친 김병철은 없는지 살피고 또 살폈다.

그렇게 한참을 걸었다. 그림자가 짧아졌다 다시 길게 늘어지기 시작했다. 담벼락, 그 앞에 놓인 화분들, 거리의 식탁 의자, 식탁 의자에 앉아 있는 노인들을 몇 번씩이나 지나친 뒤에 기은은 자신이 지금 같은 곳을 돌고 있는 것은 아닌지 혼란스러웠다. 비슷하게 생긴 작은 벽돌집들이 우글우글 붙어 있는 골목이 계속되었다.

이대로라면 아무 성과도 거두지 못하고 해가 저물고 만다. 김병철로 시작되는 낙서 두 개를 발견하기야 했지만 다른 표현의 저주일 뿐 새로운 내용이랄 게 없었다. 종일 낙서를 찾아 헤맸다는 사실 말고는 준영에게 전해줄 만한 소동도 전무했다.

기은이 차마 발길을 돌리지 못하고 벌써 몇 번째 지나쳤을

지 모를 담벼락 앞에 서서 벽돌 틈을 꼭 움켜쥔 애꿎은 덩굴 잎을 한 장 한 장 들추고 있을 때, 건너편에 고목처럼 앉아 있던 노인 둘이 말을 걸어왔다. 둘 중 누구의 목소리였을까? 기은이네? 되물으며 골목길을 건너가자 노인 둘이 동시에 외쳤다.

여기서 무얼 찾느냐고!

기은은 준영이 자신에게 처음 김병철에 대해 들려주었던 때처럼 조심스러운 태도로 말을 꺼냈다.

낙서를 좀 찾고 있어요, 김병철 들어라라고…….

그러자 노인들은 기은을 앞에 세워둔 채 둘만의 대화를 이어나갔다. 김병철? 이이가 그럼 최창엽네 딸인가? 아니야, 최창엽은 딸 없어. 그럼 낙서를 왜 뒤지는 거야? 마땅한 답을 찾지 못해 기은이 우물쭈물하는 사이, 대답 따위 필요 없다는 듯 노인들의 이야기가 시작되었다.

2000년대 거여동은 다단계 사업체의 온상이었다. 2011년 단속이 본격화되기 전까지 골목골목마다 교육장이며 숙소가 자리했다. 김병철은 유리잔 안에 또 다른 유리잔이 든 모양의 찻잔 세트를 터무니없는 가격에 판매토록 하는 무리의 수장이었고(집집마다 그거 한 세트씩은 다 있었어. 나도 그거 있었잖아. 응, 그거 세 번 마시면 영락없이 깨져버리는 컵. 희한하게 안쪽부터 깨진다고…….) 영업 일을 주업으로 삼으면서 주택가 인근에 이십 대 초반의 판매책들이 머물 원룸, 끼니를 해결할 만한 저렴한 백반집, 시간을 하릴없이 때울 수 있는 피시방까지 굴리며 돈을 긁어모았다. 수백 명의 청년이 짧게는 며칠부터 길게는 10여 년까지 김병철에게 세월을 저당 잡혔고 최창엽의 아들은 그렇게 13년을 일했다고 한다. 낙서는 최창엽의 작품이었다. 최창엽이가 얼마나 오래 그

러고 다녔는지 알 만한 사람들은 다 알지…… 최창엽은 김병철
이 죽은 뒤에도 낙서를 멈추지 않았다.

와…… 쏟아지는 이야기를 노트에 다 적어두어야 하나? 기
은은 넋을 놓고 이야기를 듣다가 물었다.

김병철이 죽었나요?

그럼. 작년엔가, 외국에서.

김병철은 죽고 없구나. 기은은 김병철의 결말을 듣자마자
준영에게 김병철이 죽었대요, 하고 알려주는 장면을 떠올렸다.
준영은 김병철이 아직 죽었는지 살았는지 알 수 없는 시간 속
에 있고 기은은 이미 김병철이 죽고 없는 세계에 와 있다. 말하
자면 기은은 준영보다 자세한 미래에 와 있는 셈이었다. 기은은
준영에게 김병철이 죽었대요, 말해줌으로써 가뿐히 준영의 손
을 잡고 함께 미래로 올 수 있었다.

준영보다 먼저 미래에 도달한 소감은, 음…….

기은은 노인들에게 고개 숙여 인사한 뒤 교회 쪽으로 걸
었다.

고가 아래 벤치에 앉아 있는 준영의 모습이 보였다. 준영
의 모습은 안경을 쓰지 않아도 생략되지 않는구나, 오카리나박
물관의 오카리나 모양 간판처럼. 기은이 다가가 인사를 건네기
도 전에 준영은 기은의 존재를 알아차렸다. 족구장과 농구장 가
운데 어디쯤 시선을 두고 있으면 족구장과 농구장, 그리고 벤치
주변을 지나는 사람들까지 모두 한눈에 바라볼 수 있다는 것을
기은도 이미 알고 있었다.

어디 갔다 와요?

준영이 물었다. 기은은 곧바로 대답하지 않고 그 앞에 잠시

서 있었다. 허공에 두었던 준영의 시선이 기은의 두 눈에 향할 때까지.

김병철이 죽었대요.

준영은 엉? 정말요? 하고 놀라지를 않고 아…… 하였다. 너무 다짜고짜 죽음부터 알렸나? 그간 나름대로 취미처럼 낙서를 모으던 사람이었는데 일격에 그 취미의 목을 베고 말았나? 지금 맥락도 없이 덥석 준영의 손을 잡고 내가 있는 재미있는 곳으로 오세요, 해버린 건가? 기은은 결말부터 밝히고 만 이야기를 어디서부터 어떻게 설명해야 할지 그제야 고민하기 시작했고, 준영 역시 뭘 어디서부터 물어야 할지 골똘한 얼굴이 되었다. 족구 네트를 넘나드는 공이 고무 바닥에 퉁퉁 튀기는 소리가 침묵을 메워주었다.

그때 뒤쪽 길가에서 한 아이가 준영을 부르며 달려왔다. 손에 탁구채를 든 채 얼굴이 발갛게 달아올라 있었다. 교회에 모인 아이들과 탁구를 치는 도중 구경하던 친구가 탁구대 위로 올라가더니 날아오는 공을 손으로 쳐보겠다고 선언했고, 그 아이가 탁구대 접히는 지점을 밟는 순간 걸쇠가 풀리며 탁구대가 무너져 내렸다는 설명이었다.

친구는 괜찮은데요, 탁구대가…….

준영은 기은에게 가보겠다는 인사를 하고는 아이와 함께 교회 쪽으로 사라져갔다.

기은은 다시 홀로 벤치에 남아 오늘의 모험을 찬찬히 되짚어보았다. 거여고가교 아래 서늘한 공기에 몸이 식자 머릿속 뒤죽박죽이었던 장면들이 제자리를 찾았다. 기은은 오늘 모험을 나선 목적이 김병철의 낙서를 밝혀내는 데 있지 않고 준영에게

이 모든 것을 알려주고자 함에 있었다는 사실을 깨달았고 자신이 출발부터 그 사실을 알고 있었다는 사실까지도 연달아 알게 되었는데, 그러자 마음에 슬픔이 깃들었다. 준영을 뒤따라 교회로 달려가고 싶었지만 왠지 그럴 수 없었고 이것은 슬픈 마음이었다. 기은은 자신이 비로소 슬픈 마음 있는 사람이 된 것에 아늑함을 느끼면서도 슬픈 마음을 가지게 된 덕분에 슬픔 속에 한참을 머물다 자리를 떴다.

*

주일날 본예배는 늘 오전 열한 시에 시작되었다. 이 교회의 목사가 목회를 본 지 13년이 되었다고 했으니, 그는 13년 동안 일요일 열한 시가 되면 사람들 앞에서 그날의 기도를 읊조렸을 것이다. 늦지 않고 예배에 참석하려면 열 시에는 일어나 씻고 집을 나서야 했지만 눈을 뜬 뒤에도 갈까 말까 한참을 망설였던 탓에 기은은 결국 지각을 하고 말았다.

예배당 맨 뒷줄은 처음이었다. 열네 사람의 기도하는 뒤통수를 바라보며 기은도 눈을 감았다. 목사의 기도 다음에는 그 주를 대표하는 성도의 기도가 이어졌다. 그 후 찬송을 세 곡 정도 함께 부른 뒤 설교가 시작되었다. 큰 교회에 다닐 때에는 부르기도 좋고 가사도 예쁜 복음성가를 많이 불렀는데 이곳에서는 성경 뒤편에 수록된 오래된 찬송만 부를 수 있었다. 반주할 사람이 없어 반주기에 등록된 찬송만 가능했기 때문이었다.

세 곡 중에 앞의 두 곡은 항상 같은 곡이었고 마지막 곡만 매주 바뀌었다. 기은으로서는 모르는 곡이 훨씬 많았지만 찬송은 대개 4절까지 계속되기에 1절은 배우는 마음으로, 2절은 연습하는 마음으로 부르다 보면 3절과 4절은 곧잘 부를 줄 알게 되었다. 그렇게 한번 귀에 익힌 찬송에는 더 이상의 주저함 없이 진입할 수 있었다.

기은이 자리에 앉았을 때 예배당은 두 번째 찬송이 끝난 뒤의 고요 속에 잠겨 있었다. 마지막 곡의 전주가 흘러나오자마자 기은은 이 곡의 제목이 무엇인지 알아차리기도 전에 음음, 흥얼거렸다.

슬픈 마음 있는 사람 예수 이름 믿으면 영원토록 변함없는 기쁜 마음 얻으리.

기은은 찬송을 부르며, 점점 더 크게 부르며, 양옆으로 까닥이는 준영의 동그란 머리통을 바라보았다. 마지막 찬송을 이걸로 하자고 한 건 준영의 의견이었을까? 그럼 준영은 어젯밤 목사가 설교 준비를 할 때 아빠, 내일 마지막 찬송은 〈슬픈 마음 있는 사람〉으로 하자, 이렇게 말했을까? 아니 아버지, 내일 마지막 찬송은 이걸로 해요, 이렇게 말했겠지. 그 편이 더 자연스럽다.

기은은 준영의 머리통이 똑딱똑딱 흔들리는 박자에 맞추어 열심을 다해 마지막 찬송을 불렀다. 찬송은 4절까지 계속되었다. 찬송의 전반부는 가사가 계속 바뀌었고 후반부는 같은 구절의 반복이었다.

「슬픈 마음 있는 사람」
정기현 작가와의 대담

소유정 ㅣ 문학평론가, 제48회 이상문학상 예심위원

소유정(이하 '소') 　정기현 작가님, 안녕하세요. 지난해『문학
과 사회』여름호에 발표했던「슬픈 마음 있는 사람」이 이상문학
상 우수상으로 선정되었어요. 온 마음으로 축하를 전합니다. 수
상 소식을 듣고 어떠셨나요?

정기현(이하 '정') 　기쁜 소식이든 슬픈 소식이든 뜻밖의 소
식을 전해 들으면 겉으로는 잘 듣고 대답을 해야겠다 마음을 먹
지만 실제로는 말을 듣는 족족 머릿속에서 지워지는 것 같아요.
편집자님께서 전화로 소식을 알려주시면서 이런저런 안내를
해주셨는데 꼭 지켜야 하는 일정을 빼고는 전화를 끊자마자 다
잊어버리고 말았습니다. 분명 방금 들은 말인데도요. 어렸을 때
엄마에게 생일 선물로 뭘 갖고 싶어? 물으면 엄마가『이상문학
상 작품집』을 사달라고 해 같이 주양쇼핑으로 사러 가고 했었는
데(그러고 보니 예전에는 쇼핑몰 모자 코너 옆에서 책을 팔고 했었네요) 그 기
억이 가장 먼저 떠올랐어요. 무척 감사하고 기뻤습니다.

소 작가님께서는 소설가이면서 문학 편집자로 일하고 계시잖아요. 책을 중심에 두고 서로 다른 두 직업을 수행한다는 건 어떨까 잘 상상이 안 가요. 아무래도 소설가는 쓰는 사람에 가깝고, 편집자는 읽는 일을 더 많이 할 것 같다는 생각이에요. 설령 그렇지 않더라도 읽고 쓰는 일로 삶을 굴리고 있다는 사실만큼은 자명해 보이는데요. 소설가 그리고 문학 편집자의 생활은 어떤가요? 두 직업 사이를 오가는 '일의 기쁨과 슬픔'은 무엇이라고 할 수 있을까요?

정 기쁨을 먼저 말하자면 이건 잘 갖춰진 순환 시스템이 아닐까 하는 것인데요. 책이라는 말로 통칭되기는 하지만 책은 장르도 형식도 무척 다양하기 때문에 이쪽을 읽는 데 피로해지면 바로 다른 쪽으로 떠나버릴 수 있다는 장점이 있습니다. 떠난 곳에서도 너무 오래 머무를 순 없으니 곧 돌아오게 됩니다. 마찬가지로 읽기에 지치면 제 마음대로 써보기도 하고, 쓰는 게 힘들어지면 실컷 읽으면 되고요. 책 주위만을 맴돌고 있는 것처럼도 보이지만 곰곰 되새겨보면 이 안에서 수많은 이동을 겪으며 시간을 보내고 있어요. 기쁨 다음으로 슬픔을 말해보자면 인생은 본래 지난하고 힘든 것이라는 데서 오는…… 그런 슬픔들이 있습니다.

소 소설은 거여동이라는 동네를 배경으로 하고 있어요. 그중에서도 교회가 자주 등장하지요. 교회에 다닌 지는 세 달 정도 되었지만 "찾아오는 사람을 막지 않고 무작정 환대하는" 공간인 만큼 그곳에서의 기은은 편안해 보여요. 제 기억 속 몇

장 없는 교회의 풍경은 많은 사람들이 드나드는 주일이나 달란트 마켓이 전부인데요. 소설 속 교회는 보다 작은 규모의 동네 교회 느낌인지라 마을 공동체처럼 느껴지기도 했어요. "일상의 리듬"을 바꾸고 싶어 휴직을 한 기은을 위한 공간인 것 같기도 하고요. 소설의 공간적 배경을 설정했을 때에 고려했던 점들이 있는지, 공간 구성에 대한 이야기를 들어보고 싶습니다.

　　정　잘 구획된 동네가 있는가 하면 이 골목으로 들어가면 어디로 이어지는 걸까 싶은 동네가 있고, 규모 있고 체계적인 교회가 있는가 하면 오는 사람들끼리 서로 얼굴을 다 알고 주어진 환경 안에서 가능한 것들을 시도해보면서 굴러가는 교회가 있는 것 같아요. 거여동은 소설에서 묘사한 것처럼 초입부터 커다란 고가교가 있고 그 때문인지 왠지 웃긴 불균형이 느껴지는 동네였어요. 골목마다 예상치 못한 마주침이 벌어지기도 했고요. 그런 동네와 어울리는, 인물들끼리 만나고 헤어지는 장소가 있다면 어떤 곳이 좋을까 생각해보니 자연스레 아무렇게나 사람들이 오고 가는, 그렇지만 결국은 얼굴을 아는 사람들끼리만 남게 되는 작은 교회가 떠올랐습니다. 인물들 사이에서 벌어지는 일도, 인물들이 서로를 처음 만나는 교회도, 그리고 또 거여동도, 결국 모두 다 크고 작은 거여동이다, 생각하며 썼던 것 같아요.

　　소　소설 속에서 기억에 남는 장면 중 하나가 바로 장례식이었어요. 기은은 장례식을 찾은 사람들을 "슬픈 사람"과 "슬프지 않은 사람"으로 분류를 합니다. 후자의 경우는 "슬픈 얼굴을 하고 슬픔 한가운데 선 사람들의 기색을 살피다 집으로 돌아"
가는 모습이었고, 기은 역시 그랬다고 할 수 있을 거예요. 누군
가의 죽음은 당연히 슬프지만, 정말로 슬퍼하는 이들에 비해 자
신의 슬픔이 한없이 작다는 사실을 확인하는 사람도 있다는 걸
기은을 통해 알게 되었어요. 그러고 보면 정말로 슬픔이라는 건
아주 즉각적인 반응을 불러일으킬 때도 있지만, 오래도록 곱씹
어보았을 때 서서히 밀려오는 감정이기도 한 것 같아요. 이는
슬픔이라는 감정의 층위를 생각해보게도 하는데요. 작가님도
기은처럼 슬픔을 오래 곱씹는 편일까요? 이 소설을 쓸 때 생각
했던 슬픔의 층위 중 가장 오래 머물렀던 건 어떤 것이었을지도
궁금합니다.

　　정　슬픔의 동료들이 많은 사건도 있지만, 어쩌다 저만 알
아챈 듯한 슬픔들도 자주 마주치게 됩니다. 그 찰나에 손을 뻗
지도 말을 건네지도 못하고 지나치고 나면 뒤돌아서 오랫동안
생각하게 되는 종류의 것이요. 그 사람의 슬픔을 오래 곱씹다가
나까지 슬퍼진다기보다는, 그 사람은 슬펐고 나는 지나왔다, 이
것이 뭔가 이상하다, 하는 이상함에 계속 머물게 되는 것 같아
요. 그마저도 하루 종일 머무는 것도 아니고 오며 가며 떠오르
면 생각에 잠기는 정도로요. 하루라는 짧은 시간만 돌이켜보아
도 이런 순간들은 셀 수 없이 많을 텐데요. 슬픔의 크기가 서로
달라서 놀라거나 죄책감에 휩싸이게 되거나 지나치는 것 말고
할 수 있는 것은 마땅치 않고, 홀로 그 안에 머무르는 이상함의
감각들이 쌓이고 쌓이다 보면 서로 전혀 관련 없는 슬픔들이 하
나로 보일 때도 있고 그렇습니다. 그럼 이야기로 소화해보고 싶

다 그런 생각도 들고요.

소   이 소설에서 세밀하게 나눠둔 슬픔의 층위 중에서는 사랑과 겹쳐지는 부분도 있는 듯합니다. 바로 기은이 준영을 떠올리며 "슬픈 마음" 속에서 "아늑함"을 느끼는 부분이었는데요. 보통 사랑을 말할 때 기쁨이나 설렘 등 긍정적인 감정을 먼저 떠올리는 데 반해 기은처럼 슬픔 속에서 뭔지 모를 좋음을 느끼는 건 조금 새삼스럽기도 했어요. 알 것 같기도, 여전히 모르는 것 같기도 한 이 깊숙한 슬픔 속 사랑에 대한 부연 설명을 듣고 싶습니다.

정   저도 그 마음이 사랑에 닿아 있다고 생각했어요. 기은이 보는 준영은 교회에 떠도는 슬픔에 자신보다 훨씬 가까운 사람인데요. 이전에는 기은이 저기 저 슬픔은 뭘까? 하고 제가 앞서 말한 이상함 쪽에 서서 발을 동동 구르고 있었다면 이제는 스스로 슬픔 쪽에 좀 더 다가간 것 같다, 준영과 좀 더 가까운 땅에 있을 수 있게 되었다, 하는 확신을 갖게 되면서 거기서 오는 안도감과 아늑함을 느낀 것이 아닐까 싶어요. 그렇게 같은 감정을 나누고 싶어 조바심이 나고 곧 안도하기도 하는 마음은 역시 사랑이라고 할 수 있을 것 같습니다.

소   슬픔의 층위에 대해 이야기했다면, 산책의 층위에 대해서도 이야기하지 않을 수 없겠지요. 소설이 기은의 산책으로부터 시작되는 만큼 기은에게 있어 산책은 중요한 행위 중 하나인데요. 특히 기은은 산책을 여러 개의 층위로 나누는 사람이기도 합니다. "오직 자신에 대해 골몰하며 걷기", "일종의 수양과도 같은 걷기", "동네의 비밀을 파악하는 산책" 순으로 층위가 점점 높아진다고 할 수 있을 거예요. 이러한 산책의 층위는 기은의 변화를 잘 보여주기도 하는데요. '나'에게 골몰했던 기은이 "동네의 비밀을 파악하는 산책"에 이르러서는 준영에게 알려주고 싶은 마음을 갖습니다. 다시 말해 점차 '나'에게서 타인으로 이동하는 마음의 변화를 보인다고 할 수 있겠어요. 산책이라는 산뜻한 행위와 마음의 움직임을 연결시킨 것이 자연스럽고도 귀엽다는 생각을 했는데요. 이제 '우리'라고 부를 수 있는 두 사람이 또 한 겹 산책의 층위를 쌓아본다면 그건 어떤 산책이라고 할 수 있을까요?

정 '우리'라고 부를 수 있는 상대와 산책을 하게 되면 그 사람과 마주 앉아서, 혹은 같이 누워서 하는 대화와는 조금 다른 느낌의 대화를 하게 되는 듯합니다. 찬찬히 떠올려보면······ '~하자!' '~할 거야.' '~하면 되겠지?' '그럼! ~하면 되지.' 이런 식의 크고 작은 다짐과 위로의 말들을 믿는 마음으로 쏟아내곤 하는데요. 믿음직한 친구와 산책을 할 때면, 결국 집에 다시 돌아오기는 하지만 계속 함께 앞으로 앞으로 걷기 때문인지, 이 다음의 시간들에 대한 생각을 평소보다 자연스레 그리고 자신만만하게 떠들게 됩니다. 층위로 설명해본다면 미래로 걷는 산책이라 할 수 있을까요. 그렇지만 결국 집으로 다시 돌아와서 맘 편히 잠드는······. 그럼 미래에서 출발해 현재로 돌아오는 산책이라고 할 수도 있겠습니다.

소 '김병철 들어라'로 시작하는 낙서를 쫓던 것이 산책의 시작이었던 만큼 이 낙서를 추적하는 산책은 소설의 후반부까지 이어지는데요. 낙서를 한 건 최창엽이라는 사실과 그에 얽힌 사연 등이 마침내 밝혀지게 되지요. 이는 단순히 한 개인의 사적 복수로 행해진 일이 아니라 정말로 동네의 숨겨진 비밀, 동네의 숨은 역사와 관련이 있어 더욱 흥미로웠습니다. 직접적으로 등장하지는 않지만 최창엽이라는 인물에 대해 좀 더 알고 싶어졌는데요. 김병철이 죽었다는 걸 알고도 낙서 기록을 멈추지 않은, 듣는 사람이 부재함에도 닿을 수 없는 기록을 남기는 그의 마음은 어떤 것일까요?

정 어디 사느냐고 묻는 흔한 질문에 '거여동'이라고 대답했을 때 몇 번이나 이런 답변이 돌아왔어요. '거마대학 거기?' 혹은 '일가족 살인 사건 일어난 동네 아냐?' 누군가에게는 이렇게 강렬한 사건들로 기억되고 있는 지역인데 그리로 새로 이주한 제게는 동네에 대한 정보가 아무것도 없으니 그저 평화롭다, 동네가 전체적으로 납작하네, 하는 감상뿐이었던…… 그 격차가 흥미로웠어요. 만약 최창엽과 같은 사람이 있었다면, 자신에겐 잔혹했을 그곳에서의 기억들이 시간이 지남에 따라 점점 희미해지는 게 무척이나 야속하지 않을까 싶었어요. 하지만 시간의 흐름은 한 개인이 어찌할 수 없는 것이니 그저 흔적을 남기자는 마음이 들 수도 있지 않을까 싶었고요. 어떻게 보면 화가 날 때 더욱 일기를 휘갈겨 쓰고 싶어지는 것과 비슷할 것 같아요. 최창엽 씨에게는 동네가 일기장이었을 수도요.

소   소설의 끝에 닿아 〈슬픈 마음 있는 사람〉이라는 찬송을 활자로 들으며 '슬픈 사람'과 '슬픈 마음 있는 사람'은 어떻게 다를까에 대한 물음이 생겼어요. 제 나름의 해석으로 '슬픈 사람'은 슬픔 안에 잠식된 사람인 데 반해 '슬픈 마음 있는 사람'은 마음 뒤에 '도'라는 조사가 생략된 사람인 것 같아요. 슬픈 마음만 있는 사람이 아니라 슬픈 마음도 있는 사람인 셈이죠. 그래서 자신 안에 있는 여러 마음 가운데 슬픈 마음을 돌아볼 수 있는 상태의 사람, 설령 아주 작더라도 그 마음을 들여다볼 수 있는 사람이 아닐까 싶었는데요. 작가님이 생각하는 '슬픈 사람'과 '슬픈 마음 있는 사람'은 어떠한 차이를 갖나요?

정   이게 〈슬픈 마음 있는 사람〉이라는 곡에 대한 설명은 아닐 텐데요. 성경 뒤에 붙은 찬송 악보를 보면 그 밑에 어떤 사람이 작곡했는지 그 정보가 써 있는 경우가 있어요. 언젠가 한 번 (지금은 제목이 기억나지 않는) 찬송을 부르다 그 아래를 봤는데 아내와 딸이 사고로 모두 죽은 뒤 작곡한 노래라고 소개가 되어 있는 거예요. 그런데 그 찬송은 기쁜 멜로디의 곡이었고요. 이 사람은 대체 어떤 시간을 보냈을까 짐작했던 시간이 기억에 꽤 오래 박혀 있었어요. 그리고 그 이후에 '슬픈 마음 있는 사람'이라는 찬송 제목을 보았을 때 문구의 구조가 좀 낯설다고 생각했어요. 왠지 거리감도 느껴지고 불필요하게 설명적이라는 생각도 들고요. 그때 예전에 보았던 다른 찬송의 작곡자 정보가 생각나면서 머릿속에서 그 둘이 연결이 되었습니다. 슬픔으로부터 거리감을 두려고 하거나, 거리감을 느끼는 사람이 슬픔에 대해 말한다면 이런 식으로 말하려나 싶었어요. '슬픈 마음 있는 사람'이라는 제목을 보았을 때 느꼈던 묘한 어색함이 자연스레 '슬픈 사람'과의 간극을 만들어준 것 같아요. 슬픔에 푹 빠져 있지 못하고 난처해하는 사람, 그렇지만 슬픔을 분명히 아는 사람 정도로요. 평론가님 말씀처럼 슬픔 말고 다른 생각에도 잠깐 다녀올 수 있는 사람일 것 같아요.

소　문득 궁금해졌어요. 소설 또는 문학을 생각할 때 작가님은 어떤 마음이 있는 사람인가요?

정　즐거운 마음이 있는 사람입니다.

소　어느덧 인터뷰를 마칠 시간인데요. 지난해 제 안의 슬픈 마음을 잘 들여다볼 수 있게 해준 이 소설과 정기현 작가님께 감사하다는 말씀을 드리며 앞으로의 계획을 여쭙는 것으로 마지막 질문을 남깁니다.

정　올해는 좀 덜 허둥대면서 여유를 갖고 일도 글쓰기도 잘해내고 싶어요. 초여름에 첫 소설집 출간이 예정되어 있는데요, 기다려주시면 감사하겠습니다. 마지막으로 소유정 평론가님, 인터뷰 진행 잘 이끌어주셔서 고마운 마음입니다. 읽어주신 분들께도요.

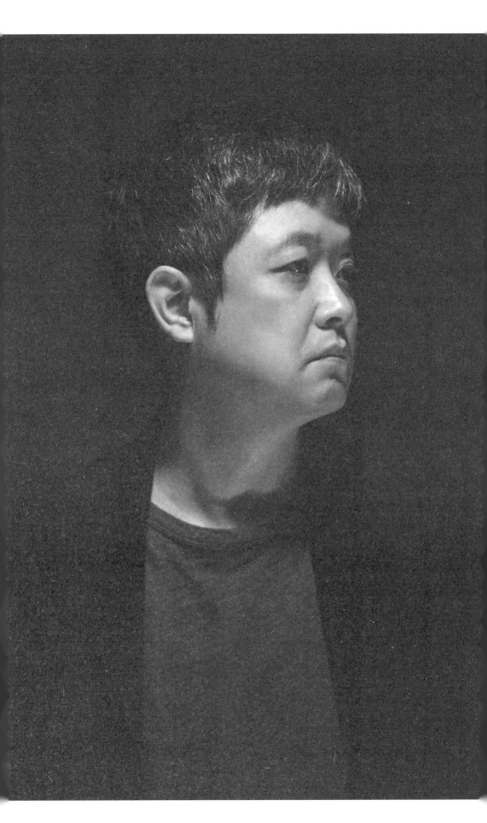

2025년 제48회 이상문학상 작품집

구아나

최민우

소설집 『머리검은토끼와 그 밖의 이야기들』 『힘내는 맛』, 장편소설 『점선의 영역』 『발목 깊이의 바다』가 있다.

구아나

    도윤과 해영은 연휴를 이용해 영화관을 찾았다. 코로나가 잦아들고도 두 사람이 OTT에 만족하여 발길을 끊었던 사이 영화계는 고난의 길을 걷고 있었고 몇 편의 천만 흥행작이 나왔지만 반등에 이르려면 아직 먼 듯했다. 두 사람이 갔던 영화관에는 기다리는 동안 앉아서 쉴 수 있는 의자가 없었으며 안내 직원도 보이지 않았다. 유니폼을 입고 있는 직원은 팝콘 판매대에만 서 있었다. 표 없이 들어가도 제지할 인력이 없는 것 같았다. 화장실은 청소가 덜 되어 있었고 상영관 의자에는 미처 치우지 못한 종이컵이 남아 있었다.

    그래도 영화는 재미있었다. 적어도 네티즌 별점이 뜯어말리던 정도만큼은 아니었다. 다만 쉴 새 없이 쏘고 베고 찌르고 폭발함에도 액션이 관객의 영혼을 충만하게 울리지 않는다는, 넷플릭스에 올라간 다음 1.5배속으로 봤어도 괜찮을 것 같았다는 생각이 도윤에게 들었을 뿐이었다. 엄청난 돈을 쏟아부어 만들거나 굉장한 스타가 나오지 않는 이상 사람들은 '최신 영화'의 개봉 날짜를 마음속으로는 극장 공개일에서 석 달 정도 뒤로

늦춰 잡는 게 습관이 된 듯했다. 영화가 끝나고 엔딩 크레디트가 오르자마자 직원이 청소를 하러 들어오는 바람에 두 사람은 쫓기듯 상영관에서 나와 맞은편 화덕피자집으로 들어갔다.

"다다음 주 토요일에 해준 오빠가 집에 오겠대." 해영이 피자에서 자꾸 달아나려는 루콜라를 포크로 추스르며 말했다. "그 전에 집 좀 손을 볼까 봐."

"어떻게?"

"전등 교체하고 도배도 새로 하고."

"그 정도면 좀이 아닌데." 도윤이 말했다. "갑자기 왜?"

"낡았잖아." 해영이 간단명료하게 말했다. "오래됐고. 남 보기에 좀 그래."

도윤은 오빠가 남인가, 생각하다가 남매가 종종 그러듯 요즘은 남이고 싶은 시기인가 보다고 생각을 고쳐먹었다.

"근데 꼭 집에서 봐야 해? 너네 오빠 전에 봤을 때 우리 중식 코스 먹었잖아. 나 거기 좋았는데. 맛있었고."

"나도 그러면 좋겠는데 오빠가 집에서 보재. 우리 집 와본 적이 한 번도 없다고. 어떻게 사는지 궁금하다는데 뭐라고 거절하냐. 식사는 근처 맛집에서 배달시켜 먹자더라."

"전등에 도배……." 도윤이 막연하게 중얼거렸다.

"요즘 혼자 하기 편하게 잘 나오잖아. 남들도 다 해. 금방 될 거야."

지하철역으로 가는 길에 두 사람은 아케이드 상가에 입점한 캐릭터 숍에 들렀다. 해영이 요즘 이게 인기라며 구아나 캐릭터 키링을 샀다. 도윤은 처음 보는 캐릭터였다. 도롱뇽과 비슷하게 생긴 귀여운 녹색 생명체가 플라스틱 코팅 사이에 끼어

방긋 웃고 있었다.

두 사람이 같이 살기로 결정한 건 사귀기 시작하고 1년쯤
되던 어느 날 공원 벤치에 나란히 앉아 있었을 때였다. 이유는
나중에 만들었다. 오고 가는 시간도 아깝고, 밥도 같이 해 먹고
등등. 지금 이 빌라에서는 2년을 살았고 얼마 전 전세 계약을 갱
신했다. 보증금 액수에 비해 연식이 무시무시하다는 단점은 역
세권이라는 장점과 등가교환이 되리라 판단했다. 실제로 참고
살면 살 만했고, 무엇보다 누수가 없다는 점이 좋았다. 집주인
은 건설 관련 일을 한다는 육십 대 남자였는데 이사 날 도윤과
해영의 짐이 들어가기 전에 비어 있던 집 전체를 휴대폰 카메라
로 꼼꼼하게 찍고 갔다. 전세 사기로 소란스럽던 시절 두 사람
이 마음의 평정을 그럭저럭 유지할 수 있었던 것도 그때 그 모
습을 봐서였다. 진짜 자기 집이니까 사진까지 찍으면서 확인하
겠지. 계약서나 등기부등본이나 죄다 휴지 조각이던 상황에서
믿을 것이라고는 인간의 소유욕뿐이었다.
해영이 아침에 의류 회사로 출근하고 나면 도윤은 조용해
진 집에서 유튜브의 실시간 플레이리스트 채널을 재생해놓고
개인이나 기업의 홈페이지를 제작했다. 무료 툴은 어차피 기능
이 제한되어 있고 유료로 전환해도 솜씨가 없으면 아무 의미가
없으므로 결국에는 돈을 주고 남에게 모두 맡기는 게 낫다는 생
각에 이르게 마련이었다. 다만 돈에는 시공을 무시하고 염치를
무화하는 힘이 있어서, 몇 달 전 다 마무리된 일을 가지고 다시
연락해 수정과 보완을 요구하는 근거도 돈을 주고 맡겼다는 것
이었고, 이제부터는 우리가 알아서 할 테니 지금 도윤이 사용하

고 있는 제작 툴의 사용법을 죄다 넘겨달라는 요구도 돈을 주고 맡겼기 때문에 가능한 것이었다. 그런 무리한 요구를 받을 때마다 도윤은 비스듬히 기울인 머리를 손가락으로 가볍게 받친 채 옆을 슬쩍 흘겨보는 안드로이드의 이미지를 떠올리곤 했다. 제정신입니까, 휴먼? 물론 정말 입 밖으로 그런 말을 내뱉지는 않았다. 웬만한 요구는 가능한 한 들어줬다.

점심을 먹고 설거지를 한 뒤 도윤은 소파에 앉아 거실을 둘러보았다. 도윤의 시선이 과거 이 집에 살았던 사람들의 영혼이 말라붙은 양 군데군데 누르스름한 얼룩이 끼어 있는 빛바랜 벽지를 이리저리 맴돌다 형광등에서 멈췄다. 형광등에 그을린 주변 벽지에 달라붙은 영혼은 속세에 미련이 강했는지 누리끼리한 갈색이었다. 지금에야 왜 여기 처음 들어올 때 도배를 하지 않았는지 의아할 수도 있겠지만 그때는 이 관계에 대해 둘 다 속으로 유보 조항을 달아두었을 테니 가능한 아무것도 건드리지 않는 편이 합리적이었을 것이고, 살다 보니 그 상태가 안주와 관성으로 자리 잡았을 것이다. 두 사람은 손님을 초대하는 일도 없었다. 사람을 만날 일이 생기면 모두 바깥에서 만났다. 찾아오는 사람이라고는 남의 집 벽지 따위 신경 쓸 이유가 없는 가스 검침원 정도가 전부였다. 그러니 사실상 해준이 이 집의 첫 손님이었다.

해준은 해영보다 일곱 살 많았는데, 자동차 회사 대리점 딜러로 시작해 본사로 진출한 뒤 독립하여 자기 사업체를 일궈내는 모든 과정을 10여 년 만에 해치운 입지전적 인물이었다. 체구가 컸지만 멀리서 보나 가까이서 보나 얼굴이나 몸보다는 주변을 후광처럼 둘러싼 자신감이 먼저 더 눈에 띄었다. 시시때때로 바뀌는 카카오톡 프로필에는 선글라스를 끼고 바다를 배경으로 가족과 찍은 셀카, 해발고도가 새겨진 산 정상 표지석에 여유 있게 기대어 선 모습, 골프장에서 사람들과 깃발을 중심으로 독수리 오 형제 포즈를 잡는 사진 등이 업데이트되었다. 사진 아래 글귀도 자주 바뀌었다. 역행하는 용기. 노라고 말하는 가르침. 오로지 나의 사랑하는 가족을 위해.

언젠가 밥이나 먹자고 해영이 불러서 나갔던 자리에서 해준을 처음 만났을 때, 도윤은 해준과 악수를 나누는 순간 그가 자기에 대한 견적을 순식간에 내고는 그 즉시 흥미를 잃었다는 사실을 알아차렸다. 도윤은 그런 쪽으로는 눈치가 빠른 편이었다. 3인 중식 코스 요리가 들락날락하는 동안 해준은 가끔 도윤에게 말을 붙이기는 했지만 주로 해영과 이야기를 했고, 도윤이 둘의 대화에 끼어들면 건성으로 대꾸하거나 못 들은 척했다. 그러다가 나중에 문득 생각난 듯 도윤에게 말했다. 홈페이지 제작이면 재택이겠네요? 편하시겠네. 나중에 우리 회사 홈페이지도 한번 문의해봐야겠네. 견적서 한번 보내줘봐요.

와서 무슨 소리를 할지는 몰라도 왜 오겠다고 하는지는 짐작이 갔다. 작년 가을 도윤의 아버지가 위암 수술을 받고 나서 도윤의 어머니가 아들에게 언제까지 혼자 살 거냐고 물어본 적이 있었다. 도윤은 속으로는 혼자 살지 않는데요, 다 아시면서, 라고 대답했지만 겉으로는 이번만큼은 한번 진지하게 생각해보겠다고 대답했다. 물론 도윤은 아무 생각도 하지 않았고 해영에게 그런 얘길 들었다는 말도 하지 않았다. 분명 해영에게도 비슷한 일이 있었겠지만 해영 역시 도윤에게 입을 다물었을 것이다. 도윤이 어머니의 심정을 이해 못 하는 건 아니었다. 제도에 순응하지 않으면 보통은 삶이 순탄치 않았다. 제도를 따르느냐 마느냐는 그 제도가 옳은지 그른지와는 다른 문제였다.

가끔은 시대가 두 사람의 편을 들고 있는 듯 보일 때가 있었다. 인터넷 게시판은 배우자의 학대와 배신에 대한 원망으로 가득했고, 이혼 전문 변호사들이 만화로 그린 의뢰인들의 어둡고 슬픈 사연과 그들을 통해 드러난 혼인 생활의 심연이 '#소름주의' 같은 태그를 달고 퍼져나갔으며, 익명 커뮤니티에는 남편을 세제에, 아내를 식기에 빗대는 불쾌한 표현이 넘쳐났다. 물론 그저 그렇게 보일 뿐 현실은 다르다는 사실은 도윤도 잘 알았다. 시대는 자신의 기준에 맞지 않는 것들을 탈곡기처럼 쳐내느라 바빠서 도윤이나 해영 같은 사람들에게 관심을 쏟을 겨를이 없었다. 해준의 방문 역시 두 사람이 지금껏 겪어왔던 일들의 연장선상에 불과할 것이다. 이미 누군가와 같이 사는 사람에게 언제까지 혼자 살 거냐고 묻는 것. 집 정리에 조금 더 신경을 써야 한다는 점만이 다를 뿐이었다.

도배부터 시작해야 했다. 형광등을 떼어내고, 벽지를 바르고, 형광등이 있던 자리에 LED 등을 설치한다. 하루에 끝내기는 어려우므로 첫째 날에는 천장을 도배한 뒤 등을 교체하고, 옆면 벽은 바를 수 있는 데까지 발라보다가 둘째 날 나머지 부분을 도배한다. 말로 하니 쉽고 빠르고 간단해 보였다.

두 사람은 전등과 벽지를 골랐다. 퇴근길 지하철에서 해영이 사람들에 부대끼며 스마트폰으로 검색한 제품을 중심으로 심도 깊은 토론이 이루어졌다. 둘은 서로의 벽지와 전등 취향이 다르다는 사실을 처음으로 알았다. 도윤은 무늬 있는 무광 벽지와 둥그런 전등을 선호하는 반면 해영은 무늬 없는 유광 벽지와 각진 전등을 좋아했다. 결론이 나지 않는 논의가 한참 이어지던 끝에 도윤은 그냥 네가 정하라고, 지금까지 고른 것 중에서라면 뭘 붙이고 뭘 달든 상관없다고 했다.

"그럼 진짜로 내가 알아서 한다?" 해영이 말했다.

택배로 LED 등이 먼저 도착했다. 도윤이 좋아하는 둥그런 모양이었다. 벽지는 해영의 취향대로 무늬가 없고 펄이 들어 있는 아이보리색이었다. 판매업체에서 무료배송으로 보내주는 샘플 몇 개를 받아 살펴보고 내린 결정이었다.

"괜찮네." 해영이 흡족해했다.

"이거 올 줄 알았잖아. 뭘 새삼스럽게."

"조각으로 보던 거랑 크게 펼쳐서 보는 거랑 달라 보여서."

토요일 오후에 둘은 몇 안 되는 가구들을 앞으로 빼고 형광등을 제거한 뒤 천장을 도배했다. 도윤은 설명서에 적힌 대로 이물질을 제거하고 모서리에 딱 맞춰 벽지를 붙인 뒤 밀대로 밀면서 기포가 일지 않도록 주의했다. 액정에 방탄필름을 붙이는 것과 비슷했다. 해영이 아래서 벽지를 잡아주었다. 잘되는 것 같았다. 다 끝나고 의자에서 내려와 천장을 확인했다. 잘된 것 같았다. 벽지 이음매에 틈이 살짝 벌어져 있는 정도는 인간 역시 완벽하지 않기 때문에 너그러이 보아 넘겨도 될 듯했다.

"목하고 어깨가 아파." 도윤이 말했다. "그 옛날에 무슨 화가 있지 않았냐? 교회에서 천장에 벽화 그리다가 목뒤가 굳어버린."

"미켈란젤로." 해영이 퀴즈쇼 참가자처럼 곧장 대답했다. "무슨 그림인지는 모르겠다."

두 사람은 저녁을 먹으러 밖으로 나갔다. 국밥집 앞에서 얼쩡거리는 도윤의 팔을 해영이 붙들어 돈부리집으로 데리고 갔다.

　전국 일식집에 상비약처럼 갖춰져 있는 『원피스』 캐릭터 피규어들이 내려다보는 가운데 도윤과 해영은 에비동과 가츠동을 먹었다. 밥을 먹는 동안 해영이 회사에서 터진 초대형 불륜 사건에 대해 얘기해줬다. 대표 포함 직원이 총 열다섯 명인 의류 회사에서 이 사건에 직접 얽혀 있는 사람만 네 명이었다. 그쯤 되면 흥미진진한 게 아니라 두려운 일이었다. 회사의 근간이 흔들리고 있었다. 당장 발주와 영업에 차질이 생기고 회계가 휘청거렸다.

　"그래서 누구 잘못인 거야?" 도윤이 물었다.

　"처음에는 신입이었는데 이제는 팀장. 최근에는 과장도 선의의 피해자만은 아닌 것 같다는 여론이 형성되고 있어."

　전등 설치는 유튜브를 참고했다. 영상 속 수더분한 인상의 척척박사 기술자들은 다들 전기 계통의 밥 로스라도 된 듯 참 쉽죠, 라고 입을 모아 말했다. 제가 여러분의 구독과 좋아요에 감사하는 마음으로 여러분의 돈을 절약시켜 드릴게요, 이 선을 여기까지 이렇게 빼고, 이 부품 빼먹지 않도록 주의하시고, 켜봅시다. 잘되네. 참 쉽죠?

　"진짜 쉽기는 쉽다."

　도윤이 불을 켠 다음 말했다. 아침 햇살에 물안개가 걷힌 호숫가처럼 집 안이 선명해졌다. 그동안 다소 침침하던 조명에 안주하며 지내던 것들—구석에 소복이 쌓인 먼지, 발뒤꿈치를 올려놓는 부분에 거무스름한 때가 낀 인조가죽 소파, 여기저기 긁

흰 흔적이 있는 중고 냉장고, 물때가 낀 싱크대, 아무렇게나 널린 양말과 속옷, 바닥의 머리카락, 식탁에 말라붙어 있는 국물과 소스 등—이 갑작스러운 광명에 깜짝 놀라 몸이 굳어 꼼짝도 못 했다. 소파와 냉장고 사이 바닥에 떨어져 있던 녹색 키링도.

"저거 그거 아냐? 그 캐릭터?" 도윤이 말했다.

"뭐가? 아, 구아나네!" 해영이 키링을 주워 먼지를 털었다. "이게 여기 있었구나. 얘가 진짜 어디로 도망갔나 싶었는데."

"그게 요즘 인기라고?"

"지금은 약간 죽긴 했어. 쇼츠 챌린지 하던 때가 난리였는데."

"근데 구아나가 뭐야?"

해영의 설명에 따르면 구아나는 신생 애니메이션 스튜디오가 몇 달 전 자기네 유튜브 계정에 올린 단편 애니메이션에 등장하는 전설의 괴수였다. 애니메이션의 내용은…… 아니다, 직접 보면 되지, 하면서 해영이 스마트폰을 내밀었다.

세상을 파괴할지도 모를 괴수들을 잠재우는 임무를 맡아 온 세상을 돌아다니는 두 명의 음악가가 전설의 괴수 구아나가 잠에서 깰 징조를 보인다는 소식에 서둘러 달려간다. 음울한 잿빛 화산지대에 도착한 음악가 두 명이 연주를 시작하는데 그만 한 명이 삑사리를 내는 바람에 구아나가 깨어나고 만다. 땅이 꿈틀거리고 하늘이 진동하면서 음악가들의 경악에 찬 표정이 화면을 가득 채우고, 엄청난 굉음과 함께…… 음악가들의 손바닥보다도 작은 녹색 괴수가 뛰쳐나와 땅바닥을 쪼르르 기어 달아난다. 벙쪄 있는 음악가들의 얼굴과 함께 애니메이션이 끝난다. 바로 이 장면, 커다란 괴수처럼 연출된 구아나가 조그만 녀석이라는 게 밝혀지면서 음악가들이 벙쪄 하는 장면이 쇼츠로 편집되어 엄청난 인기를 끌었다. 해당 영상은 2000만 회 이상의 조회수를 기록했고, 이 단편을 만든 애니메이션 스튜디오는 대형 기획사의 투자를 받아 구아나를 주인공으로 하는 TV 애니메이션 시리즈를 제작하기로 했다.

"귀엽네." 영상을 다 보고 나서 도윤이 말했다.

"배경음악도 좋아." 해영이 말했다.

토요일에 시작한 도배와 전등 교체는 일요일 오후에 끝났다. 둘은 뿌듯한 마음으로 집 안을 둘러보았다. 붙박이 가구들은 뗄 수 없어서 라인을 따 벽지를 잘라가며 붙이느라 고생했지만 멀리서 무심히 남의 집처럼 볼 때는 말끔했다. 문제는 도배를 하고 전등을 교체하자 지금껏 사용하던 물건들이 갑자기 엄청나게 낡아 보이기 시작했다는 사실이었다. 세간살이들이 갑자기 바뀐 환경에 적응하지 못하고 몸 둘 바를 몰라 쩔쩔매고 있었다.

"이건 예상 밖이네." 도윤이 말했다.

"나는 예상했는데." 해영이 말했다. "가방 살 때랑 똑같거든. 잘못 사면 옷하고 신발까지 가방에 맞춰 다 새로 해야 해. 그러니까 시작할 때 둘 중 하나를 결정해야 하는 거야. 지금 가진 것에 어울리는 가방을 사느냐, 가방부터 시작해서 다 바꾸느냐."

"그럼 이제부터 다 바꿔야 하는 거야?"

"일단은 여기까지." 해영이 말했다. "남에게 보일 만큼은 된 것 같아."

해준이 오기로 한 토요일 아침에 두 사람은 대형 마트로 가서 과일과 치즈, 간식거리를 사 왔다. 근처의 배달 가능하고 평점 좋은 맛집을 검색하고 집 안을 돌아보며 혹시 숨어 있을지 모를 먼지와 쓰레기를 수색했다. 중고로 샀던 식탁 위에는 로켓배송으로 받은 실리콘 매트를 놓았다. 또 필요한 게 있던가? 빠뜨린 건? 두 사람은 넓지도 않은 집 안을 괜히 허둥지둥 돌아다니다가 텔레비전을 켜고 소파에 앉았다. 뉴스가 나왔지만 둘 다 집중하지 못했다.

열두 시 반쯤 초인종이 울렸을 때 해영은 종종거리며 현관으로 가 문을 열었다. 예의 그 사람보다 자신감이 먼저 들이닥치는 느낌과 함께 해준이 안으로 들어왔다. 흰색 바람막이 점퍼에 검은색 면바지 차림이었고, 현관이 꽉 찰 듯했다. 해준은 못 본 새 체구가 더 커진 듯했다. 배는 조롱박처럼 둥그스름해졌고 얼굴의 살은 더 붙어서 머리가 커다란 호박 같았다.

"어이, 도윤 씨, 오랜만이에요."

해준이 도윤에게 손을 내밀었다. 따스하고 두툼하고 보송보송한 살집이 도윤의 손을 감쌌다. 도윤은 자기 손에 배어 있는 것 같은 땀이 신경 쓰였다. 태연한 척하려고 해도 그때의 경험이 떠올라 저도 모르게 위축되는 것이 느껴졌고, 도윤은 그 기분이 마음에 들지 않았다. 해준이 다른 쪽 손에 들고 있던 종이 가방을 도윤에게 내밀었다.

"이건 집들이 선물이고."

도윤이 종이 가방을 소파 옆에 놓았다. 해준은 해영과 함께 집 안을 이리저리 살펴보고 있었다. 해영은 부동산 중개업자처럼 오빠 뒤를 따라다니면서 여기는 도윤 씨 작업실이고, 여기는 욕실이고, 세탁기는 여기 있고, 하면서 종알종알 설명했다. 해준은 연신 고개를 끄덕이면서 천장을 올려다보고 다용도실을 기웃거리며 우수관을 노크하듯 통통 쳐봤다.

"연식은 아무래도 좀 있네. 누수는 없고?"

"누수 없어. 무엇보다 역세권. 여기가 지하철역까지 걸어서…… 아, 맞다, 오빠, 차는?"

"저기 길 건너 주차 타워에 놔두고 왔지. 로드뷰로 미리 보니까 여기 주차장 좁더라고. 점심도 배달 부탁해놨거든? 한 15분이면 올 거야."

"벌써? 우리도 맛집 알아봤는데."

"여기 오다 보니까 괜찮은 데 있던데? 내가 그런 방면으로는 촉이 좀 있잖아. 간판이랑 가게 안을 보는데 저건 맛집이다, 감이 오더라고."

"앉으시겠어요?" 도윤이 말했다.

"어? 아, 네, 그래요. 앉아서 기다립시다." 해준이 바람막이 점퍼를 벗어 식탁 의자 등받이에 걸어놓았다.

잠시 다들 말이 없었다. 도윤이 냉장고에서 생수병을 꺼내 컵과 함께 놓았다.

"저기, 물이라도…….'"

"아, 그래요, 고마워요." 해준이 물을 따라 마셨다.

"유진이는 잘 있어? 공부는? 얼굴 본 지 오래됐네. 보고 싶다." 해영이 말했다.

"공부 얘기는 묻지 마라. 난 모르니까." 해준이 말했다. "난 그냥 에이티엠이야, 인간 에이티엠. 나머지는 자기가 능력 있으면 알아서 잘하겠지. 그래도 저번에 영어 경시대회 나가서 우수상 받아 왔더라.”

다시 초인종이 울렸을 때 이번에는 도윤이 현관으로 나갔다. 도윤은 배달원에게서 넘겨받은 에비동 두 그릇과 가츠동 한 그릇, 새우튀김, 고로케를 식탁에 올려놓았다.

식사를 하는 동안 해준이 도윤에게 무슨 차를 모는지 물어보았다. 마치 세상에 운전면허와 자동차가 없는 사람이 있을 리 없다는 듯 차가 있는지는 묻지도 않았다. 도윤이 하이브리드 경차라고 대답하자 해준은 전기차와 휘발유차의 미래에 대해 길게 설명하기 시작했는데, 요점은 현재로서는 전기차는 시기상조처럼 보이지 않는 시기상조라는 것이었다.

“근본적으로는 삼전 문제가 해결돼야 해. 삼성전자 말고, 충전, 안전, 금전.”

“얘 차는 하이브리드인데?” 해영이 말했다.

“그건 자기들이 알아서 잘 살아남아야지.”

“진짜 하나 마나 한 소리 한다.”

후식으로 과일을 먹던 해준이 집 안을 둘러보다가 문득 알아차린 것처럼 말했다. “근데 도배를 새로 했나 보네? 벽지가 새것처럼 반짝인다?”

“그걸 이제야 얘기해? 고맙네, 아주.”

“아까는 배가 고파서 몰랐지. 언제 한 거야?”

“저번 주에. 도윤 씨랑 나랑 셀프로 둘이서 주말 내내 했어. 전등도 LED로 바꿨고.”

“아하. 그래서 이렇게 엉…… 농담인 거 알죠?” 해준이 도윤을 보며 씩 웃었다. 그리고 곧바로 말을 이었다. “실은 오늘 온 게 너하고 도윤 씨한테 할 얘기가 있어서인데.”

"응." 해영이 도윤에게 시작하려나 보다, 라고 말하는 듯한 눈빛을 슬쩍 던졌다.

"우리 외국 나갈 생각이야."

잠깐 침묵이 흐르다 해영이 입을 열었다. "응?"

"외국 나가서 살 생각이라고. 미국. 나하고, 유진이하고, 유진이 엄마하고."

해준이 계속 말했다. 생각은 오래전부터 했다. 유진이 공부 문제도 있고 해서 때를 보고 있었는데 최근 좋은 제안이 와서 준비 중이다. 한국 사업체는 넘기기로 했고 미국에서 동업 형식으로 다시 사업을 할 계획이다. 부모님은 모시고 가기 어려울 것 같아서 두 분은 그냥 여기 계시기로 했다……. 해준이 여기까지 얘기하는 동안 해영은 입을 벌린 채 듣기만 했다.

"아무튼 본론은 이게 아니고."

해준이 헛기침을 한 다음 멜론을 한 조각 더 먹었다.

"그래서 준비를 하는데 우리가 여기 다 같이 있을 때 가족 사진을 하나 남겨야겠다는 생각이 들더라고. 아버지, 어머니, 너, 나, 유진이, 유진이 엄마, 그리고 본인 생각은 어떨지 몰라도 도윤 씨까지. 너희들 이렇게 사는 건 사실인데 벌써 그것도 3년째니까. 우리 회사 직원 중에도 이렇게 사는 애들 있더라. 결혼 안 할 거냐 해도 지금이 좋대. 서로 책임질 게 적다면서. 시댁 친정 이런 것만 안 챙겨도 살겠다더라. 그렇다고 애들이 일을 못하냐 하면 그것도 아니고……. 아무튼 아버지 어머니께 여쭤봤는데 당신들이 결정할 게 아니고 여기다 물어봐라, 그래서 오늘 집들이 겸 온 거다."

"저기, 나 지금 갑자기 정보가 막 쏟아져서 어질어질하거든." 해영이 말했다. "이민 얘기 왜 나한테 안 했어? 언제 가는데?"

"나가는 건 유진이 어학원이랑 학교 문제도 있어서 내년 초쯤 되지 않나 싶고, 확실하게 정해지면 말해주려고 했지. 가족사진도 당장 찍겠다는 건 아니니까 급하게 결정할 건 없어. 잘 생각해보고 찍을지 말지 알려줘요." 해준이 말했다. 마지막 말은 도윤을 보면서 한 소리였다.

"사진만?" 해영이 말했다. "사진만 찍으면 되는 거야?"

"그래, 사진만. 가족사진. 생각해봐."

잠시 뒤 해준은 가봐야겠다며 자리에서 일어났다.

"오늘 가져온 거 술인데, 놔뒀다 둘이서 조금씩 마시면 돼. 도윤 씨 위스키 마셔요?"

도윤은 고개를 끄덕였지만 실은 마셔본 적이 없었다. 도윤의 주종은 소주, 맥주, 고량주였다. 해영이 해준을 바래다주러 나간 사이 도윤은 식탁을 정리했다. 부엌 상부장에서 위스키 잔과 가장 비슷하게 생긴 유리컵 두 개를 꺼내 식탁에 놓고, 먹고 남은 치즈와 과일도 따로 모아 접시에 담았으며, 종이 가방에 들어 있던 술병도 꺼내 올려놓았다.

15분쯤 뒤 돌아온 해영의 얼굴에는 딱 꼬집어 표현하기 힘든 감정이 깃들어 있었다. 도윤은 아마 자기 표정도 똑같으리라 생각했다.

"무슨 술이야?"

"조니워커." 도윤이 말했다. "블루라벨이라고 적혀 있네."

"마셔본 적 있어?"

"아니."

"나도. 맛이나 보자." 해영이 말했다.

해준이 다녀간 뒤 도윤과 해영은 평소대로 생활하는 동시에 평소와 달리 생활했다. 대화가 줄고 분위기가 조금 가라앉았으며 예민한 얘기가 나올 것 같으면 눈을 피하며 입을 다물었다. 일상의 루틴은 달라진 게 없었다. 해영이 출근을 하면 도윤은 조용해진 집에서 유튜브 플레이리스트를 틀어놓고 일을 했다. 쇼핑몰 홈페이지 제작 의뢰가 들어왔다. 요청 사항 중에는 구아나 캐릭터 굿즈를 메인으로 배치해달라는 항목도 있었다. 구아나 인형, 구아나 키링, 구아나 만화책, 구아나 휴대폰 받침대, 구아나 마우스패드, 구아나 물총, 줄을 당겼다 놓으면 욕실에서 헤엄치는 구아나 목욕놀이 장난감. 구아나는 땅에서 튀어나왔는데.

도윤은 작업을 하면서 구아나가 나오는 단편 애니메이션의 전체 영상을 여러 번 돌려 보았다. 어떤 부분은 재생을 멈추고 오래 바라보기도 했다. 영상에 표시된 '가장 많이 다시 본 장면'은 당연히 땅에서 거대한 괴물인 척하며 솟아 나온 구아나가 조그만 괴수라는 게 밝혀지는 순간이었지만 도윤이 재생을 멈춘 지점은 음악가들이 삑사리를 내는 장면이었다. 고깔모자를 쓴 음악가가 중요한 음을 틀리게 연주하는 순간 옆에 있던 다른 음악가가 입을 떡 벌리고 눈을 동그랗게 뜨며 고깔모자 음악가를 바라본다. 흥에 겨워 연주하다 실수를 알아차린 고깔모자 음악가의 표정도 천천히 변한다. 미소가 사라지고 입가가 일그러지면서 이마에 땀이 맺힌다. 이제 곧 닥칠 엄청난 재앙을 떠올리면서 모든 게 끝장났다는 예감에 전율하는 두 음악가의 표정이 실감 나게 그려진다. 그러다 결국 그 위기가 실은 별게 아니었음이 밝혀졌을 때, 허겁지겁 도망치는 구아나를 보면서 음악가들이 지은 어이없고 허탈해하고 일견 안도하는 듯한, 동시에 어쨌든 괴수가 풀려나고 말았으니 이제 저걸 어쩌나 하고 걱정하는 표정이 나오는 부분에서도 도윤은 재생을 잠시 멈췄다. 도윤은 구아나의 정체가 밝혀지는 장면보다 그 앞과 뒤의 장면이 더 마음에 들었다. 이 애니메이션을 제작한 사람들은 인간의 얼굴과 마음에 대해 공부를 많이 한 듯했다.

　해준이 왔던 날 도윤과 해영은 위스키를 마시면서 가족사진을 찍어야 하는지 말아야 하는지 이야기하다 크게 싸웠다. 해영은 우선 네 생각부터 듣고 싶다고 도윤에게 말했고, 도윤은 처음 마셔보는 위스키가 낯설었다. 소주는 목구멍으로 털어 넣으면 털어 넣는 대로 정직하게 아래로 떨어지고 맥주는 위가 출렁거리는 게 느껴지는데 위스키는 구르듯 매끈하게 식도를 따라 미끄러지다가 진하고 달달한 향이 강물을 거스르는 연어처럼 도로 올라와 입과 코를 휘저었다. 나중에 조니워커 블루라벨의 가격을 검색한 도윤은 자기가 아주 훌륭한 위스키로 이 분야에 입문을 했다는 사실을 알았지만 그건 나중 얘기였고, 아무튼 그 입과 코에서 움직이는 향이 마음에 들어 조금만 더, 조금만 더 하다가 어느덧 향이고 뭐고 알코올의 쾌락만을 추구하던 중 앉은자리에서 절반을 비웠으며, 그때쯤에는 혀 꼬인 소리로 안 찍어, 안 찍는다고, 내가 왜 니네 가족이야, 라고 말하다가 또 잠시 뒤에는 그래 찍자, 찍어, 뭐 혼인신고서에 도장 찍으라는 것도 아니고 사진만 찍자는데 그게 뭐 대수냐, 야 너네 오빠 생각했던 것보다 멀쩡한 인간이더라, 좋겠다, 좋은 가족이 있어서,

우리 아빠는 암에 걸리고 나서야 착해지던데, 라고 말했다. 결국 결론은 못 내린 셈이었다. 다음 날 도윤은 울적한 마음과 숙취로 깨질 듯한 머리를 들고 방에서 비틀비틀 걸어 나왔다. 해영은 한참 전에 출근한 뒤였다.

도윤은 세수를 하면서 전날 왜 그렇게까지 화가 났는지 곰곰이 생각했다. 말 그대로 사진 한 장 찍는 건데. 정말 별것도 아닌데. 지금 두 사람이 속해 있는 영역을 존중받지 못했다는 느낌 때문인 듯했다. 비난하지도, 거부하지도 않으면서 마치 명함을 밀어 넣어 잠긴 문을 여는 영화 속 장면처럼 사진을 구실로 가족과 혼인 사이의 경계로 슬쩍 밀고 들어온 것이 불쾌했다. 좋게 보자면 좋게, 나쁘게 보자면 나쁘게 보이는 제안이었다. 교묘했다. 사업도 그렇게 했겠지. 그래서 그렇게 성공을 했겠지. 그 교묘함으로 인해 해준에게 대놓고 화를 낼 수도 없다는 사실 때문에 더 기분이 가라앉았다.

화장실에서 나와보니 카카오톡 메시지가 와 있었다. 바탕색과 메뉴의 글자 색깔이 너무 비슷해서 글자가 잘 안 보인다고 우리 사장님께서 지적하셨다는 내용이었다. 그러게 제가 처음에 뭐랬습니까, 흠먼. 도윤은 한숨을 쉬고 작업실로 들어갔다.

전화나 이메일로 설명하기는 곤란하므로 직접 만나 칠판에 그림을 그리며 홈페이지 디자인을 알려주고 싶다고 고집을 부린 의뢰 고객을 만나러 도윤이 밖에 나갔다 와보니 해영이 소파에 앉아 텔레비전을 보고 있었다.

"저녁 먹고 온다더니." 도윤이 말했다.

"그냥 집에 와서 먹었어. 너는?"

"먹고 왔지."

도윤은 소파에 앉아 해영과 같이 뉴스를 보았다. 듣고 기분 좋을 소식은 별로 없었다. 머리가 희끗희끗한 기상학자가 인터뷰에서 여러분이 앞으로 맞이할 여름이 남은 평생 보내게 될 여름 중 가장 시원한 여름이 될 거라고 덤덤히 말했다. 이젠 입에 발린 소리조차도 없었다. 화면이 바뀌고 연녹색 정장을 입은 여성 앵커가 터치스크린 앞으로 걸어 나와 스크린에 뜬 바다를 손으로 짚어가며 지난 20년간의 수온 변화를 설명했다. 앵커의 손이 닿는 곳마다 스크린이 불그스레해졌다.

"저 아나운서 입은 옷, 우리 회사 옷이야. 협찬 들어갔어."

"진짜? 잘됐네."

"근데 저 협찬 넣은 팀장님은 퇴사했고. 불륜 사건 때문에."

"그런 말 들으니까 또 갑자기 숙연해지네."

스포츠 뉴스를 지나 날씨 예보까지 다 끝나고 광고가 나오자 해영이 텔레비전을 끄고 자리에서 일어섰다. 어디서 택배 상자를 하나 가져온 해영이 상자를 소파와 텔레비전 사이에 내려놓고 그 앞에 주저앉아 상자 안에 들어 있던 작은 골판지 상자들을 꺼내 바닥에 늘어놓았다.

"이게 뭐야?" 도윤이 물었다.

"문손잡이."

"문손잡이는 왜?"

"바꾸게. 우리 집 문손잡이 세 개 중에 두 개가 고장 났잖아. 네 작업실하고 욕실. 침실도 사실 간당간당하고."

"너네 오빠 또 오신대?"

"아냐. 이건 우리를 위해 고치는 거야." 해영이 말했다. 도윤을 바라보는 두 눈에 각오가 깃들어 있었다. "뭐가 문제일까 며칠 동안 생각을 해봤는데, 역시 그거였어. 오빠에게 보여주려고 도배를 하고 전등을 바꿔 단 거. 정작 우리가 구질구질한 환경에서 살고 있는데 어떻게 남들한테 당당하겠어? 생각하면 할수록 열받아. 절대 거절 못 할 조건을 만들어가지고 내미니까 말도 제대로 못 하고 어버버하다가 그냥 당하고 끝났잖아. 이제부터 이 집 하나씩 고칠 거야. 문손잡이 바꾸고, 싱크대 수전 바꾸고, 욕실 곰팡이도 다 닦고, 벽이랑 바닥 줄눈도 새로 그리고, 저 후줄근한 상부장도 떼서 새걸로 바꿀 거야. 일단 우리끼리 할 수 있는 건 다 바꾸겠어. 그런 다음 멋진 집에서 살 거야."

"여기 전셋집이잖아."

"지금 우리가 사는 집이지."

"이사할 때 다 뜯어 갈 수 있는 것도 아니고, 바꾸면 나중에 집주인만 사진 찍을 때 신나고……."

"어쨌든 앞으로 2년은 우리 집이야. 쓸 때는 우리가 좋은 거고, 나중에는 들어올 사람이 좋은 거지. 선한 영향력을 끼쳐보자고."

"가족사진은 어떡할 거야?" 도윤이 말했다.

"그건 지금 중요하지 않아. 내일 당장 찍을 것도 아니고. 그 얘기는 집수리 다 끝난 다음에 하자. 손잡이 언제 바꿀까?"

두 사람 모두 문손잡이를 교체해본 적이 없었으므로 일단 작업실 문손잡이를 시험 삼아 바꿔보기로 했다. 드라이버로 손잡이를 분해해야 하는데 집에 드라이버가 없었다. 도윤은 가까운 다이소로 뛰어가 십자드라이버를 사 왔다. 집에 부족한 게 많았다. 조만간 집수리에 쓸 도구를 한꺼번에 장만해야 할 듯했다.

　도윤은 드라이버를 돌려 양쪽 문손잡이를 떼어낸 다음 남아 있던 래치도 마저 분리해 뽑아냈다. 그리고 나서 문에 난 구멍에 묻어 있는 합판 조각들을 손으로 털어냈다. 해영은 골판지 상자에서 새 문손잡이를 꺼내 부품을 바닥에 늘어놓았다. 도윤이 상자에 적혀 있는 조립법을 읽고 나서 새 래치를 밀어 고정시키고 문 양쪽으로 손잡이를 연결하는 동안 해영은 문이 움직이지 않도록 잡고 있었다. 교체 작업은 10분도 안 되어 끝났다. 도윤이 문을 바깥쪽으로 밀자 딸각, 하는 소리와 함께 문이 닫히고 손잡이를 움직여 안으로 당기자 소리도 없이 열렸다.

　"원래부터 여기 달려 있었던 것 같네." 도윤이 말했다.

　"그러게. 감쪽같다." 해영이 말했다.

　도윤과 해영은 이 집의 일원이 된 문손잡이를 뿌듯한 기분으로 바라보았다. 흔들의자의 다리처럼 완만하게 휘어진 금속 곡선이 방금 이뤄진 간단한 성취에 어울리는 부드러운 빛을 발했다. 어디든 무엇이든 붙들 것이 있다면 그다음은 어찌어찌 해나갈 수 있었다.

「구아나」 최민우 작가와의 대담

전기화 | 문학평론가, 제48회 이상문학상 예심위원

전기화(이하 '전') 최민우 작가님, 제48회 이상문학상 우수상 수상을 진심으로 축하드립니다. 수상작으로 선정된 작품 「구아나」는 『악스트』 2024년 9/10월호에 실렸던 작품이지요. 잔잔하고 덤덤한 듯 보이지만 읽을수록 정교하고도 섬세한 맛이 느껴지는 이 소설이 보다 많은 독자분들께 가닿을 수 있게 되어 독자로서 기쁜 마음이 들어요. 작가님께서는 무엇을 하던 중에 소식을 들으셨나요? 수상 소식을 듣고 어떠셨는지도 궁금합니다.

최민우(이하 '최') 축하해주셔서 감사합니다. 수상 소식은 집안일을 하던 중에 들었습니다. 당연히 놀랐고, 뛰어난 작가들과 함께 이상문학상을 받게 되어 기쁩니다.

전 「구아나」는 연인 사이인 '도윤'과 '해영'이 영화관을 방문하는 장면에서 시작합니다. 코로나 이후 쓸쓸하고 어수선한 모습이 되어버린 영화관에서 영화를 보고 나온 뒤, 도윤은 넷플릭스에서 빠르게 돌려 봤어도 괜찮았을 거라는 생각을 하죠. 집으로 돌아오는 길 해영은 쇼츠로 큰 인기를 끈 캐릭터의 키링을 구매하고요. 이렇듯 소설의 도입부는 과장된 제스처 없이도 정교하게 2020년대 한국 사회의 일상적 모습을 스케치합니다. 아마도 「구아나」를 읽은 독자분들은 소설 속 인물들을 어디선가 한 번쯤 만나본 적이 있는 것처럼 생생하게 느끼실 것 같은데, 인물들이 독자들의 세계와 매우 가까운 곳에 위치하고 있기 때문이 아닌가 해요. 이렇듯 가까운 거리감에 담긴 의도와 작가님의 생각을 듣고 싶어요.

최　첫 장면에서는 이 이야기 속 인물들이 평범한 사람들이며, 이 사람들이 앞으로 겪게 될 일이 특이하거나 정서적으로 강렬한 상황에서 벌어지는 일이 아니라는 점을 보여주고 싶었습니다. 쓰는 동안에는 가급적 해설자나 논평자의 자세를 지양하고자 노력했고, 이야기의 감정적 진폭 역시 크지 않았으면 좋겠다고 생각했습니다. 그러다 보니 작가인 제 시선도 둘의 생활을 차분히 따라가기 좋은 정도의 거리를 두게 된 듯합니다. 그것이 무엇을 의도했는지 물으신다면…… 좀 이상하게 들릴지도 모르겠습니다만 '단편'을 써보고 싶었습니다. 너무 많은 것을 담지 않은 단편이라고 해도 될 것 같습니다.

전　「구아나」에는 우리가 일상에서 느끼고 스쳐온 감각들이 문장으로 정확하게 조탁되어 있어 소설 읽기의 즐거움도 가득합니다. 이를테면 도윤이 빛바랜 벽지에서 사람들의 영혼이 달라붙은 형상을 발견한다거나, 도윤과 해영이 새로이 도배를 하고 전등을 갈아 끼우는 순간 "다소 침침하던 조명에 안주하며 지냈던 것들"이 적응하지 못하는 듯 보였다는 등, 공간과 분위기에 대한 서술이 대표적이에요. 사실 「구아나」 속 연인들의 주거 공간에 대한 감각은 자신들의 관계에 대한 감각과 긴밀하게 연결되어 있기도 하지요. 작가님께서 「구아나」의 인물들이 살아가는 빌라 공간을 어떻게 구체화하셨는지 그 창작의 과정도 궁금하고, 평소 작가님께서는 주거 공간이나 작업 공간 등을 예민하게 감각하시는지도 궁금해져요.

최   특정한 형태의 빌라보다는 제 기억과 경험이 모호하게 뒤섞인 '빌라를 닮은' 공간을 염두에 두며 작업했습니다. 물론 그 안의 구체적인 생활상은 21세기 한국에서 살고 있는 저와 독자가 공유하는 바가 있을 것이므로, 저와 제 주변의 일상에서 보고 들으며 생각해두었던 것들을 이용해 그 공통의 감각을 가능한 한 분명히 전달하고자 노력했고, 그러면 첫 손님을 맞이하고자 낡고 어지러운 집을 정리하며 바삐 움직이는 두 사람의 기분도 전해지지 않을까 싶었습니다.
  작업 공간에 대해서라면, 개방된 장소(예를 들어 카페)에서는 일을 잘 못합니다. 딴짓을 많이 하거든요. 그래서 보통은 주거 공간이 작업 공간입니다. 여기서는 딴짓을 덜 합니다. 말해놓고 보니 예민하네요.

전   소설은 동거 중인 연인 도윤과 해영의 집에, 해영의 오빠인 해준이 방문하는 사건을 중심적으로 다룹니다. 도윤과 해영은 시대와 크게 어긋나지 않은 양 묻어가고 있지만, 이따금 주변 사람들로부터 결혼이라는 제도에 순응할 것을 은근하게 요구받곤 하죠. 가족사진을 함께 찍자는 해준의 제안 역시 그러한 요구의 일종이라 할 텐데요, 그 제안이 지극히 부드럽고도 교묘하다는 점이 인상적이었어요. 오늘날 제도의 힘이란 게 야만스럽기보다는 오히려 배려의 형태를 띤 채 교묘해져 다루기가 더욱 까다로워졌다는 점이 정확하게 담겼다고도 느꼈습니다.

어쩌면 그 까다로움 때문에 소설 마지막 부분에서 해영이 만들어내는 작고도 단단한 전환이 더욱 인상 깊고 감동적으로까지 다가왔던 것 같아요. 집을 고치자는 해영의 제안은 전세와 빌라라는 조건에서 구성되어버린 도윤과 해영 자신의 관성화된 태도를 흩트리는 계기라고도 생각했어요. 그런 면에서 조금은 얄궂지만 해준의 방문은 이들에게 필요했던 사건 같기도 했습니다. 작게는 한 동거 연인의 이야기이지만, 크게는 한국 사회에서 제도에 순응하지 않은 채로도 어떻게 고유하면서도 유연하게 살아갈 수 있을까에 대한 고민이 담긴 소설처럼도 읽힙니다. 작가님께서는 어떻게 이 소설을 쓰게 되셨나요? 이 소설을 통해 담아내고자 하신 바에 대해 들려주세요.

최 이 단편을 쓰기 얼마 전에 실제로 문손잡이를 교체했습니다. 처음에는 고장 난 손잡이만 바꾸려고 했는데 하다 보니 결국에는 집 안 문손잡이를 전부 교체했어요. 소소한 경험이지만 이에 대해 뭔가 쓰면 좋겠다고 생각했고, 그렇게 시작했습니다. 세 사람이 같이 앉아 있는 장면은 처음 썼을 때는 좀 날카로웠습니다. 분위기도 날이 서 있었고 대화도 뾰족했습니다. 장면의 분위기가 처음 의도와 어긋나서 고민하다가 소설 속 그 자리에 사실 '나쁜' 사람은 없다는 점이 머릿속에 떠올랐고, 해준이 들고 온 제안 역시 마찬가지일 것이라는 데까지 생각이 미쳤습니다.

원고를 작업하던 당시에는 '제도'에 대해 깊이 생각하지 않았습니다. 그랬다면 전혀 다른 이야기가 되었을 겁니다. 정확히 짚어주신 것처럼 두 사람이 제도의 '배려하는' 요구를 계기로 안주와 관성에서 벗어나 서로의 관계를 (집수리를 통해) 점검하는 과정이 중요하다고 보았습니다. 이 단편에서 할 수 있는 일은 그 정도라고 여겼던 거죠. 오히려 제도에 대해서는 요즘 생각이 많습니다. 제도의 기반 자체가 폭력적으로 위협당하는 상황을 보고 나니 제도라는 제약이 주는 안정감 혹은 보호받는다는 감각이 다른 느낌으로 다가오기도 합니다. 도윤과 해영 역시 결혼이라는 제도와는 갈등을 빚고 있지만 다른 형태의 제도(이를테면 직업이라는 제도)에는 그럭저럭 잘 적응하며 살아가고 있는 건 아닐까요. 당분간 이 문제를 곰곰이 생각할 듯합니다.

전 해준에 대해서도 이야기해보고 싶은데요, 해준은 오늘날 한국 소설에서 드물어진 '믿음직스러운 젊은 가부장' 캐릭터입니다. 동네를 미리 살피고 맛집에서 배달까지 미리 시켜두는 생활력이나 센스, 장악력이라든가, 딸 이야기를 하며 자기 비하를 하는 듯 보이지만 사실은 딸을 자랑하는 모습이라든가, 촘촘한 디테일들이 이 인물을 조금씩 더 입체적으로 만들어주어서 좋았습니다. 다소 까칠하고도 예민한 기질로 설정된 소설의 초점화자 도윤과 대조적으로 그려졌다고도 생각했는데, 작가님께서 두 인물에 대해 가지고 계신 생각도 궁금해요.

최　해준이 요즘 소설에서 드문 캐릭터라는 지적은 말씀을 들고 보니 '아 그런가' 싶었습니다. 진취적으로 열심히 살아가는 '사장님' 타입을 경험과 상상으로 스케치해본 인물입니다. 도윤은 초점화자라 더 그래 보이기도 하겠지만 지금 다시 읽으니 아무래도 좀 '소설적'으로 보이는 면이 있네요. 방에 콕 틀어박혀 혼자 일하며 구시렁대죠. 제 경험상 초점화자들 중에 그런 성격이 드물지 않은 듯합니다.

제 생각에 해준 역시 그날 그 자리가 편치는 않았으리라고 봅니다. 다만 도윤과는 달리 해준은 그 불편함을 딱히 곱씹지 않을 겁니다. 어쨌거나 자기 할 말은 다 했으니까요.

전　소설의 마지막에서 해영은 해준의 제안에 붙들리는 대신, "우리를 위해" 우리가 사는 집을 고치자고 제안하죠. 저는 두 사람이 문손잡이를 함께 교체하는 장면이 참 좋았어요. 이들이 고친 것이, 공간과 공간을 막아주기도 하지만 동시에 다른 공간으로 넘어가기 위해서는 꼭 '붙들어야' 하는 문손잡이라는 점도요. 도윤과 해영은 앞으로 어떠한 모습으로 살아가게 될까요? 작가님께서 두 인물에 대해 가지고 계신 감정이 궁금해요. 소설의 마지막 부분을 쓰실 때에는 어떤 느낌이었는지도 들려주시면 좋겠습니다.

최　레이먼드 카버가 "작가는 자신의 등장인물이 아니에요. 하지만 등장인물들은 작가 자신이죠."라고 말한 적이 있는데 두 사람에 대한 제 감정도 그와 비슷합니다. 저는 도윤과 해영이 현명한 결정을 내리길 바라고 그러리라 기대합니다. 좀 더 정확히 말하면, 두 사람이 내린 결정은 분명 현명한 결정일 겁니다. 단편의 마지막 부분은 큰 망설임 없이 빠르게 썼고, 퇴고할 때도 거의 고치지 않았습니다.

전　소설의 제목이기도 한 '구아나'에 대해서도 이야기해보고 싶어요. 소설 속 '구아나'는 쇼츠로 큰 인기를 끌게 된 애니메이션에 등장하는 조그만 괴수의 이름입니다. 그런데 그 애니메이션에 등장하는 두 명의 음악가를 「구아나」 속 도윤과 해영을 유비하는 것으로 읽어볼 수도 있을 것 같아요. 도윤은 애니메이션을 보고서는 구아나 자체보다 두 음악가들이 짓는 표정에 주목하죠. 모든 게 끝났다고 생각했지만 "그 위기가 실은 별게 아니었음이 밝혀졌을 때"를 전후로 한 두 음악가의 복잡미묘한 표정을요. 그것은 「구아나」에서 해준의 방문 그 자체보다도, 그것을 전후로 일렁이는 도윤과 해영의 변화에 주목하게 되는 「구아나」의 독자들과도 닮아 있지 않은가 싶어요. 그런 점에서 '구아나'란 제목은 아이러니하고도 정확한 제목이라고 느껴집니다. 작가님께서 제목을 어떻게 짓게 되셨는지, 그리고 '구아나'라는 귀여운 괴수 캐릭터를 만들어내실 때 어디에서 영감을 받으셨는지도 궁금해요.

최　구아나와 두 음악가는 다른 단편 작업에서 스케치해두었던 캐릭터입니다. 올라퍼 아르날즈(Ólafur Arnalds)라는 아이슬란드 음악가가 자기 밴드와 함께 아이슬란드 화산지대에서 라이브 공연을 하는 유튜브 영상을 본 적이 있는데요, 저 사람들 발밑에 괴수가 잠들어 있다면 어떻게 될까, 하는 상상을 문득 했습니다. 하지만 그 단편에는 결국 들어가지 못했습니다. 이 단편을 작업하던 중 여기에 구아나와 음악가들을 부르면 좋겠다는 생각이 떠올랐는데, 막상 들어오니 예상보다 훨씬 당당하게 자리를 잡고 제목까지 차지해버려서 저도 놀랐습니다.

'구아나'라는 이름은 즉흥적으로 지었습니다. '구아바'라는 열대 과일이 있다는 사실은 알고 있어서 그 이름에 무의식적으로 영향을 받은 걸까 싶지만 정작 구아바는 실제로 본 적도, 맛본 적도 없네요.

전 끝으로 인터뷰를 마무리하는 작가님의 소감과, 앞으로의 작품 활동 계획에 대해 듣고 싶습니다. 『이상문학상 작품집』을 통해 만나게 될 독자분들께 남기고 싶은 인사가 있다면 함께 부탁드릴게요.

최 소설을 세심하고 따뜻한 시선으로 읽어주신 덕에 저 또한 이 기회를 빌려 제 작업을 돌이켜볼 수 있어 즐거웠습니다. 이 작품집으로 독자 여러분께 인사드릴 수 있어 기쁘고, 곧 다른 소설로 만날 수 있으면 좋겠습니다.

2025년 제48회 이상문학상 작품집

3부

심사평

심사 경위

제48회 이상문학상
심사 경위

1. 1977년 제정된 이상문학상은 국내에 한 해 동안 발표된 모든 중·단편소설 중 가장 빼어난 작품을 선정해 표창함으로써 한국문학의 현재를 확인하고 나아가 한국문학의 발전에 이바지하는 것을 목적으로 한다.

2. 2025년 제48회 이상문학상 심사는 예심과 본심으로 나뉘어 진행되었다.

3. 예심에서는 박혜진, 선우은실, 소유정, 심완선, 오은교, 전기화 등 6인의 문학평론가가 심사를 맡았다. 예심위원들은 웹진을 포함한 국내 주요 문예지에 2024년 1월부터 12월까지 발표된 약 300여 편의 중·단편소설을 두루 살폈다. 모든 예심위원이 각자 모든 후보작을 살피는 중복 심사의 방식이었으며, 오직 작품성만을 심사 기준으로 삼는다는 대원칙하에 2024년 발표작이라면 그 어떠한 배제의 조건을 달지 않고 모두 심사 대상으로 삼았다. 이에 따라 이상문학상 대상 기수상작가의 작품과

이미 단행본으로 출간된 작품도 심사 대상에 포함되었다. 단, 본심 심사를 맡은 작가의 작품은 공정성을 위하여 심사 대상에서 제외하였다.

4. 예심 결과 총 30편의 작품이 본심에 진출하였다. 본심 진출작은 아래와 같다. (작가 이름 가나다순)

강화길	「거푸집의 형태」
구병모	「엄마의 완성」
김기태	「일렉트릭 픽션」
김병운	「만나고 나서 하는 생각」
김혜진	「빈티지 엽서」
김혜진	「청란」
문지혁	「허리케인 나이트」
백온유	「내가 있어야 할 곳」
백온유	「반의반의 반」
서장원	「리틀 프라이드」
손보미	「동전의 양면」
안보윤	「양지맨션」
예소연	「그 개와 혁명」
윤 단	「남은 여름」
윤성희	「여름엔 참외」
이기호	「반감기」
이미상	「옮겨붙은 소망」
이서수	「몸과 비밀들」

이아토	「숨구멍」
이유리	「무기여 잘 있거라」
이주혜	「여름 손님입니까」
이희주	「최애의 아이」
전예진	「방문」
전춘화	「여기는 서울」
정기현	「슬픈 마음 있는 사람」
조해진	「내일의 송이에게」
천운영	「등에 쓴 글자」
최민우	「구아나」
편혜영	「아파트먼트」
현호정	「~~물결치는~몸~떠다니는~혼~~」

5. 본심에서는 은희경(운영위원 겸임), 김경욱, 최진영 등 3인의 소설가와 김형중, 신수정 등 2인의 문학평론가가 심사를 맡았다. 본심위원들은 2025년 1월 한자리에 모여 토론의 방식으로 심사를 진행했다. 먼저 30편의 본심 진출작 가운데 6편의 입상작을 선정하는 과정을 거쳤다. 긴 시간의 논의와 토론 끝에 6편의 작품을 어렵사리 선정한 데 반해, 그중에서 대상 수상작 1편을 결정하는 데에는 그리 오랜 시간이 걸리지 않았다. 예소연의 「그 개와 혁명」을 대상 수상작으로 선정하는 데 5인의 심사위원 전원이 흔쾌히 동의함으로써 제48회 이상문학상 심사가 모두 완료되었다.

2025년 제48회 이상문학상 작품집

심사평

김경욱　　김형중　　신수정　　은희경　　최진영

무엇을 할 것인가

김경욱 │ 소설가, 제48회 이상문학상 본심위원

「그 개와 혁명」.

이상의 시 제목 같기도 한 이 소설이 그의 이름으로 상을 받는 세계는 어쩌면 존재하지 못할 수도 있었다.

암에 걸린 학생운동 세대 아버지('태수 씨')와 그를 떠나보내는 '페미 운동' 세대 딸('수민')이 꾸미는 개같이 따스하고 혁명적으로 유머러스한 장례 이야기. 수민은 지인들에게 남긴 태수 씨의 마지막 메시지를 목소리까지 흉내 내어 전한다. 죽은 자가 산 자의 입을 빌려 조문객을 맞는 장례식장이라니. 장례의 주인공이 상주가 아닌 고인이라니. 삶과 죽음이 이토록 혁명적으로 재배치된 곳이라면 조문객이 이런 인사를 들어도 그리 이상한 일은 아니다.

"300만 원은 꼭 우리 수민이한테 갚아주쇼. 당신 러시아 간다고 했을 때 내가 부쳤던 돈."

조문객('성식이 형')은 태수 씨와 함께 화염병 꽤나 던졌던 '민주85' 학번. 성식이 형은 '북조선의 지령을 받고 러시아'에 갔다 '러시아 인터폴에게 붙잡'혀 '국가보안법 위반으로' 장기

복역한 몸인데, 세월은 30년도 훌쩍 지나 NL과 PD가 뭔지도 모르는 수민이 태수 씨의 목소리로 묵은 빚을 갚으라는 것이다.

성식이 형은 어떤 반응을 보였나. 250만 원은 그 자리에서 이체하고 나머지 50만 원은 잠깐 바깥바람 쐬며 피운 맞담배(수민에게 빌려준 한 개비)로 퉁치자는 농담 같은 진담으로 응수하는 성식이 형. 어느새 나는 심사고 뭐고 그냥 독자로서 온몸이 몽글몽글해지는가 싶더니 중력을 거슬러 붕 떠오르고 있었다. 내 마음에 양자물리학적 점프를 일으킨 이 소설은 어느 순간 나를 수많은 평행우주 중 하나로 데려갔다. 그 유니버스에서 이 소설은 이상문학상을 받기는커녕 출판마저 금지되었다. 제목에 '혁명'이라는 빨간 단어가 들어갔다는 이유로. 어쩌면 혁명이라는 거룩한(5·16혁명, 12·12혁명, 12·3혁명!) 두 글자 앞에 개가 버티고 있다는 이유로. 단지 '종북좌빨'들이 줄줄이 등장한다는 이유로. 작년 12월 3일 밤 공표된 포고령('모든 언론과 출판은 계엄사의 통제를 받는다.')을 막아내지 못한 유니버스라면.

빼어난 많은 소설들이 그런 것처럼 「그 개와 혁명」은 시간에 관한 이야기다. 시간의 동시성에 관한 소설이라면 더 정확하려나. 진짜 민주85 학번들에게 북조선의 지령이니 러시아 인터폴이니 '똑딱 핀' 공장 위장 취업이니 하는 삽화들은 뭘 잘 모르고 하는 소리로 들릴지도 모른다. 노동과 혁명에 청춘의 열정을 불사른 태수 씨가 대학생이 된 수민에게 했던 질문처럼. "결혼은 같이 하는 건데, 남자가 무조건 집을 해 와야 한다는 게 정말 요즘 여자들의 생각이니?"

나는 90학번이다. X세대라 불리던 우리 세대에게 80년대 학생운동은 이미 전설의 영역이었다. 과외로 돈이 좀 생기면 메이커 옷을 사 입을 궁리부터 했고, 집회에 나가자는 선배들을 피해 도서관으로 피신하곤 했다. 눈금자와 샤프펜슬로 밑줄을 반듯하게 그어가며 법전을 외는 학생들이 로열석을 차지한 자유열람실. 언제나 비어 있는 화장실 앞자리에 앉아 나는 『이상문학상 작품집』을 꿀단지처럼 아껴가며 읽곤 했다. 태수 씨가 말한 "도서관만 다니던 뜨내기"였다. "이제까지 모든 철학은 세계를 해석하는 데 그쳤다. 하지만 맑시즘은 세계를 변혁하는 철학이다." 그 한 줄의 선언이 무섭도록 매혹적이었다면, 큐피드의 화살처럼 심장을 꿰뚫고 인생 전체에 빨간줄을 남길까 두려웠다면 비겁한 변명일까. 맞다. 비겁했다. 맑시즘의 논리적 오류를, NL이니 PD니 분파주의의 폐해를 파고들며 비겁한 자신을 합리화했다.

자기합리화의 영역만큼 인간의 재능이 악마적으로 번뜩이는 무대가 있을까. 운동권을 청산하자. 586 기득권을 심판하자. 도서관에 죽친 대가로 한자리 차지한 사람들이 비판하던 '꾄'들은 점점 세력을 불리더니 비상계엄이 아니면 막지 못할 거대한 '반국가세력'이 되기에 이르렀다. 눈금자를 대고 법전에 밑줄을 긋던 그들에겐 개인적 영달의 제단에 송두리째 바친 도서관의 잿빛 시절이 인생의 가장 빛나는 시간이기에. 뒤틀린 나르시시즘이, 시대착오가 이렇게나 무섭다. 풍차를 향해 돌진하는 기사가 활자 밖으로 튀어나오는 순간 희극은 호러물로 돌변한다.

2024년의 계엄은 애당초 실패할 운명이었다. 공수부대 헬기가 국회 운동장에 내리기 전에, 장갑차가 국회 정문을 막기 전에 시대착오의 진상은 이미 수많은 카메라를 통해 빛의 속도로 지구 곳곳에 퍼지고 있었다. 양자물리학의 세상 한복판에 출몰한 천동설의 망령이라니. 그날 밤 흑복으로 부대명을 감춘 계엄군들이 가장 민감한 반응을 보인 대상은 카메라였다. 기자들, 유튜버들, 시민들 손에 들린 크고 작은 렌즈들. 어두운 숲을 파노라마로 살피는 올빼미 같은 천 개의 눈이, 만 개의 시선이 그들을 주춤거리게 만들었다. 여의도의 밤은 흑복 병사들이 챙겨 온 야간 투시경이 힘을 발휘할 만큼 칠흑이지 않았다.

시대착오란 절대화된 과거가 미래를 볼모로 현실을 움켜쥐려는 망상이다. 시간은 그런 식으로 움직이지 않는다. 시간은 강물처럼 흐르지 않기에 거꾸로 흐를 수도 없다. 시간은 절대적 직선이라는 권좌에서 내려와 에너지를 주고받으며 중첩되는 비가역적 운동으로 몸을 낮춘 지 오래. 시작과 끝을 알 수 없는 이 우주에서 분명한 하나는, 우리는 모두 열을 잠시 품고 있는 존재이고 우리가 사라지더라도 그 온기는 다른 무언가로 옮겨 가 운동을 지속한다는 사실이다.

절대적인 것에 대한 믿음은 얼마나 위험한가. 탐미주의자가 파시즘으로 넘어가기 쉬운 이유도 여기 있다. 아름다움이 목적 자체가 되어버리는 정신머리로 궁극의 힘을 좇게 된다. 강한 것이 아름답다고 설파하다 결국 자위대의 친위 쿠데타를 촉구하며 할복하는 데 이른 미시마 유키오를 보라. 진정 아름다운 것은 찬탄의 시선을 필요로 하지 않는다는 말을 들려주고 싶다. 아름다움의 본질은 목적보다 과정과 더 가까이 놓여 있으니. 냉수마찰과 기계체조로 육신을 사무라이 검처럼 단련한 그 미시마는 본래 유달리 병약한 소년이었다. 이들은 과거만 산다. 왜소했던 과거의 몸집을 극단적으로 부풀린 대체 역사로서의 과거를 자기 서사로 삼는다. 조그맣고 병약한 소년 미시마는 망상의 카운터유니버스 속에서 장차 20세기 사무라이로 자랄 될성부른 떡잎으로 재탄생한다. 괴물은 광장에서 태어나지 않는다. 시대착오라는 괴물은 도서관 구석에 똬리를 틀고 앉아 부화될 날을 기다린다.

역시나 병약한 도서관 뜨내기였던 나를 냉수마찰과 기계 체조의 세계로부터 지켜준 백신은 『이상문학상 작품집』에 실린 소설들이었던 것 같다. 과거와 현재와 미래가 총구를 떠난 총알처럼 눈먼 직선으로 돌진하는 게 아니라 360도를 커버하는 천 개의 눈으로 공존한다고 일러준 소설들. 고독한 마음의 열역학 법칙, 저 밤하늘의 별이 홀로 빛나는 법이 없듯 우리 내면에서 불타오르는 알 수 없는 열기 역시 앞서간 누군가가, 뒤이어 오는 누군가의 것이기도 하다는 얘기를 들려준 그 소설들.

「그 개와 혁명」을 읽으면서도 느꼈다. 과거와 미래를 현재에 함께 임하게 하는 어떤 열기를.

장례식장을 발칵 뒤집어놓는 '유자'를 지켜보며 활짝 웃는 영정 속 태수 씨. 죽은 자 앞에 그가 살아생전 가장 아끼고 사랑하던 존재를 초대하라. 진짜 혁명은 거룩하지도 웅장하지도 않으니. 혁명이 '그 개'와 같이 마구 뛰어놀 때, 그 자그맣고 다정한 온기가 우리에게 용기를 나눠주리니. 두려운 것을 두렵다 말할 용기를 내어주리니.

죽음을 죽은 자에게 온전히 돌려줄 때 삶은 비로소 죽음과도 연대할 수 있다. 성별과 나이의 차이를 뛰어넘어 우리가 서로에게 짐승이나 벌레이지 않을 수 있다면 그것은 더는 물러설 수 없는 공통 감각, 웃을 수 있는 종(種)으로서 갖는 영혼의 최저선 덕분일 것이다. 유머란 두려움을 두려움으로 받아들이며 사랑 쪽으로 운동 방향을 잡는 용기일 테니. 심사위원으로 서너 번 읽으며 다시 한번 깨달았다. 신이 시간이라는 채찍으로 인간을 다스린다면 인간에게는 유머라는 최후의 무기가 있음을.

너무 황당해서 몇 배 더 공포스러웠던 저 포고령에서 가장 끔찍한 문장은 마지막 항목이었다. '반국가세력 등 체제전복세력을 제외한 선량한 일반 국민들은 일상생활에 불편을 최소화할 수 있도록 조치한다.' '선량한' 국민이라니. 일상생활에 '불편'이라니. 도쿄에 간 식민지 문학청년 이상을 감옥에 가둔 죄목은 '불령선인'(사상이 불량한 조선인)이었다. 「그 개와 혁명」이 내어준 온기에 용기 내어 고백한다. 나는 두렵다. 내가 쓰는 글이 돌이킬 수 없이 선량할까 봐, 어느 누구에게도 불편하지 않을까 봐. 그러니까 '그 개'와 같이 혁명적이지 못할까 봐.

개, 혹은 물려받은 유산

김형중 ㅣ 문학평론가, 제48회 이상문학상 본심위원

여섯 분의 예심위원이 각각 대여섯 편의 작품을 제48회 이상문학상 본심 진출작으로 선정하는 과정을 거쳤다고 들었다. 그렇게 모인 작품이 서른 편이었다. 그러니까 예심에서 중복 추천된 작품이 극소수였던 셈이다. 지난 1년 동안 주요 지면에 발표된 모든 중·단편이 대상이었으니, 그럴 수 있는 일이다. 심사 편수가 늘었으나 실은 반갑기도 했다. 그만큼 우열을 가리기 힘든 작품들이 많았다는 증거이기도 하고, 본심 역시 쉽사리 끝나지 않는 즐거운 토론장이 되겠다 싶었기 때문이다.

아니나 다를까, 최종 결론에 이르기까지는 긴 시간이 필요했다. 언성을 높이는 이는 없었으나, 다른 심사위원들의 웃음 띤 얼굴 어디에도 양보의 기색은 찾아보기 힘들었다. 수차례 투표를 해야 했고, 어떻게든 서로를 설득하려 노력해야 했고, 그래서 논의를 거듭해야만 했다. 말하자면 최선을 다한 심사였다. 그럴 수밖에 없었는데, 자리를 옮겨 새롭게 시작하는 이상문학상의 권위와 명성을 생각한다면, 정말이지 올해의 이상문학상은 어떤 이정표나 시금석이 될 수도 있겠다는 책임 의식에서 모두들 자유로울 수 없었기 때문이다.

'작품성'이란 말은 사실 그 내포를 확정하기 힘든 말이다. 알다시피 고정불변의 '미학성'이나 '작품성'이란 말은 사실 상상적인 것에 불과하고, 그 기준이나 의미는 시대와 세대와 젠더와 계급 등등에 따라 달리 정의되기 마련이기 때문이다. 그럼에도 올해 이상문학상 수상작 선정의 기준은 오로지 그 '작품성' 뿐이었다. 적어도 다섯 명의 심사위원이 가장 높은 수준이라 합의할 수 있을 정도의 작품성 말이다. 그래서 이례적으로 이상문학상 기수상자의 작품들도 심사 대상에 포함되었고, 2024년에 이미 다른 문학상을 수상한 작품들도 굳이 제외하지 않았다. 이미 다른 앤솔러지에 실렸거나 단행본으로 묶인 작품 또한 예외는 아니었다.

본심에서의 최초 추천 후 두 표 이상의 중복 추천을 받은 작품만 열 편이 넘었다. 주로 그 작품들 위주로 논의를 시작했고, 중복 추천을 받지 못한 작품이더라도 특정 심사위원이 각별히 논의를 원할 경우 마다하지 않았다. 긴 논의가 이어졌고, 그 시간은 나로서는 공부하는 시간과도 같았다. 어떤 작품에서 미처 읽어내지 못했던 부분을 발견하기도 했고, 모호했던 지점이 명확해지는 경험도 했다. 솔직해지자면, 와중에 두어 차례 내 입장을 바꾸기도 했다. 그렇게 어렵게 여섯 편의 작품이 남았다. 김기태의 「일렉트릭 픽션」, 문지혁의 「허리케인 나이트」, 서장원의 「리틀 프라이드」, 예소연의 「그 개와 혁명」, 정기현의 「슬픈 마음 있는 사람」, 최민우의 「구아나」가 그 작품들이었다. 나로서는 끝내 미련이 남는 작품이 둘 있었다는 말은 해두고 싶다. 그러나 실례를 염려해서 굳이 그 작품명은 거론하지 않는다.

「일렉트릭 픽션」은 김기태다운 가독성과 반전을 통해 고립된 도시인의 내면 풍경을 깔끔하게 담아낸 소품이었다. 문지혁의 「허리케인 나이트」는 '계급'의 문제를 '취향'과 결합해 간결하면서도 둔중한 여운을 남기는 역작이었다. 서장원의 「리틀 프라이드」는 혐오와 차별의 문제를 다루되 단순한 이분법을 넘어 그 복합성과 상호 겹침을 섬세하게 포착해낸 작품이었다. 정기현이 「슬픈 마음 있는 사람」에 담아낸 가난한 우수는 그저 줄거리나 주제로 요약이 불가능한 절제되고 아련한 '슬픈 마음'을 불러일으켰다. 최민우의 「구아나」는 전혀 목소리를 높이지 않으면서도 삶에 늘 존재하는 구획된 경계의 완고함, 그리고 그 안에서 자립적으로 살아가는 일의 가능성을 일깨워주는 수작이었다.

그러나 이제 고백해야겠다. 내 마음은 심사 내내 예소연의 「그 개와 혁명」을 향해 있었다. 우선 단편임에도 다루고 있는 주제가 굵었다. 세대와 이념과 혁명의 문제가 이 짧은 단편에 두루 압축되어 있었다. 게다가 따뜻했다. 86세대 아버지의 어리석음과 구태의연함에 눈감지 않되, 그것을 아이러니와 유머로 보듬어내는 화자의 어법이 그랬다. 그리고 결말부 장례식장에서 느닷없는 개의 혁명이 출현하는 장면은 작품의 압권이었는데, 그것은 분명 혁명이 불가능해진 시대에 작가 예소연이 고안해 낸 최대치의 저항처럼 읽혔다. 다른 심사위원들의 마음도 비슷했던 걸로 기억한다. 길었던 심사였지만, 여섯 편의 작품 중 예소연의 작품을 제48회 이상문학상 대상 수상작으로 결정하는 데에는 그리 긴 시간이 필요하지 않았으니까. 심사위원이자 팬의 마음으로 축하의 말을 전한다.

새로 출발하는 자의 자세에 대하여

신수정 ｜ 문학평론가, 제48회 이상문학상 본심위원

　　몇 시간에 걸친 난상 토론과 심사숙고 끝에 본심에 오른 서른 편 가운데에서 가까스로 최종 후보작 여섯 편이 결정되었을 때, 심사위원들은 생각했다. 이런 식이라면 대상작 선정에는 또 얼마나 많은 시간이 걸릴까. 그러나 그것이 기우에 불과했다는 사실을 깨닫는 데는 그리 많은 시간이 필요치 않았다. 모든 혁명이 그러하듯.

　　대상작 예소연의 「그 개와 혁명」은 2025년 지금 이곳의 영화 같은 현실과 공명하며 우리 사회의 상처를 되돌아보게 만든다. 도대체 '민주'와 '민족'을 표 나게 내세웠던 아버지 세대란 무엇인가. 그들이 수호하고자 했던 것, 그러나 지키지 못했던 것은 무엇인가. 'PD'와 'NL'로 나뉘어 극렬하게 '제도'를 뒤집어엎고자 했던 이 소설 속 '민주85' 아버지는 혁명 대신 가족을 먹여 살리기 위해 애쓰다 애꿎은 이름만 바꾸고 병을 얻어 죽는다. 향년 58세. 서른에 접어든 맏딸 수민은 조카를 내세우라는 주변의 성화를 뒤로하고 아들이 없는 집안의 상주를 자처한다. 이 애도의 방식은 "사회는 조리 있게 굴러가야 하지만, 가족이라는 제도 안의 조리는 다른 문제였던" 아버지 세대의 어이없는 편향을 향한 딸 세대의 반격이자 풍자인 한편, 그들의 '유지'에 대한 형언할 수 없는 그리움과 사랑의 고백이라고 할 만하다. 풍자와 사랑이라니. 그것의 동시적(동지적) 결합이 가능하다는 것인가. 이 소설은 가능하다고 말한다. 일찍이 '사랑'과 '결함'을 연결하는 소설집을 낸 바 있는 예소연은 아버지 세대를 향한 딸 세대의 날카로운 비판이 납작한 풍자로 기울 만하면 다시 절절한 사랑으로 되돌아오고, 절절한 사랑이 행여 축축한 가족주의에 투항할 즈음이면 다시 한번 제도를 '난장판'으로 만드는 발랄한 마법을 부릴 줄 안다. 아버지, 태수 씨가 죽어서도 끝까지 '모든 일에 꼭 훼방을 놓고야 마는 사람'으로 남을 수 있는 것은 바로 이런 "요즘 여자들"의 "지령" 완수 덕분이다.

이쯤 되면 새로 시작하는 이상문학상의 대상으로서 자격이 있지 않을까. 심사위원들은 혐오와 배제로 점철된 세상 속에서 풍자하고 껴안는 이 소설의 특별한 사랑의 방식에 기꺼이 동의했다. 때로 80년대 운동권의 실상에 대한 복원이 아쉽고, 또 때로 '586'과 '2030' 세대 여성들 간의 연대가 지나치게 의식적으로 두드러진다는 점이 걸리지 않는 것은 아니나 우리는 알고 있었던 것이다. 이렇게 다시 '사랑'에 대해서 이야기하기 시작해야 한다는 것을.

이번 이상문학상 수상작들은 그런 점에서 모두 다시 출발하는 자의 자세를 보여주고 있다는 점이 새삼스럽다. 서장원의 「리틀 프라이드」나 문지혁의 「허리케인 나이트」, 그리고 정기현의 「슬픈 마음 있는 사람」 등은 우리가 마땅히 그러하리라고 짐작하고 또 요구해온 것들의 세목을 하나하나 꼼꼼히 되새기면서 상식이나 도덕이라는 이름으로 우리를 잠식해온 사유의 근거들을 묻는다. 직업적으로 성공한 당신의 남성이라면 무릇 자신의 외형적 결핍 따위는 무시해도 괜찮다고 간주하는 세간의 시선은 서장원의 「리틀 프라이드」에 등장하는 오스틴의 '사지연장술' 이른바 '키 크는 수술' 앞에서 무너지지 않을 수 없다. 그가 '전우'라고 이야기하는 트랜스 남성 화자 '나'는 또 어떤가. '남성성'을 연출하는 데 집착하는 '나'의 강박을 두고 여자친구 혜령처럼 "왜 그런 상황들을 하나하나 가정해야 하는지 모르겠"다고 말하기는 쉬울 수도 있다. 이미 젠더와 섹슈얼리티를 둘러싼 우리의 인식은 그것을 문제 삼는다는 것을 문제 삼는 단계에 이르렀기 때문이다. 그러나 애초에 다른 '조건'에서 출발하는 사람에게 그 '생각'을 여전히 떨치지 못한다고 해서 '너무도 집요한 생각'이라고 몰아붙이는 것은 사태의 해결과는 아무런 상관이 없을 수도 있다. 그것은 언제나 '너무 집요한 생각'으로 남을 공산이 크다. 어떤 '생각'은 시간이 흐르고 세상이 바뀐다고 할지라도 쉽게 변하지 않을 수도 있다. "나는 오래전부터 알고 있던 그 사실을 아주 천천히 받아들였다." 정작 우리가 '집요'하게 생각해봐야 하는 것은 바로 이 '사실' 아닐까.

문지혁의 「허리케인 나이트」역시 마찬가지다. 이 소설에 나오는 인물 피터, 아니 최용준을 '빌런'의 자리에 두지 않을 독자가 누구일까. 부자에다가 머리도 좋은 이 인물이 어떤 식으로든 우리의 주인공 '나'의 뒤통수를 치게 되리라고 짐작하던 독자들은 소설이 전개됨에 따라 점차 그가 타인의 재능을 선선히 인정할 줄 알 뿐만 아니라 도움이 필요할 경우 언제든지 손을 내미는 인물로 드러나는 데 당혹감을 지울 수 없을 것이다. 물론 그의 선의와 부가 우리의 의혹을 말끔하게 해소할 정도로 명백한 것은 아니다. 그는 아내에게 원치 않는 성행위를 강요하는 자일 수도 있고 아닐 수도 있으며, 또 '60억 원대 사기 혐의'와 무관할 수도 있고 그렇지 않을 수도 있을 것이다. 아무려나, 지금 문제가 되는 것은 끊임없이 그의 시선을 의식하면서도 그의 도덕성을 의심하는 데서 정신적 우월감을 획득하고자 하는 '나'의 뒤틀린 욕망일 것이다. 그런 의미에서 문지혁이 그려내는 마지막 '롤렉스'의 행방은 이 소설의 통렬한 자기비판이라고 할 만하다.

정기현의 「슬픈 마음 있는 사람」은 '슬픔'이라는 이름의 정동에 대한 기나긴 우회로 읽힌다. 준영과 기은이 교회에서 만나 탁구공을 '똑' 하고 넘기면 '딱' 하고 다시 넘기는 게임을 반복하다가 거여동 일대에서 빈번하게 만나게 되는 '김병철 들어라' 시리즈의 낙서에 대해 모종의 추리를 하며 서로 가까워지는 대목은 분명 새로운 감성으로 쓰인 연애소설에 가깝다. 그러나 이 소설은 끝까지 '슬픔'을 포기하지 않는데, 그 대목이 이 소설의 압권이다. 준영과의 만남이 오히려 '교회의 안과 밖'의 구별을 두드러지게 한다는 것. 이 차이는 너무 '별게 아닌' 것이어서 왜 신경 쓰이는지 스스로에게도 답을 할 수 없을 정도로 사소하다고 할 수 있지만 그렇다고 '무겁지' 않은 것은 아니다. 정기현은 이 '무거움'을 '슬픈 마음'과 나란히 놓는다. 이리하여 우리는 '무거운 슬픔' 혹은 '슬픈 무게'라는 아주 낯설고 미묘한 정동에 노출된다. 어쩌면 사랑은 무거움을 덜거나 슬픔을 없애는 것이 아니라, 그것의 동시다발적 상태인지도 모르겠다.

최민우의 「구아나」와 김기태의 「일렉트릭 픽션」이 흥미로운 지점도 이 대목이다. 최민우의 「구아나」는 사귀기 시작하고 1년쯤 뒤 같이 살기로 결정한 도윤과 해영의 이야기를 통해 두 사람이 함께 산다는 것의 관습적 의미를 새록새록 재점검하는 소설이다. 두 사람의 동거에 끼어드는 가족이라는 이름의 제도는 '가족사진'을 찍는다는 명분을 내세우며 아무 일도 아니라는 듯 슬금슬금 두 사람의 일상 속으로 스며든다. 그러나 이 '괴수'가 한번 지나간 자리는 어느새 두 사람의 갈등과 싸움으로 물들고 마는데, 그것은 마치 신생 애니메이션 스튜디오의 단편 애니메이션에 등장하는 전설의 괴수 앞에서 세상을 구원하는 음악가들이 연주를 '삑사리' 내는 순간과 비견할 만하다. 최민우에 따르면 이 '소란'을 잠재우는 방법은 멀리 있지 않다. 집을 바꾸는 것, "우리끼리 할 수 있는 건 다 바꾸겠"다고 결심하고 실행하는 것, 거기에서부터 출발해야 한다. 그 순간 전설의 괴수는 작고 귀여운 녹색의 '구아나'에 불과한 것이었음이 만천하에 드러나고 실소의 대상이 될 것이다.

이런 종류의 깨달음은, 이즈음 되돌아보면, 소설의 소명이 아닌가 싶기도 하다. 김기태의 「일렉트릭 픽션」을 읽을 때 더 그랬다. 공채 정직원 30여 명이 일하는 부서의 유일한 계약직 직원으로 8년째 재계약을 거듭하는 한 남자가 있다. 이 남자는 어떻게 살아야 하는가. 비록 직원들 모두 지위나 나이를 막론하고 그를 '실무사님'이라고 부르며 존중하지만, 가끔 자기들끼리 있을 때는 "있잖아. 그 사무 보조"라며 그의 이야기를 꺼내는 세계 속에서 그의 삶은, 그의 일상은 어떤 종류의 것이어야 하는가. 김기태는 이 남자의 이야기를 "1층의 필로티식 주차장을 빼고 2층부터 6층까지 스물다섯 가구쯤은 살지만 서로 마주치지 않기 위해 문밖의 기척에 귀를 기울이고 다음 엘리베이터를 타는 곳, 5층에 내리면 501호부터 506호까지 여섯 개의 닫힌 문이 있"는 곳, 바로 지금 이곳의 우리의 이야기로 바꿔 쓸 수 있음을 보여준다. 소설의 마지막 '그'에서 '나'로 변화하는 시점은 "익명이 되려고 서로 최선을 다하는" 우리의 삶이 사실은 각자의 고유한 '전기'가 통하는 특별한 저수원이라는 사실을 정확하게 가리키고 있다. 사람은 무엇으로 사는가. 사람은 전기로 산다. 김기태가 도달한 이런 정도의 낙관에 이르게 된다면 우리에게 왜 '이야기'가 필요한지 충분히 납득할 수 있지 않을까. 그것도 서로를 감전시킬 만한 '일렉트릭 픽션'이. 새롭게 시작하는 이상문학상은 기꺼이 이러한 전환적 상상력에 자리를 제공하고자 했다. 이상 문학이 원래 그러하였다는 사실은 다시 말할 필요도 없을 것이다.

외곽의 점등, 그리고 '개판'의 기세로

은희경 ┃ 소설가, 제48회 이상문학상 본심위원 · 운영위원

누구나 그렇듯 나는 소설을 읽을 때 재미와 감동을 원한다. 물론 그 재미와 감동을 포착하는 지점은 읽는 사람에 따라 조금씩, 혹은 아예 다를 것이다. 나의 경우는 고정관념을 깨뜨리는 새로운 사유를 읽으면 제 풀에 뜨끔, 재미에 빠져들곤 한다. 또 소설 속에 구현된 미학적 완성도와 활기를 만나면 자극을 받아 감동이 솟구친다. 내 안의 나쁘고 못난 것이 깨지기를 원해서 소설을 읽는다고 할 수 있다. 여기까지는 독자로서의 독법이다. 다음 단계에서는 작가로서의 독법이 발동된다. 이런 소설은 대체 어떻게 만들어지는 것일까. 이 소설을 이끌어가는 새로움의 스케일은 어디에서 나온 것일까. 그 결과 때로는 호감, 이따금은 사모하는 마음에까지 이르고 만다. 여기까지는 개인적인 취향이 큰 비중을 갖는 단계이다.

하지만 심사위원으로서 소설을 읽을 때는 조금 다를 수밖에 없다. 사유가 한발 더 나아갔는가, 새로운 방식으로 접근했는가, 완성도가 있는가. 이것만으로는 부족하다. '단 한 편'이 될 수 있는가. 이 질문을 머릿속에 떠올리면서 소설을 읽어간

다. 그러다 보면 독자 혹은 작가로서의 내가 좋아하는 소설 너머의 독보적인 기운 같은 것을 원하게 된다. 나는 그것을 소박하게 매력이라고 표현하려 한다. 그리고 그 매력이 가장 잘 구현된 작품이 이번 이상문학상의 수상작이 되었다고 생각한다.

예심위원들의 심사를 통과해 본심위원에게 주어진 작품은 모두 서른 편이었다. 예심위원이 중복으로 추천한 작품이 세 편밖에 되지 않았다. 중복 추천이 적다는 것은 그만큼 작품성 있는 한국 소설의 스펙트럼이 다양하다는 지표이기도 하지만 또한 본심 심사가 쉽지 않으리라는 예고이기도 하다. 그 예상이 들어맞았다. 각 심사위원의 추천작이 별로 겹치지 않아서 처음 추려진 리스트가 총 스무 편이었을 때, 심사위원들의 표정은 급격히 흐려질 수밖에 없었다. 유연한 사고와 없는 인품과 융통성을 동원해 다시 정리한 리스트가 열세 편, 그다음 투표에서 가까스로 아홉 편이 되었다. 그러나 거기에서부터는 더 이상 좁혀지지 않았다. 여섯 편이 되는 과정에서 제일 많은 토의가 이루어져야 했다. 그럼에도 의견을 개진하는 그 과정은 대체로 호의적이었다고 생각한다. 왜냐하면 그러는 동안 심사위원 모두 그 작품들이 왜 얼마나 좋은가에 대해 실컷 얘기할 수 있었고 대체로 공감했기 때문이다. 한국문학이 한발 앞서 나가 포착한 뒤 우리에게 보여주는 진풍경에 대한 향유와 감탄의 시간이었다고나 할까.

서장원의 「리틀 프라이드」는 흥미롭게 읽히지만 서늘한 슬픔을 남긴다. 다양한 타인들 사이에서 발생하는 '교차성'을 환기시키는 한편으로 '존재' 자체를 이해받기 위한 자격이 필요하냐고, 거기에도 계급이 있냐고 묻고 있다. 이만하면 충분히 옳다고 생각하는 사람들의 고정관념을 향해서, 거기까지 갔다면 보는 풍경이 달라졌을 테니 다시 또 나아갈 지점을 찾아야 하지 않느냐고 질문을 던진다. 그와 같은 질문에 결기가 느껴지는 것은 인간과 세상에 대해 희망을 버리지 않는 윤리적 고민을 품고 있기 때문이라고 여겨졌다.

정기현의 「슬픈 마음 있는 사람」은 공간적, 감정적 외곽을 맴도는 이야기로 읽힌다. 세상을 소란하게 만드는 사건들로부터 벗어난 외진 동네와 아무나 들어와서 목사가 구워둔 빵을 먹거나 책을 읽는 작은 교회. 그런 공간들 안에서 기은은 곳곳에 휘갈겨진 수상한 낙서의 내막을 찾아다니고 우연히 눈에 들어온 오카리나박물관에 들르는 식의 무의미해 보이는 시간을 보낸다. 자신도 확실히는 알지 못한 채 마음이 기울어지고 발길이 이끌리고 어떤 생각을 좇다가 그만두곤 하는 여정. 그것은 준영이 목사 아들이란 걸 알게 된 뒤의 희미한 배제의 느낌으로 구체화되는 듯싶다. 뭔가를 원하고 상실하고 그럼에도 남아 있는 마음. 그것은 정확하게 말해서 '슬픔'이 아닌 '슬픈 마음'인데, 이 소설은 바로 그 지점을 위로하고 있는 것 같다.

문지혁의 「허리케인 나이트」에서 가장 인상적인 대사는 두 개이다. 달동네에서 가장 잘살지만 부유한 외국어고등학교의 급우들 중에서는 가장 못사는 탓에 그 간극 안에서 자신의 위상을 찾아야 하는 아들에게 "우리 정도면 괜찮은 거야"라고 강조하는 아빠의 말. 모든 걸 가진 것처럼 보이는 남편에 대해 "나빠질 기회를 얻지 못했던 사람이기도 하고요"라고 덧붙이는 아내의 말. 계급을 수치화된 스펙트럼으로 나누지 않으며 인물의 역할에서 윤리적 상투성을 배제함으로써, 다소 묵직한 주제를 산뜻하게 풀어낸 재미있고 세련된 소설이다. 그런데 학생 시절 친구의 롤렉스를 훔쳤고 훗날 출세한 그 친구의 신세를 지고도 그가 혹시 사기 피의자인지 신문 기사를 검색해보는, 자기합리화에 능하고 뒤끝(?) 있는 주인공의 에고에서 해방감을 느끼게 되는 이유는 뭘까. 독자를 장악하는 작가의 기량에 설득당하고 만 듯하다.

최민우의 「구아나」 또한 상투적인 이분법의 대립에서 벗어나 문제의 핵심을 차분하게 조망한다. 제도에 순응하는 인물로 설정된 오빠와 제도에 따르지 않는 여동생 및 동거인의 대립이 극적이지 않고 일상적이며 현실적이다. 이야기의 설정과 전개, 주제를 부각시키는 은유와 디테일 모두 선을 넘지 않고 각자의 규모대로 적당하게 작동한다고 느껴진다. 그 점이 이 소설에 세련된 조도와 온기를 주고 있다.

김기태의 「일렉트릭 픽션」은 유려한 문장에 흥미로운 디테일이 더해져서 가독성이 뛰어나다. 적절한 문제 제기가 있고 플롯에 의거한 이야기의 템포, 그리고 결말의 임팩트까지 잘 조형된 구조물의 세계를 보여준다.

예소연의 「그 개와 혁명」을 수상작으로 결정하는 데에는 오랜 시간이 걸리지 않았다. 심사위원 모두 이 소설의 패기와 매력에 쉽게 동의했다. 등장인물들의 조금은 왜곡된 시점과 거침없는 내레이션, 진부할 수도 있는 소재의 전도된 해석. 그 모두에 신선함, 즉 혁명성이 있었다. 카타르시스를 일으키는 전복적인 결말은 주인공이 동의할 수 없는 이념의 시대를 뒤엎는 일종의 굿판처럼 여겨졌다. 그러나 이 작품은 아버지 태수 씨로 상징되는 그 시대를 일방적으로 부정하고 파묻어버리는 것이 아니라 장례를 치르는 동시에 그 시대의 언어로 새출발을 꾀한다. 포용적이면서도 혁명적이다, 라는 형용모순이 성립되는 것이다.

새롭게 출발하는 제48회 이상문학상은 '국내에 한 해 동안 발표된 모든 중·단편소설 중 가장 빼어난 작품을 선정'한다는 원칙에 따라 기수상작가의 작품도 심사 대상에 포함시킨다. 다만 단행본에 수록되어 이미 출간된 작품의 경우 심사위원들의 논의가 필요하다. 심사위원들의 논의는 쉽게 결론에 이르렀다. 이 작품에서 '그 개'가 수행하고 있는 파괴적이고 해학적이며 발랄하기 짝이 없는 '혁명'에 대한 지지. 그 또한 이상의 문학이 지향하는 관례를 깨뜨리는 실험 정신에 해당되고 그것이 이 상의 새출발에 상징성을 가져다줄 것이라는 믿음이 있었기 때문이다.

독자로서 작가로서 심사위원으로서 수상작 모두에 즐거운 마음으로 박수를 보낸다. 이 여섯 편의 작품이 한국 사회의 현재적 시공간을 골고루 보여주고 시의적인 질문을 층위별로 던지고 있으며 문학이 가진 본래의 뜻을 적절하고 아름답게 구현하고 있다고 생각한다.

사랑과 의지를 모아 실현하는 혁명

최진영 ┃ 소설가, 제48회 이상문학상 본심위원

　　본심에 오른 작품을 읽는 내내 무척 설레고 즐거웠다. 2024년 한 해 동안 발표된 빼어난 단편소설 서른 편을 한달음에 마주할 수 있었기 때문이다. 작가들이 소설로 풀어내는 질문과 사유는 풍부하고 다양했다. 인간과 세계를 바라보는 저마다의 시선에 감동하고 감탄했다. 본심 작품을 읽으며 배운 점이 많다. 나 또한 열심히 써야겠다는 새로운 다짐도 할 수 있었다. 각자의 글을 꾸준히 쓰는 방법으로 서로를 응원하는 동료 작가들에게 깊은 감사를 전한다.

　　최민우의 「구아나」는 '결혼이라는 제도 바깥에서 계속하는 사랑'이라는, 지금 우리에게 필요한 질문을 던지는 소설이다. 결혼이라는 형식으로 모든 연인을 묶으려는 사람들은 "이미 누군가와 같이 사는 사람에게 언제까지 혼자 살 거냐고" 묻는다. 결혼의 맹점은 묵과하고 비혼의 불안정성만 부각시키는 사람들 사이에서 「구아나」의 연인은 다른 가능성을 보여준다. 2년마다 계약 갱신이 필요한 집을 직접 고쳐가며 사는 건 어리석다는 고정관념 자체를 일종의 제도라고 본다면 '전셋집(언젠가 헤어질 사이)'을 '지금 우리가 사는 집(지금 사랑하는 사이)'이라고 다르게 생각하는 것은 제도에서 벗어나는 시도도. 이러한 시도는 두 사람이 힘을 합쳐 손잡이를 바꿔 다는 것처럼 일상의 작은 변화에서 시작한다. 구체적이고 현실적인 에피소드에 깊이 공감하면서, 사랑스러운 연인을 마음을 다해 지지하며 읽었다.

정기현의 「슬픈 마음 있는 사람」은 나에게 소설의 역할을 다시금 알려준 작품이다. 두 인물과 함께 '김병철 찾기'에 열중하다가 그것이 바로 소설의 역할 아닌가 깨달은 것이다. 타인의 원망과 분노, 슬픔과 호소를 외면하지 않고 사람을 향해 눈과 귀를 열어두는 존재를 '작가'라고 부를 수 있다면, 평범한 이의 '슬픈 마음'을 고유한 이야기로 만들어서 전하는 작업이 '소설 쓰기'라면, 나는 글 쓰는 일을 되도록 오랫동안 진심을 다해 지속하고 싶다. '슬픔'과 '슬픈 마음'의 차이를 곰곰 생각해보기도 했다. 슬픔은 사방에 무수하고 슬픈 마음은 사람에게 고인다. '슬픈' '마음' '있는' '사람'이란 네 단어 전부 귀하고 소중하다. 반복되는 후렴구처럼 무심코 읊조리다 보면 어쩐지 위로를 받는 기분이다. 그러므로 내 마음에도 언제나 슬픔의 자리가 마련되어 있기를.

서장원의 「리틀 프라이드」 또한 지금 우리에게 필요한 질문으로 가득한 소설이다. 나는 누구이며 무엇인가. 태생에서 나아가 어떤 존재로 거듭날 것인가. 실제의 나와 보여지는 나 사이의 간극을 메울 필요가 있는가. 타인에게 매력적으로 보이고 싶은 마음과 타인의 판단에 나를 구겨 넣는 것에는 어떤 차이가 있는가. '너와 나는 다르다'고 생각하면서도 한편으로는 '나와 비슷한 사람'을 찾는 경계에 선 인물에게 깊이 공감했다. 매혹적인 사람이고 싶은 욕망은 누구에게나 있고 사람은 모두 다르다. 전혀 다르다. 그러므로 계속 살펴볼 수 있다. 우리의 차이와 각자의 몫으로 주어진 고유성을. 그에서 비롯되는 고독까지도.

김기태의 「일렉트릭 픽션」은 널리 알려진 작가의 필력을 여지없이 보여주는 작품이다. 그의 이야기는 재미있고 인물은 매력적이다. 일단 읽기 시작하면 그가 펼쳐 보이는 세계에 빨려 들어가지 않을 수가 없다. 소설의 마지막에 이르러서는 옆집 사람을 생각했다. 소설을 읽었을 뿐인데 현실의 이웃에게 애틋한 마음을 품게 된 것이다. 그는 어떤 사람일까? 그의 꿈은 무엇일까? 그의 하루는 평온했을까? 그가 무탈하길, 좋아하는 것을 계속 좋아하기를, 큰 소리로 웃고 울길, 맛있는 음식을 먹고 좋은 꿈을 꾸길 바라는, 새로이 생겨난 마음에 힘입어 혼자 중얼거려 보았다. 고단한 하루였지요. 지쳤을 겁니다. 우리는 건전지가 아니니까요. 어두운 밤, 당신만의 공간에서 100퍼센트 충전하시길. 당신이 거기 있음을 알릴 수 있고 확인할 수 있도록 앞으로도 우리 종종 마주치길 바랍니다.

문지혁의 「허리케인 나이트」는 가난과 중산층, 부와 계급에 관한 첨예한 시선을 보여준다. 가난 밑에는 더 무거운 가난이 있고 부자 위에는 더 광활한 부자가 있으며 그 계단은 촘촘하고 아래위로 한계가 없다. 명품 시계를 잃어버리고도 잃어버린 줄 모르는 사람은 나빠질 기회를 가질 이유가 없다. "그게 무엇이든 도무지 잃어버릴 수 없는 사람"이 있다는 자각은 "우리 정도면 괜찮은 거"라는 자기 위안을 단숨에 구겨버린다. 부자에게도 상처와 고통, 그만의 취약점과 비극이 있으리라는 섣부른 추측은 결코 그 정도의 부자가 될 수 없는 나의 기이한 희망이자 자기 위로에 불과한지도 모른다. 마지막 반전에서는 서늘함과 약간의 비참을 동시에 느꼈다. 나에게도 그와 같은 기이한 희망이 도사리고 있음을 부정할 수 없었기에.

대상작인 예소연의 「그 개와 혁명」은 본심에 오른 작품 중 가장 깊고 넓은 세계와 인물을 보여준다. 작가는 과거 운동권의 'NL'과 'PD', 현재의 '페미'와 '환경 운동' '고삼녀' 등을 나란히 언급하며 시대의 과제가 달라졌음을, 새로운 질문을 통과하고 있음을 알려준다. 한편으로 죽음과 삶, 치유와 회복, 애도와 상실, 삶의 허무를 채우는 유머 등은 시대에 얽매이지 않는 보편적 화두다. 작가는 변치 않을 주제와 가장 현재의 단어를 자연스럽게 뒤섞어 참신하고 재미있는 이야기로 전달한다. 무엇보다 이 소설에는 혐오가 없다. 작가는 혐오와 배제라는 쉬운 길을 선택하지 않았다. 혐오에 혐오로 맞서는 방식으로는 결코 희망을 찾을 수 없기 때문이다. 세상을 바라보는 다양한 시각과 프레임을 제시하는 데 문학의 쓸모가 있다면, 존재에 대한 진지하고도 새로운 이해의 장을 마련하는 데 문학의 가치가 있다면 「그 개와 혁명」은 문학의 그러한 몫을 아름답게 수행한다. 세계와 사람을 오래도록 바라보며 가능성을 상상한다. "한 트럭의 미움 속에서 미미한 사랑을 발견하고도 그것이 전부라고 말"한다. 그러니까, 기어코 발견한다. 숱한 혐오 속에서도 한 줌의 사랑을. 발견했으니 닿고 싶은 세계를 꿈꾼다. 꿈꾸는 그곳에도 죽음과 병과 상실과 슬픔은 있다. 웃음과 사랑 또한 있다. 평범한 사람들의 사랑과 의지를 모으면 실현 가능한 혁명이 있다. 장례식장에서 신나게 뛰어다니고 냄새 맡고 오줌을 싸는, 개다워서 더욱 사랑스러운 개가 있다. 혐오에 혐오로 맞서지 않는 이 소설에서 나는 희망을 느꼈다. 제도는 선을 긋고 편을 가른다. 그 제도에서 자유로울 수 있는 사람은 "훼방 놓고야 마는 사람". 나도 태수 씨 같은 사람이고 싶다. "어이고, 내 나이가 사십이네, 하면서 조금 어른스러워졌고 어이고, 내 나이가 오십이네, 하면서 조금 의젓해"지는 사람. "자신이 죽는 것을 무엇보다 두려워했지만, 자신의 죽음을 계획하는 일에는 두려움이 없"는 사람. 이 소설은 나를 꿈꾸게 한다. 결국 병들어 죽을 존재인 평범한 나에게 환한 미래를 준다.

본심에 오른 소설을 읽는 동안 다양성의 아름다움을 생각했다. 우리는 저마다 다른 세계에 살며 비슷한 고민을 한다. 비슷하므로 미세하게 다른 질문에 휩싸인다. 우리가 이토록 다르다는 것, 그러므로 이야기는 무한하다는 것, 앞으로 쏟아질 소설 모두 새로울 테고 고유하게 반짝이리라는 예감. 대상과 우수상 수상 작가에게 진심 어린 축하를 보낸다.

이상문학상 역대 대상 수상작

제1회	1977년	김승옥	「서울의 달빛 0장」
제2회	1978년	이청준	「잔인한 도시」
제3회	1979년	오정희	「저녁의 게임」
제4회	1980년	유재용	「관계」
제5회	1981년	박완서	「엄마의 말뚝 2」
제6회	1982년	최인호	「깊고 푸른 밤」
제7회	1983년	서영은	「먼 그대」
제8회	1984년	이균영	「어두운 기억의 저편」
제9회	1985년	이제하	「나그네는 길에서도 쉬지 않는다」
제10회	1986년	최일남	「흐르는 북」
제11회	1987년	이문열	「우리들의 일그러진 영웅」
제12회	1988년	임철우	「붉은 방」
		한승원	「해변의 길손」
제13회	1989년	김채원	「겨울의 환」
제14회	1990년	김원일	「마음의 감옥」
제15회	1991년	조성기	「우리 시대의 소설가」
제16회	1992년	양귀자	「숨은 꽃」
제17회	1993년	최수철	「얼음의 도가니」
제18회	1994년	최 윤	「하나코는 없다」
제19회	1995년	윤후명	「하얀 배」
제20회	1996년	윤대녕	「천지간」
제21회	1997년	김지원	「사랑의 예감」
제22회	1998년	은희경	「아내의 상자」
제23회	1999년	박상우	「내 마음의 옥탑방」
제24회	2000년	이인화	「시인의 별」

2025년 제48회 이상문학상 작품집

그 개와 혁명

초판 1쇄 인쇄 2025년 2월 7일
초판 1쇄 발행 2025년 2월 18일

지은이 예소연, 김기태, 문지혁, 서장원, 정기현, 최민우
펴낸이 김선식

부사장 김은영
콘텐츠사업2본부장 박현미
책임편집 곽수빈 **디자인** 이현진 **책임마케터** 권오권
콘텐츠사업6팀장 임경섭 **콘텐츠사업6팀** 정지혜, 곽수빈, 조용우, 이한민, 이현진
마케팅1팀 박태준, 권오권, 오서영, 문서희
미디어홍보본부장 정명찬 **브랜드홍보팀** 오수미, 서가을, 김은지, 이소영, 박장미, 박주현
채널홍보팀 김민정, 정세림, 고나연, 변승주, 홍수경
영상홍보팀 이수인, 염아라, 석찬미, 김혜원, 이지연
편집관리팀 조세현, 김호주, 백설희 **저작권팀** 성민경, 이슬, 윤제희
재무관리팀 하미선, 임혜정, 이슬기, 김주영, 오지수
인사총무팀 강미숙, 이정환, 김혜진, 황종원
제작관리팀 이소현, 김소영, 김진경, 최완규, 이지우
물류관리팀 김형기, 김선진, 주정훈, 양문현, 채원석, 박재연, 이준희, 이민운

펴낸곳 다산북스 **출판등록** 2005년 12월 23일 제313-2005-00277호
주소 경기도 파주시 회동길 490
전화 02-704-1724 **팩스** 02-703-2219
이메일 dasanbooks@dasanbooks.com
홈페이지 www.dasan.group **블로그** blog.naver.com/dasan_books
용지 신승INC **인쇄** 민언프린텍 **코팅 및 후가공** 평창피앤지 **제본** 국일문화사

ISBN 979-11-306-6411-8 (03810)